El Fistol Del Diablo, Volume 1

Manuel Payno

EL

FISTOL DEL DIABLO,

POR

MANUEL PAYNO,

CIUDADANO MEXICANO.

MEXICO.

IMPRENTA DE IGNACIO CUMPLIDO,

calle de los Rebeldes núm. 2.

1859.

ADVERTENCIA.

HACE como doce años, que en el folletin de un periódico político, se publicó con mucha irregularidad é interrupciones, parte de esta novela. Por diversas personas se instó mucho al autor para que la concluyese y se hiciera una edicion por separado. Ausencias largas de México, ocupaciones no interrumpidas y otra multitud de circunstancias le impidieron concluirla.

Teniendo ya el material que faltaba en nuestro poder, ofrecemos al público esta produccion, que nos linsonjeamos verá con el mismo agrado é interes con que la acogió, cuando por primera vez comenzó á publicarse. Ella ofrece una serie de cuadros de nuestras costumbres nacionales, y nada tiene que ofenda á la moral y á la decencia, pues aun los lances en que interviene esa temible y misteriosa deidad que se llama Amor, están referidos con toda la delicadeza y decencia que merece el bello sexo.

Un purista podrá notar en el curso de esta composicion, muchas palabras y aun frases que no están recibidas por la Academia española; pero es menester advertir que ellas están consagradas por el uso familiar, y que las podriamos llamar *mexicanas.* Nuestro idioma se compone en el dia de palabras latinas, francesas, inglesas, árabes y multitud de las tomadas del azteca; de manera que lo que en estilo familiar se habla y se escribe, dista mucho de parecerse al español puro de Cervántes. El mismo título de la novela no es castizo. Todo el mundo sabe en México, que *fistol* es una alhaja de oro, plata ó piedras preciosas que sirve de adorno en la camisa para prender ó asegurar la corbata, y sin embargo, el nombre español es *prendedero,* bien que prendedero no sea tampoco la alhaja que en México conocemos por fistol.

Ninguna correccion, pues, en este sentido se hace á la novela, porque seria quitarle el estilo local que la caracteriza; pero tenemos necesidad de hacer esta advertencia, para evitar toda crítica que pudiera parecer fundada, y para que no se interprete tampoco como ignorancia de las mas triviales nociones del idioma, lo que realmente no es mas que obra de los tiempos que van modificando en las sociedades, las costumbres, los usos y el idioma mismo. Hecha, pues, esta advertencia, nos abstenemos de calificar el mérito literario, que será sin duda apreciado en lo que pueda valer, por una sociedad que en su mayoría es sensata é ilustrada.

México, Setiembre 1.° de 1859.

Los Editores.

I.

La Conferencia.

Arturo tenia poco menos de 22 años: su fisonomía era amable, y conservaba el tinte fresco de la juventud, y el aspecto candoroso que distingue á las personas cuyo corazon no ha sufrido las tormentas y martirios de las pasiones.

Arturo habia sido enviado por sus padres á educarse en un colegio de Inglaterra; y allí entre los estudios y los recreos inocentes, se habia desarrollado su juventud, vigilada por severos maestros. Las nieblas de Inglaterra; el carácter serio y reflexivo de los ingleses, y la larga separacion de su familia, habian hecho el genio de Arturo un poco triste y meditabundo. Conocia el amor por instinto, lo deseaba como una necesidad que le reclamaba su corazon, pero nunca lo habia experimentado en toda su fuerza; y excepto algunas señas de inteligencia que habia hecho á una niña que vivia enfrente de su colegio, y que de vez en cuando se asomaba á la ventana, no podia contar mas campañas amorosas. Concluidos sus estudios, regresó á México al lado de su familia, que si no era rica, poseia bastantes comodidades para ocupar una buena posicion en la sociedad. Al principio, Arturo extrañó las costumbres inglesas, la actividad, el comercio y hasta el idioma; mas poco á poco fué habituándose de nuevo al modo de vivir de México, y notó ademas que los ojuelos vivarachos de las mexicanas, su pulido pié y su incomparable gracia, merecian una poca de atencion. El carácter de Arturo se hizo algo mas triste, y siempre que volvia de una concurrencia pública, reñia á los criados; le disgustaba la comida, maldecia al país y á su poca civilizacion, y concluia por encerrarse en su cuarto con un fastidio y un mal humor horribles, cuya causa él mismo no podia adivinar.

Una de tantas noches en que aconteció esto, y en que se disponia á marcharse al teatro, se quedó un momento delante de su espejo, pensando que si su figura no era la de un Adónis, podria al ménos hacer alguna impresion en el alma de las jóvenes.

¡He! dijo: estoy decidido á empezar mis campañas de amor. He pasado una vida demasiado fastidiosa en el colégio. Este cielo azul, estas flores, este clima de México, me han reanimado el corazon, y me dan fuerzas y valor para arrojarme á una vida de emociones y de placeres. Peró quisiera no una querida, sino dos, tres, veinte, si fuera posible, pues tengo tanta ambicion de amor en el corazon, como Napoleon la tenia de batallas y de conquistas.

Si yo consiguiera conquistar los corazones, con amores, continuó, acabándose de poner los guantes; si tuviera

cierto secreto para hacerme querer de todas las muchachas, era capaz de hacer un pacto con el mismo diablo....

Un ligero ruido hizo volver la cabeza á Arturo, y se
encontró frente á frente con un hombre alto y bien dis-
tribuido en todos sus miembros. Sus ojos grandes y
rasgados, sombreados por rizadas pestañas, ya brillaban
como dos luceros, ó ya relucian como dos ópalos; en su
fisonomía habia alguna cosa de rudo y de salvaje, á la
vez que de agradable, que parecia participar de la belleza de un ángel y de la malicia de un demonio. Su cabello delgado y rubio, perfectamente arreglado, caia sobre
sus sienes y orejas, y engastaba su rostro de una manera
graciosa. Vestia un traje negro; y un grueso fistol de
diamantes, prendido en su camisa blanquísima y de rica
holanda, despedia rayos de luz de todos los colores del
íris. Una cadenita de oro y ametistas, asida á los boto-
nes del chaleco, iba á esconderse en la bolsa izquierda.
No podia apetecerse hombre, ni mas elegante, ni mas bien
presentado, y solo una mujer, con su curiosidad instintiva,
podria haber notado que las puntas de las botas eran ex-
tremadamente largas y agudas.

—¡Caballero! dijo Arturo saludando al recien llegado.

—Servidor vuéstro, querido Arturo, contestó con una
voz afable el desconocido.

—¿Podré seros útil en algo?

—¿Os habeis olvidado ya de mí?

—Quiero recordar vuestra fisonomía, repuso Arturo,
acercando una silla; pero sentaos, y hacedme la gracia de
darme algunas ideas....

—¿Os acordais, dijo el desconocido arrellanándose en una poltrona, del paso de Calais?

—Recuerdo, en efecto, contestó Arturo, que había un individuo muy parecido á vos, que reia á carcajadas cuando estaba á pique de reventarse el barco de vapor, y cuando todos los pasajeros tenian buena dósis de susto....

—¿Y recordais que ese individuo os prometió salvaros en caso de un naufragio?

—Perfectamente.... pero.... sois vos sin duda, pues os reconozco, mas por el hermoso fistol de diamantes, que por vuestra fisonomía.... Estáis un poco acabado.... El tipo es el mismo.... mas noto cierta palidez....

—Bien, Arturo, puesto que haceis memoria de mí, poco importa que sea por el diamante, ó por la fisonomía.... Soy el hombre que encontrásteis en el paso de Calais, y creo no os será desagradable verme en vuestra casa....

—De ninguna suerte, interrumpió Arturo, sonriendo y tendiendo la mano al hombre del paso de Calais: mi casa y cuanto poseo está á vuestra disposicion.

—Gracias, jóven: no os molestaré en nada, y ántes bien os serviré de mucho. Platiquemos un rato.

—De buena voluntad, contestó Arturo sentándose.

—Decidme, Arturo: ¿no es verdad que pensábais actualmente en el amor?...

—En efecto, repuso Arturo algo desconcertado; pensaba en el amor; pero ya veis que es el pensamiento que domina á los veinte y dos años. ...

—Decidme, Arturo: ¿no habeis sentido un mal humor horrible los dias anteriores?

—En efecto, contestó Arturo un poco mas alarmado; pero tambien esto es muy natural.... cuando el corazon está vacío é indiferente á todo lo que pasa en la vida....

—Decidme, Arturo: ¿no es cierto que teneis en el corazon una ambicion desmedida de amor?

—Pero vos adivinais, interrumpió Arturo, levantándose de su asiento.....

—Decidme, Arturo: ¿no es cierto que ántes de que yo entrara os mirábais al espejo, y pensábais en que vuestra fisonomía juvenil y fresca, podria hacer impresion en el corazon de las mujeres?

—Es muy extraño esto, murmuró Arturo; y luego, dirigiéndose al desconocido, le dijo: ¿Decidme quién sois?

—¿Quién soy?.... Nadie..... El hombre del paso de Calais..... Pasadla bien, continuó, levantándose de la poltrona, y dirigiéndose á la puerta: nos verémos mañana.

—No, aguardad, aguardad, gritó Arturo; quiero saber quién sois, y si debo considerarlos amigo, ó enemigo...

—Hasta mañana, murmuró el desconocido, cerrando tras sí la puerta. Arturo tomó la vela, y salió á buscarlo, pero en vano..... Ni en la escalera, ni en el patio habia nada..... todo estaba en silencio, y el portero dormia profundamente.

Arturo subió á su cuarto, se desnudó y se metió en su cama. En toda la noche se pudo borrar de su imaginacion el extraño personaje que habia adivinado sus mas íntimos secretos. Los ojos de ópalo del hombre de Calais y su fistol de diamantes, brillaron toda la noche en la imaginacion de Arturo.

Al dia siguiente, los primeros rayos de la mañana, que penetraban débilmente por entre los *trasparentes* de las ventanas de Arturo, disiparon las fatales ideas que habian turbado su sueño en la noche.

Ya mas tranquilo, tocó una campanilla, y ordenó al criado que le trajera una taza de té, y entre tanto tomó de su mesa de noche un tomo de Scott. Se hallaba embebecido en lo mas importante de su lectura, cuando sintió que le tocaban suavemente las rodillas; volvió la cabeza, y se encontró con el hombre de los ojos de ópalo.

—Me alegro mucho de veros, caballero, dijo Arturo incorporándose en el lecho.

—Ya veis que cumplo exactamente mi palabra.

—Lo veo; pero ¿cómo habeis entrado? La puerta está cerrada, y el picaporte no ha hecho ningun ruido.

El desconocido, sonriendo irónicamente, contestó:—Yo entro por las ventanas, por los techos, por las hendiduras: por donde quiera que puede pasar el aire, por ahí paso yo.

Arturo soltó una carcajada, y replicó:—Caballero, os quereis rodear de un aire tan misterioso y tan fantástico, que no he podido ménos de reirme. Dispensad la descortesía, y sentaos.

—Estais dispensado, jóven, dijo el desconocido, sentándose en la orilla del lecho; mas decidme: ¿no habeis visto toda la noche brillar en la oscuridad de vuestro cuarto mis ojos y el fistol que llevo en el pecho?

—Esto es demasiado, gritó Arturo incorporándose de nuevo, y tomando una pistola que se hallaba en su mesa de noche.

El desconocido, sin inmutarse, soltó una carcajada tan irónica, que desconcertó enteramente á Arturo.

Este puso lentamente la pistola en su lugar, y con voz tenue prosiguió:

—Caballero, me volveis loco...... habeis tenido tal atingencia en adivinar mis pensamientos, que si no me decis quién sois, os veré con desconfianza.

—Jóven, agradeced mi prudencia. Anoche podia yo haberos revelado mi nombre, mi procedencia, mis viajes, mis aventuras, mis designios; pero consideré que la falta de la luz del dia y la soledad en que estábamos, podia haber influido de una manera fatal en vuestro espíritu.

—¿Y qué quiere decir eso? preguntó Arturo, mirando atentamente á su interlocutor.

—Quiere decir, que anoche hubiérais tenido mas miedo que ahora......

Arturo sonrió irónicamente, y se dejó caer con desenfado sobre los ricos almohadones.

—Quereis saber mi historia, jóven?

—No tengo otro deseo, y os escucho. ¿De qué patria sois?

El desconocido suspiró dolorosamente, y contestó: Mi patria era magnífica, espléndida: la desgracia no se conoce en ella; pero hace muchos años que estoy desterrado.

—Pobre amigo mio! exclamó Arturo con un tono de compasion tan natural, que los ojos del desconocido se humedecieron; mas inmediatamente se repuso, y con tono enérgico dijo:

—¿A qué recordar desgracias pasadas, y que no tienen remedio?

—¿Hace muchos años que viajais?

—Mi oficio es vagar por el mundo, y he recorrido desde los montes Urales, hasta los Andes; desde el centro del Africa hasta el interior de los bosques del Norte-América.

—Vaya! interrumpió Arturo sonriendo, sois entónces el Judío Errante.

—Ojalá! contestó el hombre del paso de Calais; pero os haré una advertencia. El Judío Errante vaga continuamente, sin poderse detener jamas: en cuanto á mí, mas desgraciado que él, bajo otros puntos de vista, tengo una poca de mas libertad, pues me detengo donde me parece, y me traslado de un punto á otro, segun lo exigen mis ocupaciones.

—¿Sois comerciante, ó propietario? preguntó Arturo.

—Os diré mi oficio: donde hay guerra civil, allí me dirijo á envenenar las pasiones, á aumentar los odios y los rencores políticos. Cuando hay batallas, me paseo en medio de los fuegos y de la metralla, inspirando la venganza y la rabia en el corazon de los combatientes. Si se trata de diplomacia, me mezclo en las cuestiones de los gabinetes, y no inspiro mas que ideas de maldad, de engaño y de falsía. En cuanto al amor, hago de las mias, y mi mayor placer es mezclarme en intrigas amorosas. Donde veo un matrimonio feliz, arrojo la discordia: á dos amantes jóvenes y cándidos, que se quieren

como dos palomas, les inspiro los celos, y cambio su ido-
latría en profundo odio.   Las viejas son el instrumento
de que me sirvo: ellas siembran chismes, y se meten en
enderezar entuertos, lo cual es bastante para que todo
pase conforme á mis ideas.   Ya veis, Arturo; así me
vengo de mis infortunios; así olvido la memoria de una
patria donde vivia dichoso como un ángel, y de donde
salí para no volver á entrar mas en ella.

A medida que Arturo iba escuchando al desconocido,
su semblante se ponia pálido y desencajado, sus brazos caian como descoyuntados sobre su pecho, y sus
miradas, fijas y como petrificadas, no podian apartar-
se un momento de los ojos de ópalo y del fistol de brillantes del extranjero.

—Parece que no teneis gana de platicar ya, dijo éste
mirando que Arturo guardaba un profundo silencio.

—Me llena de terror tanta maldad, caballero; y si
considerara que son ciertas vuestras palabras, tendria
que deciros que os marcháseis en el acto de mi casa....
Decidme quién sois.... os lo ruego....

—Arturo: debíais ya haber adivinado mi nombre; pero
puesto que teneis ménos talento del que yo pensaba, sa-
bed....

—Vaya! dijo Arturo sonriendo.... ¿sois un personaje del otro mundo?....   Tanto mejor; así hareis que yo
en materias de amor tenga un éxito sobrenatural.

—Os hablaré seriamente. El mundo es muy diferente de lo que pensais, y mas de una ocasion tendreis
motivo de arrepentiros....

—En cuanto á eso, nada me digais. Yo bien sé que

en la vida hay sus pesares; pero vos exajerais..... Mas al caso: ¿quién sois? eso es lo que me interesa saber.

—Buena pregunta! contestó el extranjero, soltando una carcajada, que hizo estremecer á Arturo. El que causa todos los males del mundo; el que arroja la discordia donde quiera que hay paz; el que lleva á los hombres por un camino de flores donde hay ocultos áspides y abrojos, ¿quién puede ser?

—En efecto, un ser así, contestó Arturo, ó es un hombre muy perverso, ó el mismo diablo..... Arturo, al decir esto, notó que los ojos de ópalo y el fistol de diamantes relucian de una manera siniestra.

—¿Os deslumbra mi fistol? dijo el desconocido, sin darse por entendido de las últimas palabras de Arturo.

—Es un rico diamante, repuso Arturo, disimulando su emocion; pero acabemos de una vez: ¿cuál es vuestro nombre?

—Sois muy imprudente, amigo mio, contestó con voz suave el hombre del paso de Calais.

—¿Por qué?

—Mi nombre no puede pronunciarse sin espanto de los mortales: así es que para no destruir esa secreta simpatía que se ha establecido entre nosotros, vale mas no hablar sobre este particular. ....

—Vamos, caballero; habeis querido divertiros conmigo. Ya veo que no soy todavía mas que un pobre estudiante. Vos sois un caballero rico, que pasea por todo el mundo, y se divierte. Como tengo fortuna, juventud, salud y un corazon bien puesto para el amor y p ra las aventuras, y quiero ser vuestro compañero, ¿cómo debo llamaros en lo sucesivo?

—Llamadme.... llamadme.... como gusteis: Rugiero, por ejemplo.... es el marido de Laura en un drama de Martinez de la Rosa; y por otra parte, un nombre italiano no le va mal al diablo.

—Mas puesto que me aceptais por compañero, yo os prometo enseñaros el mundo, y hacer de vos un hombre de provecho. Mañana hay un famoso baile, y os presentaré á mas de una hermosura. Preparaos para comenzar vuestras campañas.

—Segun eso, teneis ya muchos conocimientos?

—Oh! muchísimos. Ya sabeis que los extranjeros tenemos una poquita mas de aceptacion con las mexicanas, y aunque no se sepa nuestra procedencia, ni la madre que nos parió, se nos abren de par en par las casas de mas tono. En cuanto á mí, paso por un rico y noble italiano, que viajo por satisfacer mi gusto, y tiro mi dinero por parecerme á los mexicanos. Esto no es del todo mentira: soy noble y rico, y ademas quiero ser vuestro amigo. Conque, mañana á las nueve de la noche vendré á buscaros.

—A las nueve os aguardo.

Arturo tendió la mano á Rugiero, y ámbos se despidieron, como antiguos amigos.

Arturo tomó despues una gran taza de té con leche; se recostó en sus mullidos almohadones, y se durmió de nuevo, pensando en la carrera de flores y de ventura que se le abria.

II.

El Gran Baile.

Rugiero fué exacto á la cita, y Arturo por su parte estaba ya á la hora convenida con su elegantísimo vestido, lleno de perfumes y con los guantes puestos. Ambos amigos se dirigieron al baile.

—Bellísimo edificio! dijo Arturo á Rugiero, al entrar al pórtico del teatro Nacional. ¿Os agrada, Rugiero?

—Hay monumentos mejores en Europa....

—¡Oh, indudablemente! Pero no deja de ser orgullo para un mexicano el poseer un teatro tan magnífico.

—Oh! en cuanto al orgullo, respondió Rugiero irónicamente, vdes. los mexicanos tienen el necesario para no pensar que mas valia un buen hospital y una buena prision, que no el lujo de un teatro rodeado de limosneros y de gentes llenas de harapos y de miseria; pero no os incomodeis, Arturo: el teatro es en efecto magnífico y digno de llamar la atencion; y por otra parte, mas negocios hago yo en una noche en esta clase de edificios, que en todos los hospitales del mundo.

—Venid, Arturo: examinemos todo lo que nos rodea.

Arturo siguió paseando á voluntad de su compañero.

Las columnas del teatro estaban adornadas de guirnaldas de laurel; multitud de luces, en vasos de todos colores, serpenteaban graciosamente por las columnas, y formaban en las elegantes cornisas graciosas figuras, que agitadas por el viento, ya se encendian y brillaban, ó ya un tanto opacas despedian su claridad de una manera indefinible y fantástica. En el patio habia distribuidos naranjos, dahalias, rosas, claveles, geranios y todo ese conjunto de hermosas y aromáticas flores que crecen en el clima de México al aire libre y sin necesidad de invernáculos. El elegante peristilo y los amplios y elevados patios estaban alfombrados: de los labrados barandales de fierro pendian lámparas, cuya luz vivísima se reflejaba en los cristales de la cúpula del patio. La luz, el aire impregnado con el aroma de las flores, y la elegancia y gusto con que se hallaba adornado el exterior del edificio, predisponian á recibir esas sensaciones desconocidas de amor y de placeres indefinibles, que solo puede sentir el alma ardiente de un jóven.

Arturo seguia á su compañero sin hablarle una palabra. Algo preocupado, comenzaba á sentir ya esa fascinacion desconocida que se experimenta en una orgía.

—¿Parece que estais muy entretenido, Arturo? dijo el desconocido: mirad, mirad, continuó, señalando dos jóvenes hermosas, que con unos vestidos de leve crespon celeste y sus blancas espaldas mal veladas con trasparentes chales blancos, se dirigian al salon, asidas del brazo de un caballero. Estas jóvenes iban dejando una atmósfera impregnada con el perfume del amor y del deleite.

—¿No es verdad, dijo Rugiero á su amigo, que la belleza tiene perfumes; que una mujer solo se puede comparar á una rosa en su hermosura y en su aroma?

2

—Es verdad, contestó maquinalmente Arturo, respondiendo á su pensamiento interior.

—Mirad! Arturo....

Arturo volvió la vista hácia donde le indicaba su compañero, y casi se rozó con los vestidos de un grupo de jóvenes. Eran tan hermosas como las primeras; la misma fascinacion habia en sus rostros, el mismo amor en sus miradas, la misma gentileza en sus cuerpos esbeltos, la misma elegancia en sus brillantes trajes de seda y de tercio pelo.

—Oh! exclamó Arturo, son ángeles, ángeles.

Rugiero soltó una carcajada de burla, que hizo estremecer á Arturo.

—Entremos, Rugiero; entremos, dijo Arturo, asiéndolo del brazo.

Rugiero y Arturo entraron al salon. El foro y el patio estaban unidos y entapizados con rica alfombra; los palcos estaban cubiertos con trasparentes y primorosas cortinas; multitud de quinqués, candiles y candelabros de cristal pendian del techo, pintado curiosamente. Las columnas relucientes de estuco de los palcos, adornadas con guirnaldas de rosas, sobresalian esbeltas y galanas, sosteniendo este gran salon. Enfrente del foro habia una especie de trono con un dosel de terciopelo y algunas ricas sillas de damasco y oro.

La orquesta preludiaba una contradanza: una línea de jóvenes hermosas, vestidas con un arte encantador, sonreian á una fila de elegantes, que con sus contorsiones, caravanas, movimientos y miradas, se esforzaban en com petir en coquetería con sus bellísimas compañeras de baile.

Arturo acabó de fascinarse completamente, y apartándose con su compañero á un pasadizo, de dijo:—"Rugiero, mi corazon es un volcan; circula fuego por mis venas, mi frente se arde. Amo á todas; á todas las veo seductoras y lindas, como los querubines: quisiera tener un talisman para avasallar todas estas voluntades, para mandar en todos esos corazones que laten altivos y orgullosos debajo de los encajes y el terciopelo."

Rugiero se quitó su fistol de brillantes del pecho, y lo colocó en el de Arturo.—Ve, jóven; di tu amor á las hermosas; declárate, y conseguirás victorias esta noche. No podrás triunfar de todas, porque el tiempo es corto; pero haz lo que puedas. Al decir estas palabras, Rugiero se confundió, y se perdió entre la multitud; y Arturo, confiado en su talisman, salió á la sala á poner en planta sus proyectos. Dirigióse inmediatamente á la jóven del vestido de gasa, que tanto llamó su atencion, cuando pasó por el vestíbulo cerca de él.

—Señorita: desearia tener la honra de bailar una contradanza con V.

—Sírvase V. poner su nombre en mi librito de memoria, le contestó sonriendo graciosamente, y sacando de su seno una preciosa carterita de nácar.

Arturo apuntó su nombre, y devolvió la cartera, haciendo una graciosa cortesía, y significando á la jóven su agradecimiento, con una mirada expresiva.

—Es muy bonito el nombre de V., caballero, dijo la jóven, recorriendo con la vista la cartera.

—Si fuera tan hermoso como el rostro de V., no apete-
ceria mas en la tierra.....

La jóven miró á Arturo con interes, y con voz cortada
y baja le dijo:—V. me favorece.

—¿Conque la quinta contradanza? preguntó Arturo.

—La quinta es de V., respondió la jóven.

Arturo se retiró sastifecho, y no dejó de notar que la
jóven habia dirigido á hurtadillas una mirada á su fistol
de brillantes.—Vaya, dijo Arturo, la primera á quien me
he dirigido, es mia ya. Sigamos....

Arturo dió un paseo por la sala, examinando cuidadosamente á todas las señoritas, hasta que llamó su atencion
una jóven. Vestia un traje de terciopelo carmesí oscuro,
que hacia resaltar los contornos y blancura de su cuello.
Su rostro era pálido, y podia decirse, enfermizo; grandes
eran y melancólicos sus negros ojos, y su cabello de
ébano engastaba su doliente fisonomía: podia decirse que
aquella mujer mas pertenecia á la eternidad que al mundo; mas á la tumba que al festin y á la orgía; mas á los
seres aéreos y fabulosos que describen los poetas, que á los
entes materiales que analizan los sabios.

Arturo se quedó un momento inmóvil y casi sin respiracion. La hermosura de la primera jóven lo habia
enagenado; pero la fisonomía doliente y resignada de la
segunda lo habia interesado sobremanera.

—Señorita, dijo Arturo con una voz tímida y respe-
tuosa, ¿me daria V. el placer de bailar alguna cosa conmigo?

—Caballero: estoy algo indispuesta, y me he negado á
bailar toda la noche, excepto la primera cuadrilla con un
individuo de mi familia; pero bailaré la segunda con V.

—Gracias, señorita! gracias por tanta deferencia! contestó Arturo con acento conmovido.

Las señoras que estaban cercanas, sonrieron, y la jóven pálida se puso ligeramente encarnada. En cuanto á nuestro paladin, las miró con desprecio, y dió la vuelta, sastifecho de los prodigios que obraba su talisman. Arturo recorrió dos ó tres veces la sala; mas no hallando otra jóven que le interesara, se resolvió á esperar la vez en que le tocara bailar con sus dos compañeras.

Rugiero le tocó el hombro y le dijo:—Parece que haceis muchos progresos. Dos jóvenes, las mas lindas que hay en esta sala, se han comprometido á bailar con vos: cuidado con el corazon.

Arturo volvió sorprendido la vista, para indagar de qué modo su amigo habia sabido tal cosa; mas oyendo preludiar la quinta contradanza, de un salto se puso en medio de la sala, y comenzó á buscar á su compañera.

—Encontré á V. por fin, señorita, dijo Arturo mirándola y tendiéndole la mano. Las hermosuras aun en medio de un baile son como las perlas; se necesita buscarlas cuidadosamente.

—Riéndome estaba, contestó la jóven con desenfado, y levantándose de su asiento, de ver cómo ha pasado V. tres ocasiones delante de mí sin verme.

—Es posible?

—Y muy posible; y ademas, la fisonomía de V. expresaba una ansiedad grande; de suerte que si no me hubiera V. encontrado....

—Probablemente habria tenido un malísimo humor el resto de la noche, interrumpió Arturo, oprimiendo sua-

vemente los dos deditos torneados que su compañera le
habia dado, segun es de etiqueta en los bailes de tono.

—Es posible? preguntó la jóven, dejando asomar una
graciosa é irónica sonrisa.

Arturo quedó tan encantado de ver una línea de dientes blancos y pequeños, que aparecian entre dos labios frescos y suaves como las hojillas de una rosa, que no pudo
responder, y solo fijó atentamente los ojos en su compañera.

Esta se quedó mirándolo tambien, y tuvo que taparse
la boca con su abanico para no soltar la carcajada.

Arturo se puso rojo como una amapola, y dijo entre
sí:—Soy un completo animal en esto de amores.

La jóven, como si hubiera penetrado su pensamiento
interior, le preguntó con tono indiferente:

—¿Ha traido V. su esposa al baile?

—No soy casado, señorita.

—En verdad, soy una tonta, contestó la jóven, en hacer tal pregunta. Tiene V. muy poca edad, y probablemente lo que hará ahora, será decir palabras de amor á
tres ó cuatro á un tiempo; ¿mas tendrá V. hermanas?

—Tengo padre y madre.

—Es una fortuna: yo tengo madre solamente: á mi
padre lo perdí siendo muy niña. Al decir esto, la jóven
inclinó la cabeza con profundo desconsuelo, y dió á su
fisonomía un aire tan compungido, que Arturo estrechando de nuevo los dos preciosos deditos que habia tenido
buen cuidado de no abandonar, le dijo con voz tierna:

—¿A qué recordar en una noche de placer y de alegría estas cosas tan tristes?....

—Atencion! atencion! A una! gritó un viejo elegante,
que hacia oficio de bastonero....

La música comenzó, y á compas rompieron el baile todas las parejas.... Era una cosa que tenia algo de mágico el ver moverse en graciosos giros todas estas criaturas, con sus espaldas y cuellos blancos, sus hermosas cabezas adornadas con diamantes y perlas, sus fisonomías encendidas; el respirar la atmósfera balsámica que brotaba de aquellos grupos; el percibir de vez en cuando los piés pequeños y pulidos, que ligeros apénas tocaban las flores de la alfombra; el adivinar acaso otros hechizos que apénas descubrian los trajes de seda al volar airosos como los celajes de oro y nácar que vagan en el azul de los cielos.... Oh! un baile es en efecto espectáculo en que los hombres y las mujeres pierden la cabeza y á veces el corazon....

Luego que la contradanza comenzó, la fisonomía de la jóven volvió á su habitual alegría, y tomando á su compañero, se lanzó entusiasmada á bailar entre los mil grupos.

Cuando Arturo enlazó la flexible y graciosa cintura de su compañera; cuando su mano sintió el calor de la pulida y suave mano de la jóven; cuando, en fin, respiró el mismo aliento que ella, y procuraba beber su respiracion y el fuego de sus ojos, sintió que una especie de calofrío recorrió súbitamente su cuerpo, que los vellos de su cuerpo se erizaron, que su corazon, cesando un instante de latir, se golpeaba violentamente dentro de su pecho, y que un vértigo le acometia: algunas gotas de sudor frio corrieron por su frente, y su mano temblorosa y helada oprimia la de su compañera.

Esta, preocupada enteramente con el baile, solo notó que Arturo habia perdido el compas; y con voz dulce, pero turbaba por la fatiga, le dijo:

—Parece que no os agrado mucho para compañera; estais distraido, y hemos perdido el compas.

—Ah! exclamó Arturo, saliendo con estas palabras de su enagenamiento; lo que tengo es que os adoro, que os amo, que sois mi vida, mi ángel!

—Apoyaos un poco en mi cintura para tomar bien el paso, interrumpió la jóven, sin darse por entendida de las palabras de Arturo.

Este, obedeciendo á la insinuacion de su compañera, tomó perfectamente el paso; y como era diestro en el baile, volaba materialmente en union de la jóven.

—¿Está bien el paso ahora, señorita?

—Perfectamente.

—Dejadme ahora que os diga que sois mi vida, mi tesoro, mi amor. Oh! quisiera que la muerte me sorprendiera....

—Oh! pues yo no: mucho mejor es bailar y vivir.

—Esa indiferencia me mata, señorita: decidme una sola palabra de consuelo.

La jóven, enagenada completamente con el baile, ó no escuchaba, ó fingia no escuchar los requiebros del fogoso amante, y seguia girando rápida y fantástica como una sílfide. Como habia acabado de subir la contradanza, Arturo y su compañera quedaron de pié en la cabecera, y pudieron con mas tranquilidad continuar su diálogo.

—Señorita, volvió á decirle Arturo, con la voz sofocada por el ejercicio y por la pasion, ¿tendrá V. la bondad de decirme, cuál es el nombre de V?

—Aurora, caballero.......

—Aurora! exclamó Arturo; Aurora! oh! es un nombre poético, bellísimo; en efecto, ninguno podia convenir mejor á una criatura tan linda como una diosa!

—De véras?..... interrumpió Aurora, con una sonrisa medio burlona.

—Positivamente, contestó Arturo, poniendo una cara tan sentimental, cuanto se, lo permitia la agitacion del baile.

—Crea V., caballero, que en este momento soy feliz...

—De véras? interrumpió Arturo enagenado, oprimiendo dulcemente la cintura de su compañera.... y....

—Positivamente, respondió Aurora; el baile es para mí una pasion. Cuando bailo, no me acuerdo ni del amor, ni de la desgracia, ni de nada mas que de que existo en una atmósfera diferente de la que respiro habitualmente en el mundo. Cada vuelta, cada giro del baile, me causa una sensacion agradable; la música produce una armonía deliciosa en mis oidos; y en este momento, repito, el compañero que tengo á mi lado es solo un instrumento necesario para mi diversion.

Arturo no contestó nada: el entusiasmo y aun el calor del baile se le aplacaron, como si hubiera recibido un baño de agua helada. Esta mujer es original, dijo entre sí. Con la mayor frescura me ha declarado que solo soy un instrumento para la diversion..... y este Rugiero, que me dijo que conseguiria triunfos y victorias!..... ¡Maldita suerte!

—Estais muy pensativo, caballero: ¿os ha fatigado el baile? le dijo Aurora con una voz suave y dirigiéndole una mirada expresiva.

Esta muestra de cariño disipó inmediatamente el mal humor de Arturo; y con el mismo tono de voz respondió:

—Estoy, en efecto, algo fatigado, no del baile, sino de haberos hablado de mi pasion, sin haber recibido de vos respuesta alguna.

—¿Qué quereis, caballero? interrumpió Aurora: el baile me enagena; y por otra parte, me parece cosa muy rara que acabándome de conocer, me hableis con ese calor, y me tengais un amor tan vehemente.

—¿Y lo dudais, Aurora?

—Por supuesto que sí. He bailado esta noche con mas de seis jóvenes, y todos me han dicho una cosa idéntica; y á fé que no les he dado mas crédito que á vos; pero aguardad, se me ha desatado una cáliga, y esto me impide seguir bailando. Sentémonos.

III.

Una Caliga y un Desafio.

Arturo, obsequiando la insinuacion de su compañera, la condujo inmediatamente y con la mayor delicadeza, á un asiento, y encontrándose otro vacío, tuvo, como se deja suponer, el cuidado de sentarse junto á ella, para continuar, si posible era, la amorosa conversacion que tantas interrupciones habia sufrido.

Antes de seguir dando cuenta de ella, y miéntras que nuestra jóven se sienta como una reina, dando vuelo á su vestido, tomando un ligero y blanco chal para cubrir su cuello y espaldas ardientes, desplega su abanico para echarse viento, con la gracia y donaire propio de las mexicanas, darémos algunas pinceladas, que si no tracen su retrato, al menos den una idea de la gentil Aurora.

No cumplia diez y siete años. Su talle, flexible y airoso como una palma, no carecia de robustez y desarrollo, sin que en lo mas mínimo perjudicara á su gracia y soltura. Cada movimiento de su cuerpo era diverso; cada cambio en su postura era una nueva gracia que podria descubrir el mas indiferente observador. Su pié calzado con un zapato blanco, era defectuoso de puro pequeño, y en los giros y revueltas del baile, era delicioso percibir entre los encajes y bordados del vestido interior, una pierna delicada, redonda sin ser gruesa, y cubierta de una media finísima y trasparente en las partes que ostentaba su rico calado.

En cuanto al rostro, Aurora no era lo que puede llamarse una miniatura; pero ¡cuánta gracia, cuando abria sus labios para sonreir! ¡cuánta expresion, cuando sus ojos, llenos de brillo y de alegría, se movian para expresar alguna pasion, ó algun deseo! ¡Qué preciosa cabeza redonda, perfectamente hecha, con un cabello blondo, que caia en dos graciosas bandas sobre sus mejillas, dejando solo percibir un fragmento de las orejas, nácar y fino como las rosas encendidas de las selvas. Completaba su peinado un *marabou* ligero y leve como la espuma, y una pequeña cadenita de oro enlazada en sus gruesas trenzas, recogidas con la mayor sencillez y gracia en la parte posterior de su linda cabeza, y haciendo resaltar mas la redondez exquisita de su cuello. El cútis de Aurora no era de ese blanco de alabastro, que es tan raro en los climas tropicales, sino de ese color que los pisaverdes llaman *apiñonado*, y que es el mismo que el inmortal Murillo dió á las figuras de sus mejores cuadros. Ligera en sus movimientos, pronta y aguda en sus palabras, alegre, brillante como un colibrí, con la sonrisa en los labios, con la alegría y el amor en los ojos, Aurora era una sílfide, una de esas pequeñas magas traviesas que recorren los palacios orientales en los cuentos de las Mil y una noches, y que se vuelan por los cielos de oro y de zafir del Eden de los mahometanos. Aurora parecia positivamente un sueño, una ilusion, y no una mujer material. Era necesario limpiarse los ojos, verla y volverla á ver, para cerciorarse de su existencia.

Ya podrémos figurarnos cuánto amor, cuántos deseos, cuántas emociones despertaria Aurora en el alma de su compañero de baile.

Cuando Aurora se sentó, restregaba con disimulo en su mano el liston que habia arrancado de su calzado. Despues con desenfado lo dejó caer.

Todo el mundo sabe de cuanta importancia es para un amante una cáliga, un cabellito, la cosa mas insignificante que pertenece á la mujer que ama. Arturo alzó el trozo de liston, lo acercó á sus labios, y lo guardó en la bolsa de su chaleco.

—¿Qué hace V., caballero? le dijo Aurora: van á observarnos.

—Beso el liston que ha tirado V. y que ha ligado su primoroso pié.

—Basta ya, caballero! le dijo Aurora, dando un aire increible de seriedad á su linda fisonomía: he permitido á V. durante el baile que me diga flores, porque esa es la costumbre de todos los hombres; pero ya toma V. la cosa con demasiado calor, y es menester terminar. Devuélvame V. mi liston, ó tírelo, que al fin no pasa de una cosa bastante despreciable.

Arturo, que no aguardaba tal reprimenda, de parte de Aurora, quedó un momento como petrificado; mas recobrando poco á poco su sangre fria, le contestó con dignidad.

—Señorita: si V. interpreta el ardor de mis palabras, como una falta de educacion, desde luego me arrepiento de haberlas pronunciado, y doy á V. la mas humilde satisfaccion; pero ya que hemos entrado á un tono serio, le repetiré que lo que he dicho, sin ser escuchado, me lo ha dictado el corazon. No tengo, en verdad, derecho de ser creido, ni ménos de ser amado; ¿pero me permitirá V. que la vea alguna vez despues de esta noche? ¿será V. tan cruel, que la primera ocasion que nos vemos, me deje la dolorosa idea de que la he disgustado? No son palabras de amor las que dirijo á V.; es una satisfaccion la que le doy, y no quedaré contento, si V. no me asegura al ménos su amistad.

—No vale la pena lo que ha pasado, caballero, para estar incómoda contra V., contestó Aurora con su ligereza habitual, y dando á su fisonomía su aire risueño; pero luego vdes. mismos, despues que se divierten con las pobres mujeres, las llaman frívolas y coquetas.

—¡Oh! jamas diré eso de V., Aurora.

—¿Y por qué no? al ménos las apariencias me conde-

narán. No amo á nadie; gusto del baile y de la broma:
mi edad, aunque no mi figura, me rodea de jóvenes: á
todos hablo, con todos rio, con todos bailo.... Vea V.,
justamente aquí viene á sacarme para las Cuadrillas el
Sr. D. Eduardo H***

Aurora se levantó de su asiento, y dió la mano al nuevo compañero; pero ántes se inclinó coquetamente casi
al oido de Arturo, y le dijo:—Tire V. esa cáliga.

—Jamas se separará de mi carazon, contestó Arturo
en voz baja.

· Aurora sonrió; su compañero la dijo:

—¿Tenemos nueva conquista, Aurora?

—Oh! ya sabe V. que diariamente hago una docena.
¿Estará V. celoso?

—Y 'mucho, le dijo el nuevo galan.

—Bailemos, bailemos, le dijo Aurora, sin hacer caso
de las últimas palabras de su compañero.

Arturo siguió con los ojos á la hermosa Aurora, y cuando se confundió entre la gente que ocupaba el centro del
salon, se levantó de su asiento, y con un mal humor visible se salió á una de las galerías, encendió un habano; y
cabizbajo, se comenzó á pasear sumergido en profundas
cavilaciones. Arturo, á lo que creia, estaba apasionado
locamente de Aurora.

Llevaba un buen rato de pasearse, cuando advirtió, á
pesar de su distraccion, que un jóven de negros bigotes y
perilla, tez morena, ojuelos chicos, pero negros y vivarachos, y que vestia el uniforme de la caballería ligera de
línea, y llevaba en sus hombros las divisas de capitan, se-

guia su misma direccion, y en cada vuelta procuraba de tenerlo y rozarse con él.

Arturo levantó los ojos, y miró resueltamente al capitan de caballería.

Este, por su parte, puso una mano en la cintura, miéntras con la otra jugaba con las borlillas de su cinturon; y con aire burlon y una maligna sonrisa, se puso á su vez á mirar á Arturo.

—Vaya! dijo Arturo á media voz, es un fatuo; volvióle las espaldas, y continuó su paseo.

—Vaya! dijo el capitan, tambien á media voz, es un cobarde: volvióle las espaldas, y continuó su paseo.

A la siguiente vez volvieron á encontrarse, y se arrojaron ámbos una mirada terrible.

Esto se repitió dos veces. A la cuarta, Arturo habia ya perdido la paciencia, y se resolvió á tener una explicacion con el singular capitan.

—Parece, capitan, le dijo Arturo, que mi presencia le incomoda á V., y como á mí me sucede otro tanto, seria bueno que uno de los dos despejara....

—En ese caso, haré que despeje V., no solo la galería, sino el edificio, pues toda la noche me ha estado V. incomodando, y no deseo sufrir mas.

—Desearia ver, le replicó Arturo, sonriendo á su vez irónicamente, cómo despeja V. la galería y el edificio.

—De esta manera, gritó el capitan colérico, ó intentando asir á nuestro jóven por el cuello de la casaca.

—Silencio! le dijo Arturo enseñándole el cañon de una pistola: si se atreve V. á tocarme, le parto el cráneo.

El capitan se contuvo.

Arturo prosiguió:—He venido prevenido, ¿no es verdad? Ya sabia yo que hay en **México** mucha canalla, que deshonra las divisas militares que porta....

—¿Es un insulto dirigido á mí, caballero? dijo el capitan, pálido y tembloroso de la cólera.

—Como V. guste.

—Muy bien. En ese caso es menester que nos veamos.

—Cuándo?

—Mañana.

—A qué hora?

—A las seis de la tarde.

—Dónde?

—En el bosque de Chapultepec.

—Es un paraje público.

—De allí irémos á otro.

—Corriente.

—Corriente.

El capitan se marchaba; pero Arturo lo tomó del brazo, y lo llevó á un lugar mas apartado, pues algunos curiosos comenzaban á observar.

—Estoy dispuesto á todo lo que V. quiera, capitan; pero deseo saber qué motivo ha tenido V. para provocarme, pues no puedo concebir en V. tan poca educacion.

—En efecto, replicó el capitan con desenfado, el modo ha sido brusco; pero cuando se detesta á una gente, todos los medios son buenos, y yo detesto á V. con toda mi alma.

—Sea enhorabuena, y por mi parte está V. desde ahora correspondido; pero deseo al ménos saber el motivo de ese odio.

—En dos palabras.se lo diré á V.

—Hable V.

—Estoy .enamorado locamente de esa mujer con quien ha bailado V.; con quien ha platicado toda la noche. He visto que ha guardado V. un liston de su cáliga; en fin, caballero, quiero la sangre de V., su vida: así, es un desafío á muerte.

—Muy bien, capitan, dijo Arturo con alegría, estrechándole la mano. Estoy contento con V.; me gustan los hombres de un carácter resuelto. ¿Qué armas?

—No deseo que este desafío sea una farsa, como sucede siempre en México: así, yo llevaré mi espada, y V. la suya: en cuanto á padrinos, será menester excusarlos; combatirémos solos.

—Perfectamente, dijo Arturo: por mi parte no habrá farsa. Me he educado en Inglaterra, y allí los hombres que se desafian, combaten.

—Mañana á las seis, en los arcos de Chapultepec.

—No faltaré, respondió Arturo.

Convenidos así, el capitan salió del vestíbulo del teatro, y Arturo entró al salon, acordándose de que tenia su palabra comprometida para bailar con la otra señorita de quien hemos hablado.

Al entrar al salon, Aurora que salia, casi tropezó con Arturo, y acercándose á su oido, le dijo: Todo lo sé; y si me ama V., no comprometa un lance: el capitan Manuel es un calavera; pero mañana á las seis habrá cambiado de humor.

Arturo, sorprendido de que Aurora estuviese enterada de todo, le preguntó:

3

—Pero, Aurora, ¿quién ha podido imponer á V. de una conversacion que yo creo no ha escuchado nadie?

—Rugiero, su amigo de V.

Al oir este nombre, Arturo se puso pensativo; pero Aurora se quitó una flor que tenia prendida en el vestido; y con una sonrisa amorosa le dijo:

—Vamos, Arturo, tenga V. un recuerdo mio, pero obedézcame. Fío en V. Adios.

Aurora desapareció entre la multitud, en compañía de un vejete prendido y almibarado, como un Adónis, y que prudentemente se habia hecho á un lado, miéntras pasaba el corto diálogo que acabamos de referir.

IV.

Fin del Baile.

La cuadrilla que tocaba á nuestro jóven bailar con la segunda compañera, comenzaba á preludiarse por la música: así es que aquel recorrió el salon para buscar á su pareja, y la encontró efectivamente en su asiento, con el mismo aire triste y doliente.

Arturo, sin decirle una sola palabra, le tendió la mano.

La jóven, haciendo un esfuerzo, se levantó de su asiento, exhalando un ligero quejido, y presentó á su compañero una manecita blanca como un alabastro.

—Parece que sufre V. algo, señorita, le preguntó Arturo con interes.

—Continuamente, caballero, le contestó con una voz tenue, pero del mas dulce y apacible sonido.

—Si no fuera indiscrecion, podria preguntar á V. ¿qué mal es el que tiene?

—El pecho, caballero, me hace sufrir algunas veces; los médicos me curan diariamente, pero jamas me alivian.

La jóven suspiró; al suspiro siguió una tos suave tambien, como el acento de su voz.

Arturo llevó á su compañera al lugar correspondiente; y miéntras que se organizaban las cuadrillas, pudo contemplarla mas despacio.

Tendria veinte y dos años; su cútis era blanco, limpio y pulido como el de las cabezas de mármol de los antiguos maestros italianos. Sus labios eran un poco pálidos y sombreados por un leve bozo; sus grandes y rasgados ojos negros, estaban llenos de sentimiento y de melancolía, y sobre sus párpados resaltaba una sombra morada: su cabello, cómo el ébano, daba mas interes á su rostro. En la voz, en los movimientos de esta mujer habia un no se qué de misterioso, que interesaba sobremanera. Arturo olvidó en aquel momento á Aurora, y solo pensaba en contemplar aquella figura que formaba un contraste con la alegría, con el amor, con el entusiasmo que reinaba en la concurrencia que habia en la sala.

Las cuadrillas comenzaron: Arturo sintió que la mano de su compañera estaba helada y temblorosa.

—Si sufre V., nos sentarémos, señorita, le dijo.

—El baile me distrae un poco, caballero, y ahora estoy mejor.

En cuanto la ocasion lo permitió, Arturo se atrevió á entablar de nuevo la conversacion con la jóven.

—Sus males de V. me aflijen sobremanera, porque tan jóven, tan hermosa como es V., debe sufrir mucho al verse así.... desgraciada.

La jóven suspiró profundamente.

—Señorita: el interes que V. me inspira, me mueve á preguntar á V. su nombre.

—Teresa, caballero, servidora de V.

—Gracias, señorita. Desearia ser á V. útil en algo.

—Mil gracias, caballero, respondió á su vez Teresa: ¿quién podrá decir que no necesita de otro? continuó; y ademas, la finura y la educacion de V. lo recomiendan.

Arturo estaba encantado. Las cuadrillas se acabaron; pero un cierto temor anudaba las palabras de Arturo en la garganta, y no pudo decirle mas que frases comunes: así es que solo sacó una tarjeta de la bolsa, y la ofreció á Teresa.

Esta costumbre usada en Europa, pareció á Arturo que debia generalizarla aquí. Teresa se alarmó al principio; mas viendo que la tarjeta solo contenia el nombre impreso, la guardó, dando las gracias á Arturo, y despidiéndolo con una triste sonrisa.

Habian ya dado las doce de la noche; el telon se alzó, y apareció una espaciosa mesa de mas de cien cubiertos, toda llena de vasos exquisitos de cristal y de jarrones de blanca porcelana, llenos de ramos de flores, cuyo olor se mezclaba con el de los perfumes de las damas y el de los generosos vinos.

Los caballeros tomaron á las señoritas del brazo para conducirlas á la mesa. Arturo, desolado, buscaba á Aurora; pero no tardó en saber que se habia marchado. Acordóse entónces de Rugiero; y habiéndole encontrado, se colocaron en un lugar á propósito, para ver pasar todas las parejas que se dirigian á la mesa.

—Cáspita! dijo Arturo á Rugiero, este capitan tiene tino para enamorarse de las mismas mujeres que yo. Ved.

En efecto, el capitan Manuel daba el brazo á Teresa, y ambos platicaban con el mayor interes.

—Es una historia de niños, que mas tarde sabréis, amigo mio, le dijo Rugiero: por ahora veamos.

—Al fin, mañana á las seis combatiré con el capitan, contestó Arturo, y me las pagará todas juntas. . . .

—Bravo! interrumpió Rugiero, hemos comenzado perfectamente: *una flor en la casaca y un desafio.* Seré vuestro padrino.

—No: el capitan no quiere padrinos.

—Os asesinará entónces.

—Bah! dijo Arturo con desprecio y frunciendo los labios: he aprendido la esgrima en Lóndres, mejor que las matemáticas, y . . . . Pero ahora que recuerdo, ¿cómo escuchásteis nuestra conversacion, que Aurora. . . ?

—Estaba detras de la cortina, pues vdes. discutian cerca de la puerta, y sin querer, lo oí todo.

—Mas por qué razon lo dijísteis á la muchacha?

—Bah! Sois muy tonto: un desafio es un motivo para hacerse interesante con cualquiera mujer de estas que concurren á los bailes, á los teatros y á los banquetes.

—Teneis razon, Rugiero: sois mi maestro, y os estoy muy agradecido, dijo Arturo estrechándole la mano.

La mesa presentaba un aspecto encantador. Escuchábanse mil palabras confusas, cortadas, confundidas con el ruido de los cubiertos, con el estrépito del hirviente Champaña que de las brillantes copas de cristal, pasaba á los labios de rosa de las jóvenes. Mil manos blancas y redondas aparecian en movimiento; mil rostros, encendidos con el placer, se descubrian de uno y otro lado en la espaciosa línea que presentaba la mesa, y que terminaba en un medio punto para volver á extenderse en una doble direccion paralela, hasta donde lo permitia el salon que estaba formado en el foro, y adornado con cortinajes trasparentes y vistosos.

Arturo y su compañero dieron una vuelta al derredor de la mesa, tropezando con los mozos que traian los pavos, los vinos y las jaletinas, con no poca dificultad.

Arturo notó á Teresa un poco mas triste y pensativa: dos jóvenes la obsequiaban; pero ella rehusaba sus atenciones, con una fria política. El capitan Manuel no estaba allí.

—Es singular esta mujer, pensó Arturo, y debe ser muy desgraciada.

—Las señoras mexicanas son demasiado modestas y sobrias, dijo Rugiero: comen poco, y casi nada beben; pero en cambio. . . .

—Pero en cambio, qué? interrogó Arturo amoscado.

—En cambio, contestó Rugiero con calma, hieren sin
consideracion los corazones de los jóvenes.

Arturo sonrió, sin dejar de observar á la interesante
Teresa.

La mesa concluyó pronto, pues en los grandes bailes
de México se ponen mas bien por lujo; y las señoras por
ceremonia toman algo de los manjares y apénas acer-
can á sus labios las copas de vino. No sucede así con los
hombres, pues algunos se arrojan con un furor bélico á
los platos, despues que se han retirado las señoras; y hay
quiénes tienen la sangre fria necesaria para guardarse un
pavo en el faldon de su casaca, y llenar su sombrero de
pastillas y dulces.

Así que solo quedaron los tristes despojos de la mesa,
y que terminó la sangrienta batalla que trabaron los concurrentes con los inocentes pavos y los durísimos jamones,
la sala se volvió á animar con la concurrencia: los músicos,
con el humo del champaña, soplaban con mas vigor en
los instrumentos; y algunos pisaverdes y militares de dorados uniformes, cuyo estómago se hallaba sastifecho,
abandonaron su fingido aire de gravedad, y tomaron el
tono amable y jovial, propio del carácter mexicano; y que,
en honor de la verdad, se debe confesar que por lo general no degenera en grosería, ó liviandad.

Arturo bailó con dos ó tros jovencitas, á las cuales no
dejó de echar sus flores, que fueron recogidas con agrado;
pero no interesándole ya ninguna, pues Aurora y Teresa se habian marchado, se sentó en una silla colocada
en un rincon, adonde á poco fué á reunirsele Rugiero.

—Vaya! decidme francamente, le dijo Rugiero, ¿qué
tal os ha ido en el baile?

—Francamente.... mal, contestó Arturo: deseos irrealizables, zelos, tormentos amorosos, fatigas, desaires esto no puede llamarse diversion, sino martirio.

Rugiero sonrió irónicamente, y dijo: Este es el mundo, Arturo; y miéntras mas andeis en él, mas delicias tendréis.... semejantes á las de esta noche se supone.... pero dejemos eso, y contentaos con besar vuestra rosa, á falta de otra cosa mejor.

Arturo, con la obediencia de un niño de la escuela, besó dos ó tres veces la rosa, y la volvió á colocar en el ojal de su casaca.

Rugiero rió maliciosamente, y acercándose mas al jóven, le comenzó á hablar en voz baja.

—Qué locos y miserables son los hombres! dijo: el que se considera con mas experiencia, no es mas que un niño. Creedme, Arturo; en el mundo se necesita descargarse de ese fardo que se llama conciencia: una vez conseguido esto, se abre al hombre una carrera de gloria, de amor, de honores, de distinciones y de riquezas. ¿Veis aquel hombre que se pasea orgulloso y erguido, y á quien una multitud de fatuos y de pisaverdes siguen y colman de atenciones? Pues su fortuna la ha conseguido especulando con la sangre de los infelices; adulando á los ministros; haciendo oficios rastreros y bajos, al lado de los grandes personajes. Si alguna infeliz vieja entra en su casa, el portero la arroja de la escalera; los perros la muerden; los lacayos la burlan, y nuestro hombre, sin dolerse de su miseria, le dice con voz insultante: *No tengo; váyase V. de mi casa.* Este hombre va en seguida, y se arrastra, como un reptil, con los que necesita; pero todo esto no importa, él ha conseguido su fin: tiene carrozas, caballos, criados, palco en el teatro; y es lo bastante para que toda esta sociedad, que no quiere mas que el aparato y las exterioridades, y que desprecia altamente las virtudes privadas, lo honre, lo admita en su seno y lo colme de distinciones. Cualquiera de los miserables que andan con los grillos al pié, en medio de las filas de soldados, tiene ménos delitos que este hombre; pero.... así es el mundo, y así es la vida, jóven. Como este hombre hay mas de una docena en la sala.

Mirad aquel viejo general lleno de bordados y de fatuidad: cualquiera diria que es uno de esos valientes que rodeaban á Napoleon en los tiempos de su gloria. Pues en las pocas acciones, donde la casualidad lo ha colocado, siempre ha quedado á retaguardia; porque en él la prudencia se ha sobrepuesto siempre al valor; y sus ascensos los ha conseguido especulando, en nombre del pueblo y de la libertad, con las discordias civiles: esto le ha valido una reputacion colosal, y ha sido honrado, confiándosele puestos en el Estado, que debian estar reservados á la virtud y á la honradez. Pero así es el mundo, y así la vida, jóven.

Veis aquel viejo? sus dientes han caido, y están sustituidos por el dentista: su cabello ha enblanquecido, pero está reformado por una peluca; y su cuerpo acaso está en lo interior lleno de vendajes y medicinas, pues lo único que sobrevive en este hombre, á quien va abandonando la carne, es la avaricia y el amor físico. Es magistrado; á él le están confiados los santos derechos de la justicia, que los gobiernos deben administrar á los hombres; pero léjos de amparar al huérfano, á la doncella, ó al desvalido, lo que hace es dejar al huérfano sin tener que comer; seducir á la doncella, y mandar al diablo al desvalido. Sin embargo, no hay cargo público que no se le confie; no hay familia que no le entregue sus tiernas hijas; no hay gobierno que no le consulte sobre los puntos mas graves de la administracion. No os canseis, Arturo, jamas habrá entre los mexicanos una felicidad duradera, miéntras los escándalos y la inmoralidad se toleren, desde el camino real, hasta el ministerio; desde el palacio del gobierno, hasta el centro del hogar doméstico. . . .

Pero ved otra cosa digna de atencion: esta gran señora que pasa ahora junto á nosotros, llena de perlas y diamantes, es una historia entera de escándalo y de maldad. La soga de diamantes se la ha regalado un ex-conde. . . . los aretes un rico comerciante: todos los dias muda amantes, como trajes: el marido tiene todas las noches una inocente tertulia de tresillo, que le produce para mantener el coche y el palco; y la hija acompaña á la madre á todas las orgías y los paseos al campo. ¿Qué queda, pues, de una mujer, cuando desnuda de toda belleza, lleno su rostro de arrugas, y marchita por los años, se ven las viciadas inclinaciones de su alma?

¿Creeis, Arturo, que entre todas estas mujeres que bailan, y que se hallan como ebrias con el placer y el deleite se puede sacar una inocente esposa, una buena madre de familias?

¿Creeis que los que han dado este baile, aman á ese gran magnate, que tiene como sujetos á un hechizo á ocho millones de habitantes? La adulacion y el interes son los ínicos sentimientos que dominan en estos hombres; y cada uno calcula que los mil pesos que ha gastado, le producirán·veinte ó treinta mil.

¿Creeis que esos diplomáticos de bordados uniformes y cruces en el pecho, que se pasean del brazo con los generales, aman al pais, y están interesados en su prosperidad? Pues nada de eso: en el fondo de su alma detestan á los mexicanos; y sin acordarse de la infancia de sus pueblos, y de los errores de sus revoluciones, pintan el pais, como si fuese habitado por salvajes y asesinos.

Y esas mujeres, que veis que se abrazan; que se dan al despedirse amorosos besos en las mejillas, ¿creeis que se aman? Pues se detestan cordialmente: el peinado, el traje, el calzado, es entre las mujeres un motivo de odio y de envidia, como lo es entre los hombres el talento, el dinero, ó los empleos.

Nunca hay mas enemistad entre la sociedad, que cuando, como ahora, espléndida y brillante, se reune al parecer para divertirse, pero en la realidad para especular y aborrecerse....

Arturo permanecia absorto y pensativo; y estas palabras de Rugiero parecia que le quitaban una venda de los ojos, y que una por una iban deshojándose todas las flores de su corazon: en su enagenamiento le parecia que las luces se opacaban; que la belleza de las mujeres se desvanecia; que los hombres aparecian armados de puñales y prontos á despedazarse; que los graciosos giros del *valse* eran una danza fantástica é infernal; y que la música, al exhalar sus armonías dulces, tenia un tono que desgarraba el corazon. Cuando volvió la vista, se encon-

tró con los ojos de ópalo de Rugiero, y un ligero calofrí
recorrió todo su cuerpo.

Rugiero se puso en pié, y lentamente salió de la sal
Arturo no pudo hablarle una palabra, y permaneció to
davía un gran rato sumergido en profundas cavilacione

V.

La pobre familia.

Miéntras que la música, el amor y el regocijo habia
reinado en lo interior del espléndido salon del teatro,
tempestad y los relámpagos habian surcado el cielo, y
lluvia habia casi anegado las calles de la ciudad. Cua
do Arturo salió del baile, los primeros rayos del sol c
menzaban á disipar los negros nubarrones que duran
la noche habian reposado sobre los edificios: el azul d
las montañas con que termina la vista de las hermosas
rectas calles de México, estaba limpio y brillante; y p
la cima de las mismas montañas, asomaban los rayos d
la luz nacarada de la aurora, que teñia de oro y de gua
da las nubes que iban alejándose precipitadamente L
calles estaban mojadas, el viento húmedo y penetran

chas de las casas cerradas y silenciosas: se veia una
e otra anciana que salia de la puerta de su casa, ó los
iados y artesanos que, envueltos en sus largos zarapes,
dirigian á sus quehaceres. Se escuchaba el sonido de
s ó tres campanas, que llamaban á misa, y á este solo pausado y religioso se unia solo el mugido de las
cas, que se ordeñan todos los dias en las plazas de la ciu-
d. El silencio, el frio, las misteriosas campanas que
maban á los fieles á la oracion de la mañana, el can-
ncio y la irritacion febril que produce una noche de
gía, hicieron nacer en el alma de Arturo otro género
ideas. Al salir por las gradas del vestíbulo, se desva-
ció el prestigio y la fascinacion que se apoderaron de él
cas horas ántes, cuando entró por ese mismo vestíbulo
minado con luces de colores y embalsamado por los
omas de las flores. Ademas, las últimas palabras de
agiero lo habian desencantado de tal manera, que apé-
s hacia una noche que habia entrado en el torbellino
l mundo, y sentia ya cansancio y fatiga.

—Miserable farsa! ¡infame comedia la que se represen-
diariamente en la sociedad! dijo entre sí, y estregando
n cólera la flor que Aurora le habia dado, y que tenia
endida en su casaca. Si esta mujer, continuó echan-
á andar maquinalmente por la calle, me amara, seria
hombre mas feliz de la tierra; pero es ligera, frívola...
hermosa como un ángel, por mi desgracia.

Arturo, como arrepentido, comenzó á componer cuida-
samente las hojillas de la rosa que hacia un instante
bia maltratado.

—Y al fin de una maldecida diversion de estas, ¿qué otra

cosa queda, sino hiel en el corazon y cansancio en el cuerpo!
¿Qué hace un jóven, apasionado de una mujer que rie y que
baila y que se vuelve una loca, sin hacer caso de otra cosa? Pero ¿y la flor, y sus sonrisas.... y el desafio? Ahora
me pesa este compromiso: combatir, y matar á un hombre por un insignificante pedazo de liston, es horroroso.

Arturo sacó el trozo de cáliga; lo miró un momento y
lo acercó á sus labios.

—Oh! el pié que ha ligado este liston, es divino. Aurora me ama, no hay remedio, ó mejor dicho, yo la adoro
como un insensato. Sí, combatiré con el capitan: me fas-
tidia, lo aborrezco con toda mi alma. Si le mato, me fu-
garé; me iré á Europa de nuevo. Si él me mata.... mejor.... la vida me es odiosa.... Pero dejemos estas
ideas tristes... lo que me importa ahora es dormir, y de
aquí á la tarde, hay diez horas de tiempo.

Iba tan distraido Arturo con los pensamientos tumul-
tuosos y encontrados que agitaban su mente, que no
advirtió que se habia desviado del rumbo de su casa; y
tal vez hubiera vagado por toda la ciudad, si al voltear
una esquina, no lo hubiera sacado de su enagenamiento una voz tímida y temblorosa que dijo: *Señor, una limosna.*

Arturo volvió la cara, y se encontró con una mujer tapada con un rebozo y unas enaguas blancas y delgadas
cuya vejez, apesar de su aseo, se podia notar de luego
á luego. Incómdo de verse así interrumpido en sus cavilaciones y detenido en su marcha, desvió con la mano
á la mujer, y con voz brusca contestó: *Vaya á trabajar
y no moleste.*

Un ligero sollozo salió involuntariamente del seno de

la pobre mujer, y con voz mas fuerte dijo: *señor, mi madre y mi padre se mueren de hambre.*

Habia un no sé qué de profundamente doloroso y verídico en el acento de esta mujer, que Arturo se detuvo, y acercándose á ella, le dijo: ¿Dónde están tus padres?

La mujer descubrió hasta la mitad su cara. Arturo quedó un momento confuso y sorprendido, al notar que la miserable limosnera parecia un serafin.

—Bien, yo socorreré á tus padres, niña, le dijo Arturo, pero deja que vea bien tu rostro: pareces muy hermosa. La muchacha, con uno de esos movimientos admirables y divinos del pudor, cubrió un poco mas su cara, y solo dejó contemplar al jóven dos hermosos y apacibles ojos azules, de donde rodaban lentamente dos lágrimas, que brillaban como dos diamantes en la seda finísima de sus mejillas. Una que otra madeja de pelo rubio y brillante como el oro, se escapaba de entre el rebozo, y caia sobre una frente tersa, limpia y de la mas pura encarnacion. La luz de la mañana daba mas poesía y mas interes á la fisonomía de esta pobre muchacha.

Arturo, preocupado contra el mundo y contra la sociedad, dijo entre sí:—Vamos! esta muchacha vale mas, con sus pobres harapos, que todas esas coquetas vestidas de seda con quienes he bailado esta noche....aunque probablemente la enfermedad de su padre y de su madre serán una fábula.... Todo es mentira y engaño en este mundo.... Pero, ¿qué pierdo en seguir esta aventura? Sepamos dónde vive; y luego, volviéndose á la muchacha, le dijo:

—Perdona, niña, que te haya tratado con dureza; pero te creia una de esas mujeres ociosas y perdidas que vagan por las calles. Conozco que efectivamente tienes necesidad. Toma.

Arturo sacó de la bolsa un peso, y lo dió á la muchacha.

Cáspita! dijo Arturo entre sí; un par de pesos se pueden gastar por ver la mano de esta criatura. En efecto, al tomar la moneda de plata, habia sacado la pobre limosnera una manecita rosada, perfectamente pulida y con unas uñas de rosa trasparentes y delicadas.

—Señor, dijo la muchacha, Dios recompensará á V. esta caridad.

—¿Podrás decirme tu nombre, criatura? le interrumpió Arturo.

—Me llamo Celeste.

—Celeste!

—Sí, señor.

—Hermosísimo nombre. Positivamente eres celestial, niña.

La jóven volvió á cubrirse con su rebozo, y dijo tímidamente á Arturo:

—Señor: mis padres aguardarán que yo les lleve de comer. Dios haga á V. muy feliz.

Celeste dió la vuelta, y echó á andar. Arturo fingió tomar el camino opuesto; pero luego que la muchacha se alejó un poco, comenzó á seguirla por la acera opuesta.

—Vaya! nueva aventura tenemos, decia Arturo miéntras iba contemplando las magníficas proporciones de la muchacha, que si no se descubrian, se adivinaban fácilmente, merced á su pobreza que le impedia usar esa mul-

titud de ropa y de armazones, con que hoy se usa dis-
frazar las mas grandes imperfecciones de la naturaleza.

—Esta muchacha será probablemente una de tantas
miserables que buscan en el vicio su modo de vivir. Es
una lástima! su rostro es como su nombre.... pero....
puede ser que me equivoque; su acento, las lágrimas que
caían en sus mejillas, su aire de recato.... Bah! soy
un tonto. Las mujeres se pintan en eso de hacerse gaz-
moñas ó inocentes; y esto lo aprenden todas sin maestro,
y ántes que el abecedario. Sea lo que fuere, yo quiero
desengañarme; y aunque estoy rendido de sueño y de
fatiga, no quiero perder la oportunidad de saber donde
vive esta perla del pueblo, esta flor de los sucios y asquerosos barrios de México. Por Dios que, con su vestido
pobre, es acaso mas linda que todas las que estaban en
el baile.

Miéntras estas y otras reflexiones hacia Arturo, habian andado varias calles, torcido otras, y se hallaban la
muchacha y su galan, en uno de esos lugares de México
que se llaman barrios, y los cuales apénas se puede creer
que formen parte de la bellísima capital, reina de las A-
méricas. No hay en ellos, ni empedrados, ni aceras: inmundos albañales ocupan el centro de la calle; y por
toda ella está esparcida la basura y la suciedad, lo
cual hace que la atmósfera que allí se respira, sea pesada, fétida, y por consecuencia, altamente perjudicial
á la salud. Las casas presentan el mismo aspecto de
abandono: unas son de adobe, otras de piedra volcánica,
color de sangre, ó de ceniza; pero todas sin aseo exterior,
sin vidrieras en las ventanas, sin cortinas en lo interior.

4

Frente de estas habitaciones frias y tristes hay algunos edificios arruinados, ó por los temblores, ó por los años y la incuria de los dueños. Se ve un lienzo de pared en pié, y queriéndose desplomar; algunas vigas podridas medio caidas; los marcos de las puertas comidos por la polilla y brotando la yerba de las hendeduras. Tal vez del piso bajo de esas casas se ve salir una nube de humo; y si el curióso asoma la cabeza al interior, verá unas paredes negras y cubiertas de telarañas, unos hornos ó braseros, y algunas mujeres con unas enaguas azules hechas pedazos, trabajando muy afanadas en hacer *tortillas*, ó *atole*.

En cuanto á la poblacion que habita por lo comun estos barrios, no puede decirse sino que está en armonía con los edificios. Cruzaban como unas sombras varios personajes envueltos en una luenga tela cuadrada de lana de colores ó blanca, que se llama frazada (*): un sombrero de palma, de una ala muy ancha, cubre su cabeza, que oculta parte de su cara bronceada, y que es mas imponente y rara, porque á veces está oscurecida por un negro bigote, ó por grandes madejas de pelo negro y desordenado que caen sobre las mejillas. Un ancho calzon de manta blanca, y á veces unos burdos zapatos, completan el traje de esta gente, que se llaman *léperos*, y que son siempre el objeto constante de la crítica de los extranjeros, y á la verdad con alguna justicia. En la puerta de esas habitaciones sucias y miserables que

---

(*) Es menester advertir que estas descripciones se escriben tambien para personas que no han visitado á México, y que por consecuencia, no están familiarizados con estos nombres.

lan á la calle, y que se llaman accesorias, hay á veces
multitud de muchachos casi desnudos, y revolcándose en
el polvo de la calle, ó entre las esteras que sirven de lecho á la familia. Dar una idea mas exacta de la falta de
policía, del desaseo, de la corrupcion de algunos de esos
lugares de México, seria fastidiar al lector, y causarle
acaso una repugnancia, que debe evitar todo el que tiene
por oficio escribir para el público.

Estas líneas son mas bien dirigidas á las personas influentes en la sociedad y en el gobierno. ¿Por qué no se
organiza una policía; pero no una policía altanera ó inútil,
como la que hace años hay en la ciudad, que oprime y ultraja á los pobres indios y á las gentes pacíficas
é inocentes, que se dedican á vender frutas, ú otros artículos
insignificantes de comercio, sino una policía secreta, regula-
dora, que vigile por el hombre honrado; que aceche al la-
dron y al asesino, sin incomodar con su presencia; que lleve á la escuela á esos pobres niños desnudos, que pasan todo el dia en el fango de las calles; que vigile al vago y al
ratero, que viven en esas infames tabernas llamadas pul-
querías; que no arranque de su trabajo al labrador y al
artesano, para filiarlo en un regimiento, y enviarlo despues á la costa á perecer de vómito ó de fiebre; que en
vez de llevar á una prision indecente á ciertas mujeres
desgraciadas, indague si la miseria, ó tal vez la sórdida
y criminal ambicion de las familias, las ha conducido á la
prostitucion y al abandono. ¿Pero quién es capaz de
comprender que la policía organizada de esta manera, es
ademas de un deber que tiene indispensablemente que
cumplir cualquier gobierno republicano, ó monárquico,

una obra de caridad y religion? ¿No es caridad el darle á un niño, con la educacion, un porvenir acaso de felicidad, despertando sus buenos sentimientos con la religion, ó inspirando á su mente otro género de ideas? Qué! ¿no es caridad el quitar de una carrera de vicio á una pobre muchacha, que tal vez seria una madre tierna y una buena esposa? Qué! ¿no es caridad el libertar á la sociedad, de hombres que no tienen ocupacion, y que viven á expensas de ella? Qué! ¿no es caridad el protejer al artesano, al labrador, al ciudadano pacífico, asegurándole su vida y sus propiedades, tanto dentro como fuera del hogar doméstico?

Si los ciudadanos no se necesitasen unos á otros para auxiliarse de esta manera, ¿se reunirian en sociedad? Y una vez reunidos, si no gozan de estas ventajas, ¿qué han ganado? Reunirse en sociedad para ser robado al volver una esquina; para ser víctima de una asesino durante las horas de reposo y de sueño; para ser registrado por los guardas y alcabaleros; para ser arrancado de su casa y de su familia, y puesto á las órdenes de un cabo tiránico, cuyo lenguaje es la vara.... reunirse en sociedad para que los bandidos impunemente asalten la casa en que se vive, la diligencia en que se camina.... Oh! vale mas por cierto la existencia bárbara de las tribus errantes. Es menester no cansarse en discutir teorías sobre las formas de gobierno: miéntras no se examine con madurez y conciencia la organizacion de los ramos particulares, cuyo conjunto forma la máquina social, que da á los ciudadanos de un pais seguridad, bienestar y por consecuencia felicidad, nada se habrá hecho, sino perder tiempo. ¿Dónde está en México la policía que persigu

l malvado, y proteje al hombre de honor y de probi-
ad? ¿Y no debería pensarse diariamente en organizar-
a? ¿No se juzga que es un asunto tan importante, el
mejorar la condicion de esa clase, única acaso en el mundo, que existe en México, conocida con el nombre de *lé-*
eros? ¿Puede creer nadie, que tenga siquiera sentido
omun, que México llegue á merecer el nombre de pais
ivilizado, miéntras los extranjeros que nos observen y
isiten no vean al pueblo ocupado, los caminos segu-
os, la gente aseada y sin esos vicios asquerosos que
anto la degradan? ¿Qué viajero, que no sea un filósofo
y un hombre profundamente observador, podrá conocer
que debajo de la mayor parte de esos sucios y rotos harapos, que medio cubren á la plebe de la república, laten
mos francos y buenos corazones, que no necesitan mas
que una acertada direccion para encaminarlos al bien y
al trabajo?

En el momento en que escribimos estas líneas, la reac-
cion del partido aristocrático se trata de efectuar. Sea
enhorabuena: nosotros no somos del número de los que
quieren ver los destinos de la nacion en manos de hombres sin educacion y sin capacidad. Pero todo ese partido aristocrático, que ahora asoma su cabeza con impunidad y con descaro, ¿tiene los elementos necesarios para hacer bienes positivos, para atender á la mejora material del pais? Sobrepóngase y entrónicese enhorabuena;
pero que obre bien; que mejore la condicion de ese pobre
pueblo á quien todos halagan, pero á quien ninguno bene-
ficia, porque de lo contrario vendrá un dia en que, pálidos

me á un juicio terrible y les diga: *¡Ricos orgullosos, aris-tócratas sin talento! ¿qué habeis hecho por mí?*

Mas concluyamos este pequeño sermon de moral, con-vencidos de que no hemos de lograr con él, ni aun diver-tir á los lectores, y volvamos á nuestro personaje, que al cruzar por esos callejones, y notar las cosas que arriba hemos rápidamente descrito, interrumpia sus pensamien-tos amorosos para preguntarse á sí mismo: ¿cómo en un país, cuyo pavimento es de oro y de plata, habia tanta mi-seria? ¿Y cómo, miéntras los lisonjeros cortesanos gas-taban miles de pesos para adular á un magnate, tanto in-feliz se levantaba con los rostros pálidos y cadavéricos... quizá de hambre?

Todos estos rápidos pensamientos filósoficos, por el es-tilo de los que hemos querido estampar, al llevar á Ar-turo por un barrio, acabado de salir de un baile esplén-dido, no impidieron que perdiese de vista á la gentil mu-chacha: esta entró efectivamente en una casa, cuya apa-riencia no era por cierto mejor que la de las de que hemos hablado. El frente era de adobe; el antiguo color blanco y rojo con que estaba pintada la fachada, habia caido con la lluvia y el sol, y solo podia reconocerse por algunos man-chones que habian quedado. Una angosta puerta daba entrada al interior, y sobre ella habia dos balcones de unos marcos apolillados con tres ó cuatro vidrios opacos y una ventanilla que parecia mas bien la de un calabozo. En los pisos bajos, habia destruidos aposentos, cuyas puer-tas amarillas con el humo, estaban cubiertas en su mayor parte con estampas de santos detestablemente grabadas. En el centro del patio se hallaba una fuente de agua limpia; en las puertas de los cuartos había algunos muchachos casi desnudos, y mujeres de enaguas con el cabello desordenado, barriendo, ó sacudiendo sus lechos y su ropa.

Arturo permaneció frente de la puerta de está casa. La muchacha entró en ella; volvió á salir, y finalmente regresó á poco rato, con unas ollas y una canastilla con pan.

En vez de las lágrimas que empañaban sus lindos ojos, cuando encontró al petimetre, se notaba en ellos la alegría y el júbilo. Arturo, que no perdia ninguno de estos movimientos, notó que ya triste, ya alegre, tenia la fisonomía de un ángel. Todo el mundo sabe que un jóven alegre, con dinero, y aficionado á estos lances, no deja escapar una perla semejante, por mas oculta que esté entre la desnudez y las miserias de la plebe. El jóven, pues, olvidando á Aurora, á Teresa y á las otras muchachas que habian ocupado su atencion en el baile, entró á la casa, en pos de la desconocida. Su corazon abrigaba proyectos no muy virtuosos; su mente estába llena de peligrosas ilusiones; su corazon, ocupado enteramente con la belleza fisíca de la jóven, no recordaba su desgracia.

Arturo tocó la puerta del cuarto de Celeste; esta, inclinada en un brasero, donde calentaba algunos alimentos, respondió maquinalmenle: *Adentro*. Arturo entró, y se quedó de pié, á poca distáncia del umbral. Las paredes del cuarto estaban negruzcas y húmedas; el pavimento era de vigas podridas y desiguales; ningunos muebles se veian en el cuarto: en un rincon estaba un bulto acostado, y en el otro se reconocia la figura pálida y cadavérica de un hombre medio reclinado en la pared. Los

lechos de estos infelices eran unas tarimas cubiertas con
unas frazadas: una lanza, que estaba junto á la cama
del enfermo, y algunos trastos perfectamente limpios,
eran las únicas cosas de valor que allí habia.

Arturo en un momento sintió cambiado su corazon: el
aspecto triste de dos enfermos en tanto abandono y miseria; la atmósfera húmeda y pesada de la habitacion, y
la vista de Celeste, tan resignada y tan hermosa, prodi-
gándoles consuelos como un ángel, le hicieron penetrar
la situacion y la santa verdad de la jóven. Vaya! dijo
entre sí, seria una cobardía imperdonable el seducir á
esta muchacha, y quitarles á estos infelices el único am-
paro que Dios les ha concedido en medio de su infortunio. Cambiemos de ideas, y obremos de otro modo.

Celeste, entretanto, habia acabado de calentar el alimento; y levantándose de la postura en que estaba, vió
al jóven, y dió un ligero grito de sorpresa; mas reco-
brándose al instante, se dirigió cerca de los dos enfermos, y volviéndose hácia Arturo, con un dedo puesto en
la boca en señal de silencio, le dijo en voz baja:

—Duermen, señor, y por Dios que le ruego que se vaya ántes que despierten.

—¿Y por qué, Celeste? le dijo Arturo, con voz muy
suave.

—Porque mi pobre padre se asustaria de verme llegar
con una persona así.... decente como V.

—¿Es tu padre, Celeste?

—Sí señor; y mi madre es la enferma que duerme en
el otro rincon. Está moribunda; poco vivirá ya, y á veces ni me conoce.

—Pobre muchacha! dijo Arturo á media voz, mirando que las lágrimas asomaban de nuevo á los ojos de Celeste.

—Dios os llene de bendiciones, y os haga muy feliz, caballero, continuó la jóven, limpiándose los ojos: siempre me acordaré de que mis padres vivirán algunos dias mas, por la caridad de V.; pero ya le he dicho.... las vecinas van á hablar de mí; y mi padre.... No diga V. que soy desagradecida....

—Mira, Celeste, le respondió Arturo: cuando me interrumpiste el paso, creí que eras una mujer perdida, y te seguí por curiosidad; pero ahora me inspiras compasion. Eres una buena muchacha, que cuidas á tus padres; que haces el sacrificio infinito de pedir para ellos, y esto merece mucho. Seré tu protector, y hi aun te pediré que me saludes en cambio; pero quiero que tus padres vivan algunos dias mas, y que tú seas ménos infeliz. Esperaré, pues, que despierte tu padre.

Celeste, que no esperaba oir este lenguaje, clavó sus ojos en el jóven, con una expresion indecible de gratitud, y le tendió maquinalmente su mano. Este no se atrevió á acercarla á sus labios, y solo la estrechó contra su corazon. Sintió con este solo acto un placer, si no tan vivo como el que experimentaba cuando bailaba con Aurora, sí mas puro ó inefable. Era la sencilla expresion de gratitud de una hija del pueblo, y no la falsa coquetería de una niña de la aristocracia.

—¿Hablabas, hija mia? dijo el anciano cambiando penosamente de postura.

—Sí, padre, dijo la muchacha; daba las gracias á este señor que nos ha socorrido hoy. Aquí está el alimento.

—Caballero! dijo el anciano suspirando.... será....

—Oh! no tenga V. cuidado alguno; es un señor muy desinteresado y muy bueno.—Háblele V. á mi padre; acérquese V., continuó la muchacha, empujando suavemente á Arturo.

—La desgracia de vdes. y la virtud de esta niña son muy respetables, y no pienso mas que en hacerles el bien que me sea posible.

—Hay mucha corrupcion y mucha maldad en el mundo, caballero. Si de corazon quiere V. hacernos algun beneficio, Dios se lo pagará: si por el contrario, hace V. mal á mi pobre hija, no haria V. mas que abusar de la desgracia de un viejo moribundo, que no puede protejerla, y no debe apelar sino á Dios, á quien cree justo, á pesar de los martirios que ha ordenado padezca en esta vida.

La voz del anciano, aunque apagada, tenia cierta solemnidad, cierta ternura religiosa. ¡Qué habia de hacer en efecto un pobre padre tirado en una cama, mas que confiar á Dios la virtud de su hija, y reclamar para el que fuese su seductor un castigo del cielo! En estas situaciones supremas de la vida, cuando no hay que esperar sino la ingratitud y el crímen, es cuando el corazon del hombre reconoce que hay un Ser superior a todas las miserables criaturas del mundo, á quien se necesita pedir, y en quien se debe esperar únicamente.

Arturo tenia un nudo en la garganta.

La muchacha le acercó la única y desquebrajada silla que habia, y le hizo sentar junto á la cama del anciano: luego tomó una taza con el alimento y una cuchara de madera, y ambas cosas las presentó á su padre, diciéndole con una voz sonora y cuya armonía resonó en lo íntimo del corazon del jóven:

—Padre mio, este desayuno lo debemos, despues de Dios, á este caballero. Pida V. por él, como yo lo haré á Nuestra Señora de los Dolores. Yo le deseo que tenga mucho dinero; que sea muy feliz, y que si se halla en una pobreza como la nuestra, todos hagan con él lo que hoy ha hecho con nosotros. Acabando Celeste de decir estas palabras, hizo á su padre una muequilla cariñosa, dándole en la boca una cucharada del atole que contenia la taza; y clavando despues una mirada triste en Arturo, murmuró á media voz y señalando al anciano:

—Pobrecito! me quiere mucho.

—Hé aquí la naturaleza, dijo Arturo entre sí; en verdad que me ha conmovido esta escena, mas de lo que yo creia.

—Lo que yo he hecho hoy no es nada, continuó en alta voz, y solo estaré satisfecho, si alivio en algo tu suerte y la de tus padres. Como mis ocupaciones podrán impedirme el venir en muchos dias, quiero que miéntras, no padezcan vdes. Arturo metió mano á sus bolsillos, y sacó una porcion de monedas de oro y de plata que puso debajo de la cabecera del enfermo, sin que este, ni su hija advirtiesen la cantidad de la limosna. Ni el anciano, ni su hija pudieron dar las gracias sino con una mirada: ¡cuánta gratitud se encerraba en esta demostracion muda, pero elocuente. . . .

—Celeste: vivo en la calle de***, continuó Arturo; mi madre es una señora llena de virtudes, que está siempre dispuesta á socorrer á los desgraciados. Ocurre á ella por cuanto te haga falta; no habrá necesidad de que me veas, para que de esta manera no pierdas tu reputacion, y este anciano esté tranquilo.

—Mucho tiempo ha pasado sin que hayamos tenido mas que miserias y desengaños, dijo el enfermo; pero hoy moriré mas resignado, y con una idea ménos mala del mundo, gracias á V.

Habiendo concluido Celeste de dar el alimento á su padre, fué á donde estaba la madre á despertarla y á hacer igual operacion con el mismo cariño y amor, llenándola de caricias y besando sus descarnadas y pálidas manos.

Arturo pudo notar, cuando la madre despertó y su hija le descubrió la cara, que no era mujer de mucha edad; pero su extremada palidez, sus ojos hundidos y sus labios blancos le daban un aspecto terrible. No era una calavera de las que se encuentran en los cementerios, sino una calavera que tenia movimientos lentos, pausados, como si la muerte, temerosa de dar á Celeste un pesar, hubiese querido ir quitando poco á poco la vida y la accion á las partes de este cuerpo.

Cuando la muchacha acabó de dar algunas cucharaditas de alimento á la enferma, le besó la frente, la abrigó de nuevo con las ropas de la cama, y volviéndose al jóven dijo:

—Mi pobre madre no habla, ni oye, y apénas puede moverse. Todos los miembros de su cuerpo están sin accion. Si V. viera, cuando le doy el alimento, ó le hago cariños, me mira y se sonrie conmigo. Pobrecita!

Arturo no tenia idea de una virtud y de una resignacion

semejantes, y juzgaba ya con mas indulgencia al mundo, desde que entró en la infeliz habitacion de Celeste.

—Es menester, dijo entre sí, completar la obra; y luego en voz alta y dirigiéndose á la muchacha:

—Esta tarde vendrá un médico, y enviará mi madre una mujer para que te acompañe, y algunas sábanas y ropa.

Una lágrima se desprendió de los secos y empañados ojos del enfermo, y rodó por su mejilla húmeda y amarillenta.

Celeste se arrojó á los piés de Arturo; le tomó una mano, y se la besó humedeciéndosela con su llanto.

—¿Qué haces, niña? le dijo Arturo mortificado: levántate. Debes darle gracias á Dios y no á mí. Soy calavera y disipado; pero no puedo ver con indiferencia estas miserias. Lo que yo dé á vdes., ninguna falta me hará; y por otra parte, yo sé que doy con esto á mi madre un verdadero placer. En recompensa, solo quiero que me diga V., pobre anciano, el motivo de que se vea en esta situacion.

—Celeste, dijo el viejo á su hija, retírate, miéntras satisfago el deseo de este excelente caballero. Es muy justo, pues querrá saber si da su limosna á gentes honradas y que la merezcan.

Celeste aprovechó esta ocasion para tomar alguna ropa y salir al patio á lavarla en los lavaderos que cercaban la fuente.

El anciano comenzó á hablar:

—Cuando la guerra de independencia, era yo un jóven de mas de veinticinco años. Mis padres habian muerto un poco ántes, dejándome dueño de una finca de campo, que me daba lo necesario para mantenerme decentemente. Con todo y esto, estaba fastidiado y triste, á causa del pesar, pues yo amaba mucho á mis padres. En cuanto tuve noticia del pronunciamiento de Dolores, dije para mí: vaya! esta es una oportunidad de salir de penas; y yéndome á la guerra, ó me distraigo, ó me matan, y de todos modos gano. Ademas, yo era mexicano, y no sé qué cosa sentia dentro de mi corazon que me decia: Anselmo, ve y combate por tu patria. Dejé mi hacienda al cuidado de un viejo honrado; armé algunos mozos, y tomando el dinero que tenia disponible y mis mejores caballos, marché á reunirme con el cura Hidalgo: en Celaya me uní á él, y marchamos sobre Guanajuato. V. habrá oido contar las crueldades que se cometieron, y la sangre que se derramó en la toma de Granaditas: me disgusté mucho, y concebí un horror invencible á la guerra: con las costumbres pacíficas y sencillas del campo, no podia habituarme á otro género de vida tan diverso. Retiréme, pues, con mis mozos, y encontré que mi buen viejo habia cumplido con su obligacion, y que mis cortos intereses no habian sufrido daño alguno. Poco tiempo duró mi tranquilidad: conocido ya por insurgente, é inclinado siempre mi corazon á sostener la causa de mi pais, los vecinos envidiosos comenzaron á perseguirme sordamente. Una noche, cuando descansaba tranquilamente, oí el galope de muchos caballos; y á poco una descarga de pistolas y el ruido de los sables, me convencieron de que estaba rodeado de enemigos. Salté de mi cama; tomé mis armas, y salí gritando á mis sirvientes. Estos, á la cabeza del buen mayordomo, combatian como unos hombres; pero los realistas eran muchos, y al fin tuvimos que huir, dejando gravemente herido á mi valiente viejo. Yo me dirigí por detras de las trojes, y ᵣracias á un hermoso alazan que montaba, logré escapar de mis enemigos, que me persiᵣuieron mas de cuatro leᵣuas.

Errante ya, sin gozar de seguridad en mi casa, no me quedó otro partido que tomar, que irme á juntar de nuevo con el generalísimo: corriendo mil riesgos, y padeciendo fatigas inauditas, me reuní con los insurgentes la víspera de la batalla del Puente de Calderon. V. sabe lo desgraciada que fué para la causa de la independencia esa accion: yo luché como un leon; me metí en lo mas reñido de la pelea, y caí cubierto de heridas: una bala me habia atravesado un brazo; la espada de un realista habia partido mi cabeza, y la lanza de un dragon habia traspasado mi costado: una nube sangrienta empañó mi vista; un calofrio de muerte recorrió mi cuerpo, y apénas tuve tiempo para implorar con una palabra la misericordia de Dios: perdí el conocimiento. Cuando volví en mí, halléme en una buena cama, con un médico en mi cabecera y rodeado de gentes, entre ellas una muchacha hermosa, y que me pareció el ángel de mi guarda. Tres meses dilató mi curacion, al cabo de los cuales, habiendo recobrado un poco las fuerzas, traté de despedirme; pero la familia me instó para que permaneciera algun tiempo mas. Inútil es decir á V. que yo me quedé, porque amaba ya á la muchacha. La habia visto á mi cabecera, y en los momentos de delirio y de dolor, siempre se habian encontrado mis ojos con los ojos llorosos de Paulita, que así se llamaba. Los amores siguieron, y yo fuí mas adelante de lo que debia: la pobre muchacha me amaba tanto, que nada podia negarme.

Yo queria casarme con ella; pero necesitaba saber si conservaba algo de mis intereses: así es, que partí para mi hacienda: la encontré arruinada, sin aperos, sin animales, sin nada. Yo no tenia dinero para aviarla: así es que mi desesperacion fué grande, al verme privado, por causa de los realistas, de casarme con la pobre Paula. Por lo pronto no abrigaba sino deseos de venganza: así es que sin apearme del caballo, seguí mi camino para buscar una partida de insurgentes con quienes reunirme: vagué mucho tiempo por toda la Tierra-Adentro, reunido con algunas guerillas, y teniendo cuidado de visitar de cuando en cuando á Paula y á su fámilia, esperando no mas que el pais tuviese alguna quietud, y yo un poco de dinero para efectuar mi casamiento. En esto pasó tiempo, y apareció al frente de la insurreccion el gran Morelos. Inmediatamente me reuní con él; y durante algun tiempo me olvidé de Paula y de mis intereses, y no pensé mas que en mi patria: el general supo infundirme tal entusiasmo, que rayaba en locura. Era el general Morelos de un carácter suave, al mismo tiempo que enérgico; sabia hacerse amar de sus amigos; obedecer de sus inferiores, y temer de sus enemigos: sereno en los peligros y atrevido en sus empresas, no perdió nunca esa bondad de corazon con los vencidos y con los desgraciados. Parece que estoy oyendo su voz, y mirando su sémblante grave, reflexivo, é igual, ya en los peligros, ya en la fortuna. Yo lo amaba como á un amigo, y lo respetaba como á un valiente. Por su parte le merecí la mayor confianza; y en el sitio de Cuautla me regaló esta lanza, que V. ve aquí (que no he querido vender á pesar de mis necesidades) por yo no sé qué friolera que hice, que le agradó.

Como asistí á la derrota del general Hidalgo, tambien fuí testigo de los últimos momentos del mas valiente y del mejor de los mexicanos: disfrazado y confundido entre la multitud, bebiéndome las lágrimas, como si fuera una mujer, ví sus agonías, y maldije á sus infames asesinos. Una vez que perdí á mi general, me consideré como solo y aislado en el mundo; y me pareció que nada me podia consolar, ni volver la dicha.

Recordé que tenia una obligacion de conciencia con que cumplir, y corrí á Guadalajara en busca de Paula. Mis diligencias fueron vanas: pregunté, indagué todo lo que pude, y solo logré saber que habia salido de la ciudad, hacia un año. Bien, dije para mí; ahora que completamente estoy solo en el mundo, y sin esperanza de felicidad, es menester hacerme matar. Fuíme, pues, á las montañas del Sur con el valiente general Guerrero; pero el clima me perjudicó: mis heridas volvieron á mortificarme, y vagué enfermo de pueblo en pueblo por toda la Tierra-Caliente. Cuando el general Iturbide proclamó el plan de Iguala, yo estaba mas aliviado; me di á conocer con él; puso en mis hombros las divisas de capitan, y entré á México ostentando el premio de mis fatigas: de veras estaba yo orgulloso, pero no tan contento como cuando estaba junto al general Morélos.

Despues, no habiendo querido mezclarme en las intrigas contra el emperador, permanecí aislado, sin lograr, por supuesto, ningun ascenso, ni que me devolvieran mi hacienda, que estaba en manos extrañas.

No cansaré á V. con la relacion poco interesante de lo que me sucedió desde esa época, hasta el año de 28: como era hombre solo y sin ninguna clase de obligaciones, no me faltó que comer. El desgraciado mes de Diciembre, cuando la revolucion de la Acordada, era yo todavía capitan, miéntras otros, que no habian ni siquiera olido la pólvora de los insurgentes, eran coroneles y aun generales; pero esto no es del caso ahora, sino lo que referiré á V.

Pasaba con algunos dragones por una calle donde la plebe se arrojaba furiosa á saquear: un lépero se pone á dar golpes á una puerta con un martillo; á poco se reunen otros, y con palos y hachas continúan la operacion, hasta que logran romperla. Una jóven y una anciana salen al balcon despavoridas, dando gritos, y pidiendo auxiio: alzo la cara, y reconozco á Paula y á su mamá: en el acto disperso á la plebe con la tropa; subo, y me encuentro en los brazos de aquella mujer, que si no era jóven y linda, como cuando la vi por primera vez, vivia en mi memoria con el recuerdo de los tiempos de mi juventud, de mis aventuras y de mis desgracias. Como debe V. figurarse, me casé con ella á poco tiempo: ella tenia algunas proporciones; yo sabia buscar la vida: así, cuando despues de un año nació esta criatura tan linda, que V. conoce, y á quien por su belleza puse el nombre de Celeste, poseíamos, si no riquezas, al ménos las mayores comodidades posibles. Pedí, pues, mi retiro, y no molesté mas á los gobiernos, pidiéndoles paga y ascensos, y fuí feliz algunos años, los únicos de mi vida.... Pero ¿qué quiere V? la fortuna es ingrata; yo tenia varios giros; pero los dependientes que tenia, se malversa-ron; y de la noche á la mañana me ví sin nada.... Se empeñaron primero algunas alhajas; se vendieron poco á poco los muebles; despues la ropa; despues nos redujimos á una casa de vecindad; y por fin, me fué preciso ocurrir á la comisaría á cobrar mi retiro, que jamas me pagaban. Mi mujer se bebia las lágrimas en secreto, al ver mi aflic-cion, y yo pasaba las noches en vela, pensándo que la mi-seria aguardaba á mi pobre hija, que llena de gracias, iba creciendo y desarollándose, como una amapola.

Tras de la pobreza vienen forzosamente las enfermeda-des: mi mujer, mi Paula, que es la infeliz que tiene V. tirada allí, fué la primera que cayó mala de una parali-zacion absoluta de todos los miembros; y como yo no te-nia dinero, jamas he logrado que los médicos la asistan con cuidado. Hoy ya no tiene remedio; y de un dia pa-ra otro se morirá.... tendré un placer, porque en el esta-do en que está, me parte el corazon: ademas, se irá sin duda al cielo, y rogará por su hija.....

Algunos dias, y como postrer recurso, iba yo á Pala-cio á hacer diligencia de que me pagaran algo; pero, Dios libre á V. de verse en tal situacion: el ministro de ha-cienda, seguido de una cauda de agiotistas y de depen-dientes, apénas se dignaba mirarme; y cuando fijaba la atencion en mí, era para decirme con voz áspera: *No hay; no tengo; todo se lo lleva la guarnicion.*

Al atravesar los patios, multitud de capitanes, de coro-neles, vestidos elegantemente, y que ni idea tendrian pro-bablemente de lo que es la campaña y el servicio militar, miraban con desprecio mi viejo uniforme y mis ennegreci-

das divisas; pero ¡vive Dios! que era el mismo que llevaba
yo al lado del general Morélos: me retiraba á mi casa
lleno de rabia, y sin haber conseguido, ni un centavo. Un
dia, agobiado y sufriendo de mis heridas, necesité compañía, y llevé á Celeste. Entré á Palacio, y noté que todos me saludaban: abrí la puerta de la Comisaría, y el
viejo portero se puso en pié para abrirme paso: en la
oficina todos me rodearon; todos se interesaban por mi
salud y mis desgracias. Uno se ofreció á ponerme el re-
cibo; otro dió el papel; otro contó el dinero; otro llamó
al cargador; todos, en fin, me dieron la mano, y me ofrecie-
ron su proteccion y sus servicios; me llamaron el vete-
rano de la independencia, y hasta los ordenanzas, al salir
me hicieron honores, y me llamaron su capitan. Me fuí
á mi casa con cien pesos; era la primera partida de importancia que habia recibido, desde que cobraba mi pen-
sion. En la tarde misma recibí las visitas de cuatro ó
cinco petimetres empleadillos; y miéntras uno me platicaba, los otros se entretenian con mi hija: cuando se mar-
charon, comprendí todo, y maldije mi imbecilidad. Al
dia siguiente, para reparar esta falta, mudé de habitacion, y juré no volver á poner jamas los piés en ese maldito Palacio.

A pesar de las economías, el dinero se me acabó, y mis
penas fueron mas grandes. Un dia, para colmo de mis
desdichas, monté á caballo para ir á un lugar inmediato á buscar una persona que me debia dinero; se es-
pantó el animal, y me tiró. Me trajeron á mi casa medio muerto, y hasta hoy no puedo levantarme de esta cama, donde he sufrido, por mas de un año, operacio-

nes dolorosas, y tormentos que el Señor me tendrá en cuenta para perdon de mis pecados.

Ahora diré á V. lo mas interesante, añadió, bajando la voz: esta criatura que V. ve, nos ha mantenido; se ha pasado los dias y las noches cosiendo; pero ve V. que el trabajo de una mujer produce muy poco, y los médicos y la botica cuestan mucho. Hace algun tiempo que las costuras le han escaseado, y hoy me he convencido de que sus salidas por la mañana temprano, eran á pedir limosna.... ¡Pobre hija mia!

El viejo enfermo se puso á llorar.

—Vamos, dijo Arturo, tenga V. la misma resignacion que hasta aquí.... yo ofrezco á V. mis auxilios y....

—Perdone V., caballero; pero quisiera, hasta el infierno mismo, ántes que el pensamiento que me consume.... que me mata.... ¿No cree V. que una muchacha linda, como mi hija, sola en la calle y pidiendo limosna, puede perderse?....

—Pero no habrá en lo de adelante necesidad de que haga eso.

—Caballero, dijo el viejo, júreme V., en nombre de Dios, que V. obrará con nosotros con buena fe y honradez, ó de lo contrario váyase de mi casa, y déjenos morir de hambre: ántes de morir, mataré á mi hija.

—Juro, dijo Arturo, que veré á la pobre niña de V. como á mi hermana, y que lo que haga con vdes. será sin ningun interes. Voy á contarlo todo á mi madre, y ella será la protectora de Celeste.

—Bien, muy bien, contestó el anciano conmovido, creo todo lo que V. dice. Gracias! mil gracias!

Arturo se puso en pié, y se despidió. Celeste, con una

expresion de reconocimiento, y podria decirse, de amor, tendió su manecita al jóven.

Arturo queria dejar á la familia, no solo su dinero, sino hasta su casaca: estaba verdaderamente enternecido. Acordóse del alfiler de brillantes que Rugiero le habia prestado, y quitándoselo con disimulo, lo prendió en el rebozo de la muchacha, miéntras dirigia al padre sus últimas protestas y seguridades.

—¡Qué diablo! dijo para sí: yo diré á Rugiero que se me ha perdido el alfiler; le pondrá precio, y mi madre lo pagará.

Al salir de la casa de Celeste, le dijo: Lo que encuentres en tu rebozo, es tuyo; haz el uso que quieras de ello. Al terminar estas palabras, atravesó precipitadamente el patio; salió á la calle, y torció por el primer callejon, con el fin de que Celeste no saliera á su alcance, y le devolviera el regalo.

Las ideas de Arturo, cuando salió de la pobrísima habitacion de Celeste, eran del todo diferentes, como debe suponerse: su corazon estaba lastimado de ver tanta miseria ignorada, tanto sufrimiento oculto en las sucias paredes del cuarto de una casa de vecindad, y tantas y tan heróicas virtudes en una muchacha, que todo el mundo tendria derecho de juzgar como una prostituta, ó cuando ménos como una vagabunda.—La mujer que es una hija tan excelente, decia Arturo para sí, y que sigue con su amor á sus padres, hasta el grado mayor de la pobreza y de la desgracia, no puede ménos de ser una excelente esposa. Si por dos viejos enfermos hace los oficios de un ángel, ¿qué haria por un hombre que la amara, y que la llenase de caricias y de beneficios?....

Bah! quizá esta mujer tan buena y tan resignada hoy, no será mañana sino lo mismo que todas; falsa, frívola, ingrata.... Es terrible, terrible, continuó Arturo, abreviando el paso, desconfiar en el amor; amargar con la duda y la incertidumbre el mas puro y hermoso sentimiento del corazon.... Sea lo que fuere, yo estoy en este instante verdaderamente satisfecho: el alfiler de Rugiero vale mas de mil pesos; la muchacha lo venderá, y una suma semejante la sacará de la miseria: si ella rehusa tomarlo, vendrá naturalmente á mi casa; la presentaré á mi madre, y de esta manera la obligarémos á aceptar cuantos auxilios necesite: decididamente quiero ser el protector de Celeste, pues seria una lástima que se extraviase. Sí, es buena; y.... acaso pensaria yo en ella.... Pero es una locura: ella no me puede amar.... y por otra parte, yo necesito del explendor, del lujo, del brillo de Aurora. No concibo el amor, sino rodeado de espejos, pisando alfombras, reclinado en mullidos sofás........ ¡Demonio de ideas!.... Mi cabeza es un volcan.... ¡Y el desafio de esta tarde!.... ¡Si muriera yo, ahora que me considero con ciertas obligaciones respecto de Celeste!.... Verémos.

Miéntras hacia estas y otras reflexiones, Arturo llegó á su casa: su padre ya habia salido; así es que saludó á su mamá, sin contarle su última aventura, porque sus ojos estaban cargados de sueño. Entró á su cuarto; almorzó ligeramente; cerró las ventanas, y se metió entre las sábanas de holanda y los mullidos colchones de pluma de su lecho.

—¡Pobre muchacha! dijo al tenderse en la cama y zabullirse en la ropa: ella duerme en el suelo húmedo, y en el invierno temblará de frio. Aurora es viva

y linda como un colibrí; Teresa melancólica ó interesante; pero Celeste es desgraciada: el infortunio tiene simpa
tías vivas y profundas en mi corazon.

Arturo se durmió mirando en sus ensueños los rostros
de las tres muchachas que mas le habian interesado: entre las figuras agradables de sus queridas, solia divisar la
cara del capitan de caballería y escuchaba el trueno de
una pistola. Sobresaltado entónces, sentia que sus nervios
se estremecian involuntariamente, y volteándose del otro
lado, se zabullia de nuevo entre las ropas de su lecho.

A las cuatro de la tarde entró un criado, y lo despertó:
vistióse, se lavó, se rasuró, pidió algo de comer, y
mandó traer un coche. Un cuarto de hora ántes de las
cinco bajó, y se metió en él, provisto de una caja con un
par de pistolas y de una buena espada toledana.

—A Chapultepec, cochero, le dijo, subiendo á un si-
mon desvencijado. Para, ántes de llegar á la puerta del
bosque.

—Muy bien, señor, dijo el cochero, y montando en sus
flacas mulas, comenzó á andar, con el paso lento y tra-
bajoso que distingue á los coches de alquiler de México.

Al atravesar por las frondosas calles de árboles de la
Alameda, y ver la alegría con que algunos grupos de niños jugaban en los prados verdes y cubiertos de rosas,
un pensamiento triste pasó rápidamente por la imaginacion del jóven; pero hemos dicho que era animoso, y
muy pronto una sonrisa de seguridad y de triunfo vagó
por sus labios. ¿Quién no es animoso y valiente á los
veinte y dos años de su edad, cuando se trata de quedar
bien y de ganar el corazon de una mujer? En reali-

dad, lo que molestaba algo al jóven era el pensamiento de Celeste, que no podia apartar de su imaginacion. ¿Estaba por ventura enamorado de ella? ¿La desgracia de la muchacha le inspiraba interes? ¿Habia en ese interes alguna idea de esas profundamente secretas, que ni uno mismo se atreve á confesar? Esto es lo que no podrémos decir, pues ni el mismo jóven lo podia averiguar.

Arturo sacó el reloj, y notando que era ya dada la hora de la cita, dijo al cochero que apresurara el paso. Este, obedeciendo, aunque con repugnancia, comunicó á las mulas la órden del amo, por medio de repetidos cuartazos y espolazos, con lo cual el coche, envuelto en una nube de polvo blanco, volaba materialmente por la hermosa calzada que se llama de los Arcos de Belen.

Cuando el coche de Arturo llegó al punto designado, otro coche estaba allí ya, y dentro el capitan Manuel, que sacando la cabeza, se dió á conocer á su adversario.

—Capitan, le dijo Arturo bajando del coche, siento haber hecho aguardar á V.; pero estos simones tienen demasiada paciencia; y ademas, la vela del baile ocasionó el que durmiera hasta las cuatro dadas. Espero que me disimulará V.

—Acabo de llegar en este momento, caballero, contestó con voz seria, pero no agria, el capitan, bajando de su coche, y veo que es V. un jóven de educacion, y que despues de que pase este lance, acaso podrémos ser amigos.

—Gracias, capitan, le interrumpió Arturo tendiéndole

la mano; por mi parte acaso no habrá inconveniente, pues creo á V. mas racional que anoche....

—Supongo que V. con esto no quiere dar á entender otra cosa, dijo el capitan retirando la mano que le tenia estrechada Arturo, y poniéndose ligeramente encendido.

—Ninguna otra cosa, capitan; mis palabras son sencillas y sin doblez alguno, lo cual protesto á V., para que le sirva de gobierno en la corta conversacion que quiero tener ántes. Venga V. por acá.

Arturo tomó al capitan del brazo, y ámbos se dirigieron hácia los arcos que llaman de San Cosme, habiendo tomado ántes sus capas, sus espadas y la caja de pistolas.

—¿V. ama á Aurora, capitan? le preguntó Arturo luego que se hubieron alejado un poco.

—No tengo que contestar á esta pregunta, sino lo que dije á V. anoche.

—Vamos, capitan, es menester una poca de calma; le protesto á V. que combatiré; pero ántes quiero arreglar un poco mejor mis negocios amorosos, que se me han complicado mas de lo que yo creia. Así, prométame V. hablar con franqueza.

—Muy bien, caballero; responderé á V. con franqueza, á todo lo que me pregunte, porque á mi ver, necesito arreglar este asunto, lo mejor posible, para dedicarme á otras empresas.

— Perfectamente! entónces nos entenderémos. Dígame V., en primer lugar, el estado de sus relaciones con esa jóven del baile.

-- Con cuál? preguntó el capitan algo alarmado.

—Con Aurora, respondió Arturo sin darse por entendido; ¿no venimos á combatir por ella?

—Es verdad, repuso Manuel, aparentando indiferencia; por ella venimos á combatir.

—¿Aurora ama á V., capitan?

—Francamente.... no lo sé, caballero: el corazon de las mujeres es incomprensible: hace un mes fuí presentado en su casa, donde visitan multitud de jóvenes elegantes. Como la hermosura de la muchacha es sorprendente, me interesó sobremanera; y mis acciones y mis miradas le habrán hecho conocer el interes que me inspira. Por lo demas, cuando la oportunidad se ha presentado, he procurado hablarle de mi amor; pero ella se ha reido como una loca, sin mostrarse ofendida, pero tampoco interesada: otras veces, dándome una flor, sonriéndose conmigo, mirándome con amor, me ha hecho el hombre mas feliz de la tierra: la idea de ser amado verdaderamente por ella, me ha quitado muchas noches de sueño. Entusiasmado cada dia mas, me atreví á darle en el baile una carta, la cual tomó; pero el resultado ya V. lo sabe; ha humillado mi amor propio; me ha despreciado, y esto pone á los hombres casi fuera de juicio.

—Pues mi historia, capitan, es mas corta que la de V.; es de cuatro horas. La vi entrar en el baile, seductora como una maga; la seguí; bailé con ella; se arrancó una cáliga y la tiró al suelo, y yo la levanté: despues me dió una flor, rió conmigo; pero el baile la enagenaba, y yo no tengo mas que una pasion frenética, pero sin esperanza.

—¿Y qué piensa V. hacer en lo sucesivo, caballero? preguntó el capitan.

—Una cosa muy sencilla; seguir enamorando á Aurora.

—¿En ese caso quiere V. humillarme?

—De ninguna suerte; pero francamente, no me hallo con el valor suficiente para prescindir de ella, cuando en una sola noche me ha hecho concebir tantas esperanzas.

—Pues por mi parte tampoco pienso abandonar el campo; tanto mas, cuanto que eso seria imposible hoy. Mi amor propio está empeñado, y yo no cederia por todo el oro del mundo.

—En ese caso, contestó Arturo resueltamente, uno á otro nos servirémos de obstáculo.

—Es claro,

—¿El desafio no se puede evitar entónces?

—Creo que no, dijo el capitan con energía.

—Entónces, no perdamos el tiempo.

Los dos rivales apresuraron el paso, y entrando por las arcos de San Cosme en unos prados llenos de verdura y de florecillas silvestres, que pertenecen á la hacienda de la Teja, se quitaron las capas, y se dispusieron á combatir.

—Un desafio con espada, dijo Arturo con serenidad, tiene algo de cómico; y si un escritorcillo de costumbres nos viera, no dejaria de echarnos una buena dósis de ridículo encima, llamándonos galanes de Calderon. Para evitar esto, he traido aquí un par de buenas pistolas, que puede V. examinar.

Arturo dió la caja de las pistolas al capitan, el cual las examinó cuidadosamente, y devolviéndoselas á su adversario, le dijo:—En efecto, son muy buenas, y estoy dispuesto á lo que V. quiera.

En este momento, el capitan pensaba en Teresa; y Arturo en Celeste. Como se deja suponer, ninguno de los dos tenia gana de combatir.

—Capitan, dijo Arturo, si quiere V. que le diga lo que siento, me parece que el lance no vale la pena de que suceda una desgracia. Ademas, yo tengo cierta aventura .... Así, si V. me da una amistosa satisfaccion de la acritud con que me reconvino anoche, yo la recibiré, y quedarémos, si no amigos, al ménos no enemigos. En cuanta á la linda muchacha que ocasionó nuestra disputa, lo mas acertado será que los dos sigamos nuestra instancia; que pasado algun tiempo, ella decidirá. ¿Le convendria á V., por ventura, tener una querida de quien tuviera V. que desconfiar continuamente?

—Pienso que no dice V. mal, caballero; y ahora que veo su buena disposicion, le ofrezco dejarlo absolutamente en libertad. Yo tengo tambien otra aventura, y muy interesante: es una mujer que adoro con todo mi corazon y con toda mi alma, y que es muy desgraciada: hacia mucho tiempo que no la veia, y la juzgaba ya muerta. Figúrese V. cual seria mi placer, caballero, al volverla á ver, al hablarle, al escuchar su dulce voz, la voz armoniosa y suave que sonó en mis oidos y que penetró en mi corazon cuando era yo niño. Estoy loco, caballero; y solo porque no dijera V. que era un cobarde, he venido á la cita; pero en verdad no tenia ganas de reñir ya, ni con V. ni con nadie.... Miento; tendré que reñir, pero no será en un desafio, será para castigar....

—Capitan, ¿esa mujer será acaso Teresa? le preguntó Arturo.

—¿Y cómo sabeis que se llama Teresa? interrumpió el capitan alarmado.

—Ella me lo dijo....

—¿Pero de qué manera?

—Bailé con ella; me interesó su rostro pálido, y su desgracia....

—¿Le dijísteis por supuesto que la amábais? interrumpió Manuel con muestras de cólera.

—Oh, no haya cuidado! continuó Arturo sonriéndose; yo no tuve valor para decirle nada: es de aquellas mujeres con quienes no puede divertirse nadie.... Y por otra parte, seria ya el extremo de la inconsideracion, el que yo tratara de enamorar á vuestras dos novias. Quedaos, pues, con la interesante Teresa, y dejadme habérmelas con la ligera ó inconsecuente Aurora.

—Gracias, caballero; me habeis tranquilizado enteramente. Si en vez de la cáliga de Aurora hubiese sido la de Teresa, creedme, os hubiera matado en el mismo teatro.

—Pero decidme algo mas de vuestros amores con Teresa, ahora que ya me intereso como un amigo.

—Perdouadme, pero es imposible por hoy; dentro de dos dias todo lo sabréis, y acaso necesitaré de vuestra ayuda.

Muy bien: contad conmigo, le contestó Arturo, tendiéndole la mano; y ahora, continuó, ya que nos hemos entendido, os diré, que saliendo del baile, tropecé con una muchacha como un ángel que me pedia limosna; la seguí, y me encontré con que vivia en un cuarto miserable, y que su padre y su madre estaban tirados en la cama muriéndose de hambre. Naturalmente me dieron lástima; les dí el dinero que tenia en los bolsillos, y dejé á la muchacha un hermoso prendedor de brillantes que me habia prestado un amigo. A decir verdad, no estoy enamorado de la criatura; pero me inspira tanta compasion, que deseo hacerle todo el bien posible. Venirse á pelear por frioleras, cuando tiene uno tales ideas, es cosa triste; y este es el motivo porque me habeis visto tan prudente: de lo contrario, nos habriamos roto la cabeza probablemente.

—Ya que poco mas ó ménos sabemos nuestra historia, es menester que seamos amigos. Cómo os llamais?

—Arturo H***

—Venga esa mano, Arturo.

—Perfectamente, Manuel; desde ahora te considero como mi mejor amigo; me gusta tu carácter.

—Y á mí tu excelente corazon, Arturo, contestó el capitan. Dentro de dos ó tres dias sabrás todos mis amores y toda mi vida: por ahora despedirémos un coche, y en el otro nos irémos al Progreso á comer y á beber una copa de Champaña juntos.

—Feliz idea! pero yo soy quien te convido, dijo Arturo.

—Imposible! replicó el capitan. Hace tres dias que he recibido mi paga; hoy solo tengo una onza en la bolsa, y es fuerza que acabe con ella: así lo hago todos los meses. Tres ó cuatro dias fumo puros habanos de á real; bebo buen vino; como en las mejores fondas y me habilito de ropa. El resto del mes ni fumo, ni bebo, y solo como lo necesario: la ropa la vendo en la mitad de lo que me costó, y ocurro á los usureros. Todo esto, Arturo, continuó tristemente Manuel, es por la falta de una mujer á quien amar. Si Teresa hubiera sido mi esposa, indudablemente hubiera yo sido un buen muchacho; pero como he sufrido tanto, necesito distraerme....

—Cabeza desatornillada, dijo Arturo, como la mia; pero yo ahora comienzo; verémos como acabamos.

Los dos amigos subieron en uno de los simones, y se dirigieron al Progreso.

Luego que llegaron á la fonda, mandó el capitan al criado á comprar un peso de los mejores puros habanos, y pidió de los mas exquitos vinos. Los dos amigos comieron alegremente, discurriendo teorías y sistemas para enamorar á las mujeres; y cuando se levantaron de la mesa, el capitan preguntó cuanto importaba la comida: le contestó el criado que doce pesos: el capitan tiró sobre la mesa los doce pesos, y dió dos al criado. Al salir, un limosnero se acercó á él, y le pidió un medio para comer: el capitan sacó dos pesos, y los echó en el sombrero del mendigo: el mendigo abrió tamaños ojos; tomó las monedas; las besó varias veces, y cayó de rodillas: no podia creer lo que le pasaba: para un mendigo dos pesos eran una fortuna.

—Levántate, buen viejo, le dijo el capitan, y no te arrodilles mas que ante Dios.

—Mira, Arturo: este limosnero es hoy mas rico que yo. He concluido con mi paga: ahora, Dios dirá.

—Capitan, toma entretanto la mitad de lo que tengo, le dijo Arturo, dándole un par de onzas.

—¿Te he convidado acaso para que me pagues con usura la comida, Arturo? le dijo Manuel con seriedad.

—Es que....

—Cuando necesite, sé que puedo contar con un amigo. Por ahora he comido; tengo que fumar; he hecho á un limosnero feliz, y voy á ver á mi Teresa: nada mas necesito.

Luego que Arturo se separó de su original compañero, se dirigió á su casa, y con el rostro radiante de alegría, se introdujo á la recámara de su madre. Era esta una buena señora de mas de cuarenta años de edad, y de rostro extenuado, á consecuencia del estado habitual de enfermedad en que quedó desde que dió á luz á su hijo único.

El padre de Arturo era un hombre de mas cincuenta años, que habia pasado por todas las alternativas de la vida, y que al fin habia logrado hacer su fortuna con las especulaciones de créditos del gobierno; mas la manía de meterse en negocios, no le abandonaba, y todo el dia lo pasaba en la Lonja, en Palacio, y en la calle de Capuchinas, que, como todo el mundo sabe, es en donde viven los banqueros de México, y en donde se fraguan los negocios de mas importancia, y acaso tambien las revoluciones que en momentos cambian la faz política del pais. En cuanto á la madre, siempre doliente y disgustada, se habia retirado completamente de la sociedad; y solo de vez en cuando se la veia salir al paseo en su elegante carretela inglesa; pero por el tápalo de lana y la cofia con que abrigaba su cabeza, en la languidez de sus ojos y en lo extenuado de su rostro, se reconocia al momento que no era una de esas

6

señoras que, á pesar de sus años, pretenden brillar como las jóvenes, y competir con ellas, sino una mujer que por medicina y por distraccion, salia á tomar el aire saludable del campo. . Como Arturo se habia separado muy pequeño de su lado, y permanecido muchos años en Inglaterra, el afecto de la madre se habia debilitado; mas apénas lo vió de nuevo, cuando su cariño maternal renació con mas fuerza y vigor, y se propuso conservar su salud, y vivir solo para amar á su hijo: el corazon de una madre encierra siempre un tesoro de amor, que no se agota sino en la orilla de la tumba.

Apénas la pobre madre vió entrar á su hijo, cuando su rostro se animó con una expresion indefinible de alegría; y sonriendo, le tendió la mano.

—Vengo lleno de contento, madre, le dijo Arturo besándole la mano. He hecho hoy, si se quiere, una calaverada, pero una calaverada en órden.

—¿Qué has hecho, Arturo? Cuéntame, dijo la madre algo alarmada: me has tenido con sumo cuidado, pues has entrado muy tarde, y ni siquiera viniste á saludarme.

—No haya cuidado, madre mia. Lo que he hecho es socorrer liberalmente á una linda muchacha que está en la miseria.

—Arturo!

—Yo contaré á V. todo, y quedará satisfecha. Quiero que busque V. una vieja que la acompañe; que mande V. cualquiera de esos médicos que le sacan tanto dinero para no aliviarla nunca; en fin, que V. tome bajo su proteccion á esta jóven.

—Arturo! esto es demasiado, dijo la madre algo enfadada.

—¿Por qué, madre mia? le preguntó Arturo, abrazándole la frente.

—Porque.... porque.... en fin, una proteccion tan decidida á una muchacha, no puede ménos de ser peligrosa ....

—Oh! no crea V. que hay nada malo en eso, mas que un deseo de hacerle bien; pero, en fin, ahora me voy al teatro, y oportunamente contaré á V. todo lo que me ha pasado. Se va V. á divertir; es una novela: *desafio, enfermos, una flor* ....

—Desafio! dijo la madre poniéndose pálida.

—Que terminó en una espléndida comida.

—Bendito sea Dios! murmuró la madre, en voz baja.

—Adios! Adios! madre mia.

Arturo salió de la sala brincando y tarareando una aria de la *Somnámbula*, miéntras la madre mirándolo con ternura, le enviaba su bendicion.

Arturo no quiso decir á su madre todo lo relativo á Celeste, pensando que si al dia siguiente le enviaba los auxilios prometidos, devolveria naturalmente el alfiler de brillantes.

En el teatro vió á Aurora en un palco, vestida sencillamente con un traje blanco de punto y una flor prendida en el pecho. Todo la noche Arturo dirigió el anteajo á la jóven: esta se dió por entendida, y pagó la galantería con algunas miradas y sonrisas. Arturo era tan feliz, que se olvidó completamente de Celeste y de Teresa. Esa misma noche tomó la pluma y le escribió:

"*Señorita:* Es fuerza que declare á V. de nuevo mi pasion: los desdenes de V. no han hecho mas que aumentar
mi amor: he obedecido á V., y el capitan y yo hemos quedado amigos. Deme V. alguna esperanza que mitigue mis
tormentos: seré el esclavo de V.; amaré á V. sola en el
mundo; será V. la dueña de mi corazon, la señora de mis
pensamientos, mi universo, mi diosa, mi ángel en la tierra. Lo que siento en mi corazon no es amor, es fuego
que quema mi sangre: mis tormentos son crueles, é im-
ploro su piedad y compasion. No sea V., pues, insensible, y tenga la bondad de contestar dos letras á quien
la amará, hasta mas allá de la tumba.—*A.*"

Esta ardorosa misiva fué envuelta en una cubierta per-
fumada, y al dia siguiente, luego que Arturo se levantó,
se fué á la casa donde la noche ántes le habian dicho que
vivia la muchacha. Buscó al cochero; el cochero á la
recamarera; la recamarera á la costurera de la niña, y la
carta fué encaminada á su dueño por estos seguros con-
ductos: ya se deja entender que el jóven gratificó liberalmente á estos agentes. Concluida esta importante
operacion, Arturo volvió á su casa; se puso una elegante
bata de cachemir y seda, un gorro griego, y se sentó al
piano á estudiar *La Bohemian Girl,* ópera nueva que
habia sido representada mas de sesenta veces en Inglaterra.

No hacia media hora que Arturo se habia puesto á
tocar, cuando le avisaron que le aguardaba un caballero: Arturo se dirigió á su cuarto, y se encontró con
Rugiero.

Este, despues de saludarlo, miró con sus ojos de ópalo
á la camisa de Arturo, y sonrió maliciosamente.

—Cabalmente deseaba que viniéseis, le dijo Arturo algo embarazado, porque el fistol se me ha perdido, y deseo saber el precio....

—¿De véras se ha perdido? preguntó maliciosamente Rugiero.

—Positivamente, respondió el jóven con seriedad.

—Entónces no hay cuidado; lo encontrarémos, pues en cuanto al precio.... es muy subido. Figuraos, Arturo, que pertenecia á un virey de Egipto.... Pero con un amigo nada se pierde; tranquilizaos, Arturo; eso es poca cosa, y no merece que hablemos mas sobre el particular.

—Eso es imposible, dijo Arturo; yo no podré estar tranquilo, si no pago ese prendedor, aunque fuera necesario vender hasta mi camisa....

—Pero.... ¿de véras se ha perdido? volvió á preguntar Rugiero con un tono muy marcado de duda.

—De véras, contestó Arturo algo cortado.

—Pues en ese caso, harémos una cosa, puesto que absolutamente quereis pagármelo.

—Cuál?

—Esperemos quince dias. Si expirado este tiempo, no parece, entónces diré el precio, y nos convendrémos.

—Muy bien, dijo Arturo; quedo satisfecho con esto.

—Hablemos ahora de otra cosa.

—De lo que V. querais.

—¿Cómo ha ido de campañas amorosas, de desafio, de todo?

—Perfectamente, respondió Arturo alegrísimo; voy viento en popa.

—Me alegro; pero os diré, jóven, que no es oro todo lo que reluce.

—¿Por qué?

—¿Quereis acompañarme esta noche?

—¿A dónde?

—Ya lo sabréis: tendrémos aventuras, aunque no sé si tan divertidas como las del baile.

—Estoy listo.... ¿A qué horas?

—A las nueve de la noche estaré aquí....

—Muy bien.

—Llevad algunas armas, como, por ejemplo, un baston con un grueso puño de plomo, ú otra cosa semejante.

—¿Es cosa de campaña? preguntó Arturo.

—No precisamente; pero acaso tendrémos que retirarnos tarde, y por los barrios de México no es muy acertado el andar sin armas, á deshoras de la noche.

—Muy bien, á las nueve os aguardo, y tengo positivamente curiosidad....

—Ya vereis, será una cosa muy divertida, le dijo Rugiero, sonriendo irónicamente, y despidiéndose.

A las ocho de la noche, un hombre buscó á Arturo era el cochero de Aurora, que le traia la contestacion. Arturo, lleno de sobresalto y ansiedad, entró á su cuarto á ver la carta: el corazon le latia violentamente, y por su frente y manos corria un sudor frio.

Abrió la carta, y vió que era la misma que él habia enviado á la muchacha, y la cual no habia sido aun leida, pues estaba pegada con la oblea.

Arturo se quedó petrificado: llamó al cochero, y le hizo mil preguntas; pero no recibió mas contestacion, sin

que la niña le habia dado á la costurera, ésta á la recamarera, y la recamarera á él, la cartita que le habia entregado en respuesta á la suya.   Arturo despidió al criado,
y luego que estuvo solo, hizo mil pedazos la carta, y ar-
rojándolos al suelo, los pisoteó: despues en alta voz, y como frenético, llamó á Aurora, frívola, inconsecuente, ingrata, coqueta; maldijo su estrella; renegó de todo el sexo femenino, y se echó despechado en su catre, pronun-
ciando el nombre de Aurora, y diciendo: la amo, la adoro siempre.

Rugiero entró á la hora convenida, y en el momento
en que vió á Arturo en tal abatimento, y en que observó
que sus ojos estaban algo húmedos, se echó á reir á carcajada abierta.

Arturo se incomodó un poco; pero no queriendo sacri-
ficar su amor propio, contando su derrota, disimuló, diciendo que tenia un poco mala la cabeza, y levantándose de la cama se vistió, y salió en union de su compañero.

VI.

Recuerdos, Amor y Esperanzas.

El mismo dia en que 'Arturo recibió una especie de desaire de la voluble Aurora, el capitan Manuel tuvo una entrevista con su querida: hacia tres años que se habian separado, y por primera vez se vieron en el gran baile. Como debe suponerse, no pudieron hablarse allí sino muy pocas palabras; pero fué lo bastante, para que á pesar de las dificultades y riesgos, combinaran una entrevista. Manuel conocia á una mujer que se mantenia de lavar y coser ropa de hombres solos, y que vivia en una calle un poco separada del centro de la ciudad: allí pensó Manuel que con seguridad podria platicar á su sabor con Teresa; y dándole á ésta las señas, arreglaron la hora, que fué la de las nueve de la mañana. La casa de la lavandera estaba en el primer piso; daba á la calle, y constaba de dos piezas, una pequeña cocina y un reducido patio. En vez de la suciedad y del abandono, que, segun hemos dicho, hay en la mayor parte de las accesorias de los barrios, todo respiraba allí aseo. El primer cuarto, que servia de sala y de taller al mismo tiempo, estaba envigado perfectamente, pintado de un amarillo bajo, y tan limpio, que ni aun el polvo que levanta el viento, se notaba. En las paredes, de un blanco brillante, habia algunos grabados finos de modas, de batallas de Napoleon y de santos y vírgenes. Esta extraña mezcla de estampas, resultaba de las necesidades de la lavandera: como devota y buena cristiana, necesitaba de imágenes ante quienes rezar: como algo ilustrada y de un gusto perfecto en su profesion, queria las estampas de modas para arreglarse á ellas al tiempo de aplanchar la ropa; y en cuanto á los cuadros de Napoleon, le habia sido forzoso recibirlos de manos de un jóven elegante, que demasiado honrado, quiso pagar de alguna manera el trabajo de la excelente lavandera. El ajuar de esta sala se componia de unas sillas, de un par de rinconeras y de una mesa redonda; todo pintado á imitacion de la caoba, colocado en su lugar, y perfectamente lustroso y bien conservado: en las mesas de rincon, en vez de ricos floreros de cristal ó estatuas, habia unas modestas jarras de porcelana, de cuyo cuello se desprendian unos ramilletes, compuestos de claveles, de rosas, de chícharos, de amapolas y de otras mil flores, cuyo olor se difundia en la atmósfera de esta modesta habitacion. En medio de la sala habia una gran mesa de cedro, en donde estaban extendidas multitud de piezas de ropa, y en el suelo una hornilla portátil, donde se calentaban las planchas.

La recámara era mas pequeña, y contenia un antiguo armario ó ropero chino, pintado de encarnado y con labores y relieves dorados, y el lecho, que merecia ser observado cuidadosamente. Las almohadas, de seda encarnada, tenian unas fundas llenas de primorosos calados imitando los encajes mas exquisitos; la sobrecama era blanca, de un algodon finísimo, y recamada con bordados de seda de vivos colores, imitando campiñas, montañas, animales feroces de toda especie, y figuras de hombres y mujeres las mas caprichosas y fantásticas: era un mosaico curioso, que merecia estar detras de la vidriera de un museo. Sobresalian un poco las sábanas de lino, bordadas con curiosas orlas y tejidos de algodon; y todo esto era obra de la lavandera, que habia dedicado sus ratos de ocio á ordenar su lecho, si no con la ostentacion de un rico, sí con toda la cómoda voluptuosidad de que es capaz una gente de la clase pobre y trabajadora de México. Toda la recámara estaba llena de claveros y cordeles, de donde pendian trajes blanquísimos interiores, y túnicos de hermosas muselinas: todos estaban limpios y lustrosos. Habia no sé qué atractivo secreto en este cuarto de la lavandera, que involuntariamente se venia á la imaginacion que estos trajes pertenecian quizá á otras tantas hermosuras....

El pequeño patio no desdecia de las piezas de que se ha hablado: una higuera y un frondoso frezno le formaban un toldo de verdura. Al derredor del frezno habia algunas macetas de plantas trepadoras, que enredaban sus hojas en el tronco de los dos árboles. Algunas campánulas y mastuerzos subian por las paredes, y ostentaban su hermosura, en vez de las dadas molduras de los patios de las casas particulares. En medio de estas plantas verdes y hermosas, se veian las jaulas, con zenzontles y calandrias que saltaban y gorjeaban contentos: dos ó tres gallinas vagaban por el patio, y un corderillo, limpio, peinado, y con una campanilla al cuello, estaba atado á un poste. Tal era la habitacion de la lavandera; y si nos hemos detenido en estos pormenores, no es sino por la idea que tenemos de dar á conocer, en cuanto sea posible, las diversas clases de que se compone la sociedad de México.

La dueña de esta casa, estaba en armonía, por decirlo así, con cuanto le rodeaba. Tenia como treinta años; era alta y robusta, de color moreno y cútis finísimo: su pié pequeño y su pierna redonda y mórbida, lucia perfectamente, pues vestia unas enaguas altas de fina muselina, y las ropas interiores estaban adornadas con encajes y calados, tan curiosos como los de su lecho: calzaba siempre un zapato de seda verde—oscuro. Su camisa, dejando descubierto mucho de su cuello, estaba bordada con chaquira negra formando labores, de las cuales se desprendian unos botoncitos ó adornos, que llaman *piñitas*. La fisonomía de esta mujer era, si no hermosa, al menos agradable: tenia grandes ojos negros; labios gruesos, pero frescos; una dentadura blanquísima; mejillas encarnadas, en las que se revelaba la salud y la robustez; y su pelo negro pasaba dividido en dos bandas por encima de las orejas y anudado por detras con listones rojos: tal era la propietaria de esta casa. Como lavandera de profesion, tenia conocimiento con las mejores casas de México: su exactitud, su habilidad y su honradez le habian dado mucha fama, y con esto le sobraban parroquianos. Se levantaba con la luz; aseaba cuidadosamente la casa; limpiaba las jaulas de los pájaros, y en seguida se ponia á trabajar hasta las ocho ó las nueve de la noche, sin mas interrupcion que las horas precisas para comer. Tenia á su cargo, durante la mañana, algunas muchachas oficialas, y así lograba cumplir con todo lo que tenia á su cargo.

A esta mujer, pues, ocurrió Manuel: impaciente toda la noche, apénas pudo cerrar los ojos, y á la mañana siguiente ántes de las siete, se dirigió á la casa de la lavandera.

Esta se hallaba ocupada en sus quehaceres; y limpia y alegre, cantaba una de esas canciones populares, tan lindas, y que á veces tienen mas eco en el corazon que la sublime música de las óperas.

—Dios te guarde, Mariana, le dijo el capitan entrando y pasándole familiarmente el brazo por el cuello.

—Guarde Dios á V., señor capitan, le contestó la lavandera, interrumpiendo su cancion. ¿Qué se ofrece, que tan de madrugada anda V. por estos barrios? ¿Quiere V. su ropa ya, cuando apénas es juéves?

—No se trata de ropa ahora, Mariana, continuó el capitan sentándose, sino de pedirte un favor. ¿Me lo concederás?

—Segun sea. Ya V. sabe que, aunque pobre, soy honrada, y vivo de mi trabajo.

—Tampoco se trata de que dejes de ser honrada, Mariana.

—Pues entónces ¿qué me pediria V.. que sea yo capaz de negarle?

—Deseo tener una conversacion, en tu casa, con una jóven. . . .

—¡Vaya, señor capitan! V. quiere quitarme el crédito. . . .

—Por qué, Mariana?

—Porque ya V. ve.... esas citas de señoras de coche en casa de una pobre, como soy yo.... Luego no querrán fiarme su ropa las gentes decentes, y....

—Has salido de ejercicios, Mariana? ¿Te has confesado ayer, que estás hoy tan escrupulosa?

—Bien sabe Dios, contestó con voz compungida la lavandera, que soy una gran pecadora; pero mi casa es muy honrada....

—Que se te quiten esos temores: la mujer que hoy debe venir aquí, es muy desgraciada....

—De véras?

—Positivamente.

—Su marido la molestará acaso; sus padres le prohibirán que le hable á V.... ¿no es verdad? En ese caso consiento con todo mi corazon. Soy enemiga declarada de los maridos imprudentes y de los padres tiranos. Pregúntele V. á las niñas Doloritas, y Antoñita, y Lugardita, y....

—Jesus, Mariana! le interrumpió el capitan, y dices que eres buena cristiana.

—Pero eso sí, nada de malo han hablado; se han dicho que se quieren, pero todo conforme Dios manda. Le contaré á V., señor capitan, un cuento muy divertido....

—Lo dejarémos para otro dia, si te parece, Mariana, dijo el capitan algo violento: por ahora márchate, que deseo estar solo.

—Márchate! repitió Mariana, remedando la voz de capitan...... como si fuera eso tan fácil; y mi trabajo, y el tiempo que pierdo....

—Toma, Mariana, le dijo el capitan, quitándose un

anillo de oro y esmalte que tenia en el dedo; es muy justo
que te indemnice; pero vete pronto, y acuérdate de que mis
bolsillos han estado siempre abiertos para tí......

—Guapo y liberal como el capitan no hay ninguno! exclamó Mariana mirando el anillo y pasándolo á su dedo.
Me voy, me voy: cuidado con espantar á mis pájaros y á
mi borrego, ni descomponer los vestidos, ni la cama ¡eh,
señor capitan!

Mariana se puso encima unas enaguas limpias; tomó
su rebozo reluciente de seda, y salió de su casa, haciendo
nuevas recomendaciones.

El capitan quedó solo: lo necesitaba por cierto. Cuando despues de mucho tiempo se va á hablar, á ver, quizá á estrechar contra el corazon á una mujer que se ha
idolatrado en los primeros años de la vida, se necesita
prepararse con la meditacion y el aislamiento para un acto
tan sublime. Cuando alguna vez nos hemos aislado de
todo cuanto nos rodea para no creer, mas que en una
mujer; para no pensar, mas que en ella, y para no adorar
sino á ella sola, hemos comprendido los éxtasis de los santos, hemos creido entónces en la vida contemplativa de los
anacoretas, á quienes el amor y la esperanza ha hecho felices por muchos años en medio del desierto y de la silenciosa soledad. Si algo hay de divino en la miserable organizacion humana, es el amor.

Luego que salió Mariana, el capitan quedó inmóvil,
mudo, fuera de sí: su corazon latia con fuerza; una especie de calofrío recorria todo su cuerpo; y pálido, silencioso y con la respiracion trabajosa, se dirigió á un sillon, se sentó, é inclinó su cabeza sobre el pecho. Cual-

quiera habria dicho que este hombre agonizaba, cuando no hacia mas que aguardar á una querida. Si las mujeres vieran cómo sufrimos, con qué vehemencia las amamos, jamas nos harian una traicion.

El capitan permanecia con la cabeza inclinada y los ojos entrecerrados: todos sus pensamientos, todas sus potencias, toda su alma, su vida pasada y futura, aunque parezca atrevida la expresion, estaba reconcentrada en el pensamiento de Teresa. La veia venir pálida, doliente, desgraciada; pero se le figuraba que una aureola de luz la rodeaba; que ángeles con alas de oro y de esmalte la circundaban; que por dó quiera que pasaba aquella mujer, dejaba un aroma desconocido, cuya esencia no podia definirse: Manuel se figuraba las delicias del cielo, y no las podia comprender sin la compañía de Teresa. Y á pesar de este amor, estos jóvenes no se casaron, sino que arrojados por un camino distinto, vagaron tres años, solos, absolutamente solos, porque hay seres sobre quienes pesa una negra fatalidad; porque rara vez se realiza esa fusion de dos almas en una; porque no es frecuente que se cumpla esta santa y sublime idea de unir con el matrimonio al hombre y á la mujer.

Manuel se levantó; dió algunos paseos por la sala, y salió despues al patiecillo: las calandrias cantaban; las campánulas pendian melancólicamente de sus tallos, como si fueran los arabescos de este toldo de verdura; y en el cáliz de los mastuerzos aun temblaban las gotas de rocío. Manuel suspiró, y sus ojos se llenaron involuntariamente de lágrimas: envidiaba la felicidad de Mariana, que exenta de pasiones, trabajaba como una hormiga para juntar algunos granos para el invierno de su vejez.

Dieron las nueve en el reloj de una iglesia cercana.

Cada vibracion de la campana fué á resonar en el corazon del capitan. Inquieto salió á la puerta: la calle estaba solitaria; uno que otro hombre embozado, pero no sospechoso, se veia en ella: Manuel se metió agitado y dió unos paseos. Volvió á salir á la puerta, y en la esquina divisó una mujer de un cuerpo flexible y gallardo, vestida con un rico traje de seda negro y una mantilla, cuyo velo bordado de ricas y exquisitas flores, cubria totalmente su rostro.

El corazon del capitan latió mas violentamente, y no se engañó: era Teresa, que vacilante y llena de temor, entró á la casa donde la aguardaba el capitan, con esa indefinible mezcla de alegría, de susto y de agitacion que hemos procurado describir.

—Teresa! le dijo el capitan tendiéndole la mano.

Teresa no pudo responder; y apénas tuvo el tiempo necesario para echarse atras el espeso velo que le cubria el rostro, y dejarse caer en una silla.

—Estás muy pálida, le dijo el capitan. Te ha sucedido algo?

— Nada, Manuel, le contestó la muchacha; hacia tres años que no te hablaba; que no tenia esas dulces conversaciones del tiempo de nuestros amores; y la idea de felicidad que hoy me aguardaba, me ha hecho un efecto terrible y que ni yo misma creia. Necesité de mucho esfuerzo para llegar aquí.

—Si vieras, Teresa, que me ha sucedido lo mismo! le dijo Manuel sentándose junto á ella, y clavando melancólicamente sus ojos en el rostro pálido é interesante de su querida.

—De véras Manuel?

—Pon la mano en mi corazon, Teresa; verás como late. El capitan tomó la pequeña mano de la muchacha, y la puso sobre su pecho.

—Y no me has dejado de amar nunca? le dijo Teresa sonriendo tristemente.

—Nunca! nunca!

—Pero tú has sido feliz, no es verdad?

—Ni un solo dia, Teresa: desde que te conocí, al despertar, al dormir, al hacer las mas insignificantes acciones de mi vida, siempre tu imágen ha estado delante de mis ojos y grabada en mi corazon. Puedo decir que has vivido conmigo; que tu alma ha estado dentro de la mia, y que he sentido el contacto de tu mano, el calor de tu cuerpo, el sonido de tu voz. Yo creia que era posible olvidarte... pero ni un momento te he olvidado, Teresa: ya ves.... Dios, nos ha unido en pensamiento y en verdad; ¿por qué nos hemos de separar?

—Pero tú has tenido otras queridas, y tal vez las has amado....

—Te creia muerta, Teresa, como te lo dije la otra noche.

El rostro de Teresa se cubrió de una nube de tristeza; el capitan la observó, y con acento sincero y apasionado continuó:

—Bien, angel mio! si ahora me arrodillara delante de tí y te dijera: Teresa, ningun amor mas que el tuyo ha llenado mi corazon; á ninguna mujer mas que á tí he visto con la confianza y con la ternura de una madre, de una amiga, de una esposa; en vez de placeres, no he

7

tenido mas que desengaños y amarguras; he entrado en las casas de juego; he pasado las noches en las orgías, y he vivido en los cafés, reunido con una porcion de hombres desmoralizados; he vagado errante de ciudad en ciudad, buscando pendencias y aventuras; pero todo esto ha sido porque me faltaba mi Teresa, porque la creia en el sepulcro; y despechado, y sin porvenir, y sin esperanza, procuraba ahogar la tristeza y el fastidio que me consumian en una vida disipada, pero activa: si todo esto te lo revelara con el acento de la mas pura verdad, y te dijera: perdóname, Teresa mia; echa un velo sobre todas estas desgracias, y vuélveme tu amor; sé generosa, y dame la felicidad y la paz del corazon, ¿no es verdad, que no serias cruel? ¿no es verdad que tu corazon bondadoso, no resistiria á estos ruegos, dichos con el acento del amor y de la verdad?

Miéntras el capitan decia estas palabras, que en efecto le salian de lo íntimo del corazon, se habia aproximado mas á Teresa; habia doblado la rodilla, y estrechaba con sus dos manos la blanca mano que esta le habia abandonado.

Teresa estrechó las manos de Manuel, y cuando éste levantó sus ojos, se encontraron con los de su querida, que estaban algo brillantes con las lágrimas próximas á desprenderse y á rodar por sus mejillas.

Manuel estaba perdonado.

—Las mujeres, Teresa, le dijo Manuel con acento solemne, y volviendo á tomar la postura que tenia al principio de la conversacion, son nuestros ángeles de guarda en el mundo. He encontrado ya á mi ángel, y desde hoy seré otro, Teresa mia; pero dime tú ahora, ¿qué has hecho desde que no me ves? Acaso miéntras yo estaba siempre pensando en tí, miéntras era yo desgraciado, tú me habrias olvidado....

—Ni un instante, Manuel: los hombres son muy injustos; nos creen volubles ó ingratas, y no ven que su memoria hace caer nuestras lágrimas sobre la tela que bordamos, ó el lienzo que cosemos. Cuando creia que me habias abandonado; que tantas protestas de amor eran mentira; que lo mismo que me escribias á mí lo decias á otras, entónces.... me venian ganas de matarme,.... pero despues pensaba en Dios; le ofrecia mis pesares, y formaba la resolucion de no amar á nadie mas que á él; de abandonar el mundo, donde no veia mas que traicion y engaños.... de no volver á pensar jamas en tí.....

—Teresa: ¿y por qué hacias eso?

—Qué quieres? es uno de los tormentos á que se condena la mujer, cuando ama de véras: cada hora, cada minuto, asaltan nuevas dudas al corazon, y esto hace padecer mucho.

—Pero ahora estás tranquila, ¿no es verdad?

—Sí, Manuel, soy un poco ménos desgraciada.

—Teresa, le dijo Manuel, mirándola fijamente con mucha ternura; ¿me concederias un favor?

—Cuál, Manuel?

—Cuando me separé de tí, me abrazaste; ahora que te vuelvo á ver, deseo que me des otro abrazo.

Teresa pasó su brazo por la espalda del capitan, y éste estrechó á su querida contra el corazon, diciéndole:

—Teresa, soy el mas feliz de los hombres: no cambio una caricia tuya, por todos los tesoros del mundo: quisiera que tu cuerpo se uniera al mio, y no hablar sino por tu voz, no oir sino por tus oidos, no ver sino por tus ojos. . . .

Teresa encendida con una ligera tinta nácar, que se hacia mas notable por la palidez de su rostro, queria separarse de los brazos de Manuel; pero éste le dijo con una voz muy suave:

—Así, bien mio, así; otro momento mas, porque me haces muy feliz.

Teresa abandonó su linda cabeza al capitan, que silencioso y extasiado acariciaba su negro cabello.

Despues de un momento de este silencio solemne, de estas caricias llenas de amor y de inocencia, el capitan volvió á tomar la palabra.

—Ahora que estás mas tranquila, Teresa mia, cuéntame algo de lo que te ha pasado. ¿Adónde está tu madre? ¿Quién es ese hombre que te acompañaba?

—Mi madre murió, Manuel.

—¿Y ese hombre?

—Es mi tutor.

—Pero, Teresa, ¿qué no hemos de vernos en lo de adelante? ¿ha de acabar nuestro amor? ¿he de perder la esperanza de que seas mia? Eso es imposible.

—Ya lo veo, Manuel; pero si tu me amas, debes por lo mismo alejarte de mí.

—¿Alejarme de tí. . . . vida mia? siguió Manuel con voz muy suave. No; jamas; una vez que te he vuelto á encontrar, te veré, te hablaré, á pesar de todo el mundo.

—¿Y si hubiera un imposible?

—¿Cuál Teresa?. . . Solo que tú me arrojes de tu lado, solo que no me ames. . . .

—¿Y si fuera yo casada?

—¡Casada! repitió Manuel con cólera, levantándose de su asiento. Tú me engañas, Teresa; eso no puede ser.

—Es la verdad, dijo Teresa en voz baja, é inclinando la cabeza sobre el pecho.

—Me has hecho muy desgraciado, Teresa: y luego en uno de rapto de desesperacion, exclamó: ¿Y qué importa que seas casada? Te arrancaré del lado de tu marido, y serás mia, siempre mia, porque mataré á ese hombre, á quien ya detesto.....

—Vamos, Manuel, cálmate, le dijo Teresa, dándole su mano y sonriendo; lo que te he dicho ha sido para probar tu amor. Ahora estoy persuadida de que me quieres, y te diré que no me he casado, que solo pensaba en tí.... Ingrato! ya verás lo que he sufrido. Qué! ¿no conoces en mi rostro los martirios de mi almá?

—Teresa, eres capaz de volverme loco, contestó el capitan.... No me vuelvas á atormentar así.... dime la verdad.

—Ahora te la puedo decir: desde que murió mi madre, quedé huérfana y entregada al cuidado de un tutor: este, en los principios, me trataba bien; mas despues me comenzó á zelar y á oprimir: ultimamente, es decir, hace seis meses, me declaró que me amaba, y que deseaba casarse conmigo: yo resueltamente le dije que no; pero es un hombre de un genio feroz y orgulloso hasta el extremo: con su riqueza y el favor que goza con las gentes influentes, le parece que nada puede resistirle. Conociendo esto, me he valido de la astucia; lo he tratado mejor; él ha concebido algunas esperanzas, y con esto me da gusto en cuanto quiero. Ha condescendido en llevarme al paseo, al teatro, al baile donde te encontré, Manuel; y en donde tenia cierto presentimiento de encontrarte, porque mi corazon me decia que México seria para mí el lugar donde hallaria la felicidad. Ahora, lo que se necesita es que tú apeles á la justicia, porque debe haber justicia para protejer á las mujeres desvalidas; que me saques de su poder; le reclames mis bienes, y despues. . . . . si me amas. . . .

—Si te amo, Teresa! . . . Júrame que serás mi mujer. . . Nos casaremos. . . . es lo primero que debemos hacer. Yo buscaré un eclesiástico á quien confiar nuestro secreto; él nos casará, y yo podré entónces reclamarte con derechos que nadie me podrá negar. En cuanto al dinero, yo no quiero nada mas que á tí. . . .

—Dices bien, Manuel, conozco tu desinteres; pero, ¿será justo que los cuantiosos bienes que me dejó mi madre, se queden en poder de este hombre, que ha sido mi verdugo? Yo te contaré toda mi historia, y verás si tengo razon.

—Haré lo que tú quieras, Teresa de mi corazon, exclamó el capitan; pero sobre todo, la idea de casarme contigo me vuelve loco, me enagena.

Manuel recobrando su buen humor, comenzó á saltar como un chicuelo en la pieza: rió, bailó, tomó las manos de Teresa, y las cubrió de besos; acarició sus mejillas, y luego sentándose de nuevo junto á su querida, limpió sus ojos que estaban algo húmedecidos, y le dijo:

—Soy muy feliz, Teresa. . . . Decididamente seré ahora hasta buen cristiano; y despues de ser muy dichoso en esta vida, lo seré en la otra. . . . Gracias, Teresa; gracias, vida mia.

Teresa, llena de júbilo, miraba complacida y silenciosa las locuras de su amante, y decia para sí: seré muy feliz con Manuel; tiene un excelente corazon, y me ama mucho.

—Bien, Teresa, hablarémos formalmente.

—Diga V. lo que quiera señor capitan, le dijo Teresa con tono chancero.

—Hoy veo al cura, á mi amigo el Gobernador, al Presidente, á todo el mundo; el caso es que mañana á las nueve venga aquí mi Teresa á ser mi esposa: no haya miedo, muchacha! te quiero mucho, y has de ser feliz. En cuanto al dinero, lo reclamarémos si quieres; pero será para tí: yo cumpliré con entregarte mi pobre paga de capitan, y ser tu amigo, tu compañero, tu amante, tu esclavo; ¿estarás contenta?...

Teresa sonrió con esa dulce satisfaccion que se apodera de la mujer que se cree verdaderamente amada, y dijo con una voz amorosa:

— Lo que tú hagas, lo doy por bien hecho: mañana vendré á esta hora, y.... tú harás lo demas: por hoy es preciso retirarme; la menor sospecha de mi tutor nos seria funesta. Así, adios, Manuel.

—Adios, Teresa, adios.

—La jóven se cubrió el rostro con su velo, y salió.

Adios, ídolo mio! repitió el capitan, espiando por la hendedura de la puerta á su querida, hasta perderla de vista. Despues entró, y tomando su sombrero y su capa, salió tambien, cerrando la puerta por fuera y diciendo: "Si de esta hecha no me muero de alegría, digo que viviré eternamente. Mañana me caso; pero hoy parece que sueño todavía."

VII.

Explicaciones.

Los albaceas y los tutores han sido, son y serán siempre unos bichos dañinos. Un refran dice: *que mas se quiere lo que se cria, que lo que se pare;* y como los albaceas y los tutores crian el dinero de sus menores, es claro que lo aman mas, y lo aman hasta tal punto, que cuesta infinito trabajo que se desprendan de él. ¿Qué hace, pues, una niña, unos varones que quedan en edad tierna huérfanos, y cuyos bienes, y educacion, quedan confiados á un hombre desconocido, y tal vez extraño absolutamente para ellos? Las leyes los protejen, es verdad; ¿pero una jóven, un niño que va á la escuela, están en el caso de entender las leyes, cuando apénas las comprenden los mismos abogados? ¿Qué valdrán los recursos de unos seres débiles, extraños á las intrigas del foro y á las maldades sociales, contra la influencia de un hombre en posesion ya de un gran caudal, con el que puede ablandar la integridad de los jueces, mover la fastidiosa elocuencia de un abogado, y torcer la fe del escribano? Todo esto se dice, bajo el supuesto de que los jueces se puedan for-

mar una idea exacta de parte de quien está la justicia;
de que los abogados tengan elocuencia y los escribanos
fe; y de que todo ese embrollo de leyes romanas, góticas
y mexicanas, que forman un caos, pueda llamarse legis-
lacion.

Resulta, pues un hecho, y es, que cuando el albacea ó
tutor es hombre venal, los menores se quedan en la indigencia; cuando el albacea ó tutor es hombre de regular
educacion y moral, los menores cojen una parte de lo suyo; y cuando, en fin, el albacea es hombre de esos devo-
tos y ascéticos, que deseando ganar el cielo andan en buenos coches sobre esta tierra miserable, quizá para no en-
suciarse los pies con su vil y despreciable polvo, los menores gastan, sin su voluntad, en lo que se acostumbra llamar
obras pías, que es acaso lo que ménos tienen. Por final
resultado, los menores siempre reciben mermado su caudal; y como lo ménos de que se ha cuidado es de educar-
los para el trabajo y para que sirvan bien á su patria con
sus bienes y su persona, los menores cuando han llegado
á su mayor edad, derrochan su caudal y se quedan en la
miseria. Para mi modo de ver, la fatalidad con su mano
de herro, como diria un romántico, pesa sobre estos entes
equívocos, sobre estos fetos sociales que necesitan, segun
las leyes, un período larguísimo para desarrollarse y formarse.

Hay mil cosas que pasan inadvertidas, y que deberian vigilarse por el gobierno: cuando pensamos algunas
veces sobre política, lo que muy raras veces sucede, nos
figuramos al gobierno, como el padre de una gran familia; ¿y como tal no deberia tener cuidado y vigilar de
que ninguna persona estuviera sujeta, ni remotamente

riedad y á la injusticia de otra? ¿Por qué
blece un tribunal, compuesto de hombres ín-
octos, que cada año, por ejemplo, examine
esos ruidosos pleitos de padres é hijos, de tios
de albaceas y menores, de tutores y tutorea-
este exámen no sea ni para fallar, ni para inge
operaciones de las autoridades, ni para em-
dilatorias y trámites, sino para cerciorarse
e, de si hay legalidad, arreglo y buena fe en la
os negocios, para enderezar la justicia á favor
es, para protejer á los que, sin la fuerza, sin los
sin la instruccion necesarios, pleitean con los
astucia, dinero y mala fe?

ea y tutor de Teresa era uno de esos hombres
rompidos, infames, para quienes ningun medio
on tal de que diera un resultado favorable á sus
icarémos algunas líneas, para que el lector
la inteligencia necesaria, de los hechos sociales
mos propuesto referir.

re de Teresa enviudó á los pocos meses de ha-
á luz, y quedó dueña de muchas riquezas,
marido, que la adoraba, la nombró albacea de
La madre procuró conservar los bienes, pen-
con la educacion virtuosa y recogida que daba
, le dejaria dos caudales en vez de uno: no
, pobre madre, que á veces las riquezas son
lesgracia para las jóvenes. Nunca pudo la ma-
í la capital, y vivió retirada en una de sus ha-
erca de San Luis Potosí: así Teresa, con el
y saludable del campo, se desárrolló físicamen-

te, con la pompa y hermosura con que crecen las flores
silvestres. El padre, se nos habia olvidado decir, que
era español, y entre otros bienes poseía algunas fincas
en la Habana. Tenia Teresa quince años, cuando la madre se vió atacada de una grave enfermedad de nervios:
todos los médicos mas famosos de San Luis, y aun muchos de la capital la asistieron; y un dia reunidos en sus
temibles juntas, decidieron que la enfermedad no tenia
mas remedio que viajar por el mar, y radicarse por algun
tiempo en un clima cálido. La señora pensó en la Habana; y como cuando un enfermo está grave, cualquier
sacrificio para sanar le parece poco, salvando todos los
obstáculos imaginables dispuso el viaje, llevando consigo
á su hermosa Teresa.

Tiempo hacia que procuraba ganar su confianza un
hombre al parecer lleno de virtudes y de probidad, que
confesaba y comulgaba cada ocho dias, y que instruido
en los negocios de campo, podia ser de la mayor utilidad; este hombre se llamaba D. Pedro, y como era bastante hábil, logró por medio del confesor de la señora,
quedarse encargado del manejo de todos los bienes.

A los tres años, suspirando siempre la madre por su
patria, y ya mucho mas restablecida su salud, dejó la isla
de Cuba, y volvió en union de su hija, al pequeño pueblo
donde tanto tiempo habia vivido. D. Pedro le entregó
muy buenas cuentas: todos los bienes estaban aumentados
y en prosperidad; así es que D. Pedro fué el de todas las
confianzas de la madre, y el gefe de la famila; y por supuesto, cuando la madre murió, fué el albacea y el tutor de
Teresa, que cayó bajo su exclusivo dominio. La muchacha,

como hemos dicho, habia crecido bella como un serafin, y educada por una madre llena de virtudes y de bondad, su alma estaba adornada de las mismas cualidades. D. Pedro pensó que no era mal negocio quedarse con la muchacha y con los bienes; pero habia un obstáculo invencible, aunque muy natural: D. Pedro era viejo, era feo hasta un grado increíble; y Teresa habia concebido ya una pasion por Manuel, jóven bien parecido y amable. D. Pedro, aunque ignoraba esto, tomó el partido de enterrar á la muchacha y vigilarla de una manera inaudita, hasta que vencido por el amor, pues D. Pedro se enamoró verdaderamente, consintió en traerla á México: los pormenores de la vida de Teresa los sabrémos mas adelante, pues ahora necesitamos seguir al tutor en la aventura que tenemos pendiente.

Celoso, suspicaz, y temiendo con fundamento que su presa se le escapase de sus manos, la dejó ir al baile con un tal D. Antonio, amigo de todas sus confianzas; pero él se disfrazó, y la siguió en todos sus movimientos. La vió hablar y bailar con Arturo; la vió ir á la mesa con el capitan Manuel; la vió triste y llorosa: todo esto aumentó sus desconfianzas, mas sin poder descubrir por donde venia el nublado, pues por mas preguntas y astucias de que se valió, no pudo averiguar nada: las mujeres mas inocentes son mas astutas, cuando les conviene, que el mas consumado diplomático.

La mañana que salió Teresa acompañada de una criada, con el pretexto de ir á la iglesia, D. Pedro la siguió disfrazado, de léjos, y vió al capitan asomarse á la puerta de la casa de Mariana, y finalmente, se cercioró de que

la muchacha, dejando á la criada á cierta distancia, entró
en ella. Su primer intento fué correr, arrojarse á la
puerta, y despedazar al capitan y á su pupila; pero queriendo cerciorarse de todo para tomar una venganza clá-
sica, dió algunos paseos por la calle, y despues, mirando
abierto el zaguan inmediato á la puerta de Mariana, subió
instintivamente. Encontró que la casa estaba vacía, y
que la cuidaba solamente una vieja, á la cual dió algunas
disculpas y pretextos: recorrió dos ó tres piezas, y al re-
tirarse, notó una tronera, por la cual miró al capitan y
á Terese enlazados con ternura, diciéndose amores, jurando no separarse nunca, concertando su casamiento....

D. Pedro dió algunas monedas á la vieja; le dijo que
se retirase á otra pieza, y él cerró la puerta; se tendió en
el suelo, y oyó toda la conversacion, que ya sabe el
lector: los pobres muchachos se creian solos, y parece
que Satanas habia dispuesto las cosas de modo que las
oyese su mas cruel enemigo.

D. Pedro sufrió mucho: las arterias de su frente re-
ventaban; su respiracion se interrumpia; cada caricia de
los amantes era un dardo que le clavaban en su corazon,
y hubiera querido tener un rayo á su disposicion, para
lanzarlo por aquella tronera, sobre la cabeza de los dos
amantes: cuando salió de allí, juró por Satanas, que toma-
ria una venganza infernal.

VIII.

Un buen consejo.

Cuando D. Pedro entró á la casa, una especie de vértigo infernal se habia apoderado de su cabeza: sus miembros temblaban; dos dientes grandes, únicos que tenia en la boca, asomaban por entre sus labios cárdenos, y su cabello cerdoso y negro, por la tinta con que acostumbraba teñirlo, estaba erizado y en desórden. En cada una de las arrugas de su cara aparecia una línea roja, y sus anchas narices se abrian, para dar paso á su respiracion trabajosa. Sin embargo, este hombre tan repugnante, queria ser nada ménos que el marido de Teresa.

Subió la escalera de su casa, y gruñendo y regañando á los criados que encontró al paso, se dirigió á su cuarto, y se encerró.

Dió algunos paseos por la pieza, como si fuese un tigre encerrado en una jaula: sus ojos veian fantasmas sangrientos; la vengaza llenaba su corazon, y hubiera sido su consuelo supremo, el ver cubiertos de sangre y moribundos á Teresa y á su amante.

Tenia razon, si puede concederse razon á los instintos

brutales y dañados de las pasiones: un gran caudal y una hermosa muchacha se le escapaban de improviso de entre las manos; y sus sacrificios y la constancia de muchos años iban á quedar estériles: amaba el dinero como un avaro, y á la muchacha como un viejo. Ya se comprenderá que estas dos pasiones tan fuertes, tan enérgicas engendraban en este caso la de la venganza: su primer pensamiento fue llamar á Teresa, asesinarla, y fugarse en seguida. Así, pues, buscó unas pistolas, sacó un puñal, desenvainó una espada; finalmente, recorrió todas las armas que tenia en su cuarto, pensando al tiempo de mirarlas, escojer la que causara mas tormentos á Teresa; pero despues las arrojó con desden, y exclamó golpeándose la frente:

—Y él?.... No, es preciso que los dos sufran mi venganza.... ¿Y si la justicia se apodera de mí, y embargan mis bienes, y me encierran en una de esas infames prisiones de México?... Maldicion! Si yo encontrara un medio de aniquilarlos, sin comprometerme....oh! daria mi alma á Satanas.... con tal de que mi venganza fuera terrible, inaudita.

D. Pedro sé arrojó en su catre; se retorcia como una culebra, y mordia las almohadas de rabia y de desesperacion. Despues se quedó un poco quieto, meditando profundamente en los medios que deberia poner en planta para lograr al ménos quedarse con el dinero de su pupila.

El ruido de tres golpes suaves que sonaron en la puerta, lo sacó de su éxtasis satánico, y precipitadamente se levantó; se compusó el vestido y el cabello; recojió las armas que habia esparcido por el suelo; las colocó en su lugar, y procurando dar á su rostro un aire de calma y de serenidad, fué á abrir: Rugiero se presentó.

—Mucho me alegro de ver á V. por aquí, amigo mio; pase, y tome asiento, le dijo D. Pedro.

Rugiero era antiguo amigo de D. Pedro, y el mismo que le habia aconsejado la conducta hipócrita y sumisa que debia guardar cerca de la madre de Teresa. D. Pedro le conocia de muchos años atras y lo habia escogido como su banquero: su influjo era tan grande en el alma de nuestro albacea, que cuando hablaba con él, quedaba fascinado, como el pájaro con el aliento de la serpiente.

— Decia, continuó el albacea, acercándole un sillon, que me alegraba mucho de ver á V....

—¿Por qué? interrumpió Rugiero, sentándose con el mismo desenfado con que lo habia hecho en la casa de Arturo.

—Porque hoy tengo un asunto grave entre manos.

—Oh! ya adivino poco mas ó ménos.... la niña estará enamorada y....

—Sí, sí, algo de eso, pero....

—Y querrá naturalmente llevarse consigo todo el caudal.

—No precisamente todo, contestó D. Pedro, afectando indiferencia, pero sí alguna parte.

—Y despues de tantos años de acercar la escupidera á la madre de Teresa; de hacer los oficios de un vil criado; de refrenar las pasiones, y poner una cara de santo, y confesar y comulgar cada ocho dias, os quedareis en la miseria, reducido á pedir de limosna las migajas sobrantes de la mesa de Teresa, y los pantalones inútiles de ese capitan calavera y disipado....

—Es verdad, es verdad, exclamó D. Pedro con los ojos encendidos de cólera: todo esto me va á suceder....

—Porque naturalmente, en cuanto se case el capitan, reclamará los bienes de su mujer; y vendrán los escritos, los abogados y los escribanos; y como la muchacha es bonita, sus ojos tendrán con esa gente tanto influjo, como nuestro dinero.

—Oh! esto es atroz, exclamó D. Pedro.

—Y os quedareis pobre, yo os lo predigo; y ademas, ¿quién os libertará del tormento que os cause el considerar que Teresa y el capitan, ya casados, se entregarán á su amor, y que en la noche se reunirán para acariciarse, para decirse que se quieren, y que la aurora los sorprenderá abrazados, tranquilos y felices, miéntras vos quizá teneis hambre y teneis zelos?

—Oh! eso es peor que el infierno, exclamó D. Pedro, cerrando los puños, y dejándose caer convulsivamente en un sillon.

—Vamos, responded, amigo mio, dijo el hombre del paso de Calais.

—Mi resolucion está tomada: los mataré á los dos.

Rugiero soltó una estrepitosa carcajada, y dijo:—Esa es una tontería; ¿y la cárcel, y los jueces, y los abogados? Entónces el tormento será para vos, porque ellos una vez muertos, cesan de padecer; pero....

—Pero, ¿qué hacer entónces? preguntó D. Pedro.

—Qué hacer? replicó Rugiero.... vengarse.... pero procurando la impunidad....

8

—En esto pensaba yo cuando entrasteis, amigo mio. Dadme una idea.... un plan.... os daré lo que querais....

—¿Daríais, por una venganza, vuestra alma á Satanas?

—Sí; lo daria todo, mi cuerpo y mi alma.

—¿No os asustais con esta proposicion?

—Amigo, tengo el infierno dentro del pecho, y en este momento no me asustan, ni Dios, ni el diablo.

Rugiero con sus ojos de ópalo se quedó mirando fijamente al albacea: este tuvo miedo, y apartó la vista, ó inclinó la cabeza.

—Vamos, D. Pedro, le dijo Rugiero, alzad la cabeza: no hay que desanimarse, que todo tiene remedio en esta vida, y no hay necesidad de hacer esas promesas locas: basta obrar, para que el diablo quede contento, sin necesidad de que le prometamos nada.

—Bien dicho! dijo D. Pedro, levantando tímidamente la cabeza, y mirando al soslayo á su interlocutor.

—Empecemos por partes: ¿estais zeloso?

—Los he visto abrazados.

—¿Quereis quedaros con el dinero?

—D. Pedro no contestó, pero sonrió amargamente.

—Pues todo se puede hacer.

—¡Cómo, cómo! interrumpió con ansiedad.

—Teneis un criado mudo.

—Es cierto.

—¿Se han citado los amantes?

—Para mañana á las nueve, en la misma casa.

—Pues procedamos á obrar.

Rugiero se acercó á la mesa; tomó una pluma y un

papel, y escribió: luego que concluyó, pasó la carta á D.
Pedro, y le dijo: leed:

—Juraria yo que esta letra es de Teresa, dijo D. Pedro asombrado, y pasando los ojos por la carta.

—Leed, dijo Rugiero, sonriendo.

—D. Pedro leyó:

"Manuel mio: Esta noche te aguardo á las nueve y
media en la calle de.... casa número.... Allí estará
un padre que nos casará. Si no damos este paso, mañana ya no será tiempo. Recibe el corazon de tu—*Teresa*."

—¿Pero qué quiere decir esto? preguntó D. Pedro.

—Lo que quiere decir es, que con vuestro criado mudo enviareis esta carta á la casa de la lavandera, donde se
hallará dentro de una hora el capitan.

—Sí; pero quiere decir que esta noche acudirá....

—Imbécil, murmuró Rugiero.... y se sentó de nuevo
á la mesa, y escribió....

—Tomad y leed, dijo echándola arrellina á la carta.

—D. Pedro leyó:

"Teresa idolatrada: Esta noche á las ocho y media,
procura estar en la calle de.... casa número.... Allí
estará un sacerdote que nos casará. Tu tutor debe salir esta noche á un asunto muy urgente á las siete, y no
volverá hasta las once: si no vienes, mañana será ya
tarde. Es preciso que el criado de tu casa, que es mudo, y que será quien te entregue esta carta, te acompañe
esta noche. Tu amante que te idolatra—*Manuel*."

—No comprendo todavía, dijo D. Pedro, y ántes veo
que si se reunen, se casarán, y todo será perdido.

—Escuchad D. Pedro, ya que sois tan falto de inteligencia.

—Escucho; hablad.

—Dirigidas estas cartas, es claro que cada uno de los amantes va á la hora señalada: la calle está desierta; la casa está deshabitada, pues en el barrio corre la fama de que espantan en ella: así, aunque haya gritos y ruido, ni serenos, ni alcaldes acudirán pronto.

—Y bien, ¿qué sucederá?

—A las ocho y media os envolveis en vuestra capa; tomais un par de pistolas, una espada, un puñal; no importa la clase de arma; apartais al mudo, y vuestra Teresa queda sola: llamais á un padre; y ó consiente en casarse, ó.... Si consiente en casarse, ya no hay caso; os volveis con vuestra mujer á gozar delicias angélicas.... si se niega absolutamente, entónces.... dejais al mudo en una pieza y el cadáver de Teresa en la otra. A las nueve llega el capitan, y en vez de una novia, se encuentra con una muerta: la justicia procederá contra él y contra el mudo: al primero, si sobrevive al pesar, le costará largos años de prision y de martirios; y en cuanto al mudo, como no puede hablar, es claro que lo ahorcarán, ó lo condenarán al grillete. ¿Quedará con esto satisfecha vuestra venganza?

Los ojos de D. Pedro, que se habian ido animando por grados, brillaron con una alegría infinita, cuando Rugiero acabó de pronunciar estas palabras.

Rugiero, que lo observaba, aunque fingia distraerse en jugar con una campanita que estaba sobre la mesa, observaba las emociones de D. Pedro, y sonreia maliciosamente.

—¿Y si Teresa desconoce la letra del capitan?

—Ya está previsto eso; la he imitado muy bien.

D. Pedro recorrió la carta de nuevo, y observó que en efecto habia una notable diferencia en la escritura de las dos cartas. Esto completó su satisfaccion; pero habiendo súbitamente cruzado un pensamiento por su cabeza, dió otro aspecto á su fisonomía, y dijo:

—Sois muy hábil, amigo mio, y me ha divertido vuestro proyecto.

—¿De véras, D. Pedro? replicó Rugiero con ironía.

—Positivamente, respondió riendo el albacea, y me ha quitado toda la cólera y mal humor que tenia: es ingenioso, en efecto, aunque le faltan algunas precauciones.

—¿Pero supongo que lo pondreis en planta?

—De ninguna suerte, respondió el viejo. Yo soy así.... en los primeros momentos quisiera asesinar.... pero despues que pasa un rato.... Voy á pensar solo en evitar un escándalo judicial, y esto es todo.

—Bien hecho D. Pedro, dijo Rugiero con tono de conviccion: si yo os propuse este plan, fué por pasar el rato, por divertirme.... pero en la realidad seria infernal, si se llevara á efecto.

—Oh! imposible que yo pensara seriamente en eso....

—Y que al fin, si los dos muchachos se quieren, vale mas que se casen, y que sean felices.... Una transaccion con ellos, lo compone todo.

—Todo absolutamente, dijo el albacea con el tono del mas completo convencimiento.

—Vaya! ahora que ya logré calmar á mi amigo, dijo Rugiero, levantándose del asiento, me voy....

—Gracias! muchas gracias! le respondió el viejo, tendiéndole la mano.

—Conque, hasta otro rato.

—Hasta mas ver.

Rugiero salió diciendo entre dientes: este hombre es peor que Satanas, ó peor que yo, que es cuanto se puede decir.

Luego que Rugiero salió, volvió el albacea á cerrar la puerta, y restregándose las manos con júbilo, dijo: este hombre ha tenido la inspiracion de un ángel: Teresa será mia, y su dinero será mio.... ó si no, tampoco será de ese miserable calavera.

Sonó una campanilla, y á poco entró un criado.

—Llámame á José el mudo, le dijo con voz afable.

José el mudó se presentó al instante: era un muchacho como de veinte años, con una fisonomía robusta y agradable, aunque falta de animacion.

D. Pedro dobló, y pegó con lacre, la supuesta carta del capitan á Teresa, y acercándose al oido de José, le dijo: Sal á la calle un rato; vuelve luego, y sin que nadie te vea, entrega esa carta á la niña, y vuelve á verme.

El mudo sonrió sencillamente; tomó la carta, y salió. Al cabo de un cuarto de hora volvió á entrar al gabinete del albacea.

—¿Has entregado la carta á la niña?

El mudo hizo una seña afirmativa.

D. Pedro le dió la otra carta de Teresa para el capitan, instruyéndolo de las señas de la casa de la lavandera, y lo despachó.

Era ya en esto hora de comer: D. Pedro se sentó á la

mesa: nunca habia estado tan amable como entónces con su pupila, á la que le prometió no forzar su voluntad, si queria casarse; cuidarle sus bienes; y vigilar por su felicidad. No hizo ninguna insinuacion de amores, y le dió tantas seguridades, que la muchacha estuvo á pique de contarle su historia con el capitan, y pedirle sus consejos y su aprobacion.

Al concluir la comida, el mudo regresó, y con sus señas afirmativas dió cuenta á su amo del resultado de su comision.

D. Pedro, radiante de alegría, se despidió de Teresa, y le dijo que iba á asistir á una procesion.

En efecto, D. Pedro con una vela de cera en la mano, un gran escapulario en el pecho y con los ojos bajos, recorrió varias calles de México, incorporado en una solemne procesion: todos los que lo veian, exclamaban: ¡Qué buen señor, qué virtuoso!

A las siete regresó á su casa, despues de haber platicado sobre moral y sobre la corrupcion del siglo con algunos sugetos principales y *cortesanos del cielo y de la tierra*.

Saludó con mucha amabilidad á Teresa, y le dijo, que asuntos de grave importancia le obligaban á salir, y que volveria tarde. Recomendó á ella y á los criados que se recogieran, y se marchó.

Teresa se metió á su cuarto, y se puso á llorar de alegría. Pensaba en Manuel: iba á ser tan feliz con él, que le parecia que el Señor le abria las puertas del cielo.

———

IX.

Aventura Nocturna.

Rugiero llevó á su amigo Arturo por uno de los barrios de México, y lo hizo entrar en una casa medio arruinada y completamente solitaria y silenciosa: luego que Rugiero entró, cerró la puerta, la atrancó con una viga, y ámbos subieron la escalera. Las telarañas y el polvo de que estaba cubierta, daban evidentes pruebas de que la casa hacia muchos años que no era habitada: una mecha vacilante de aceite ardia ante un cuadro maltratado de la Vírgen del Pilar: Arturo se sintió sobrecogido de cierto temor; mas cuidó de no manifestarlo. Su compañero le recomendó el silencio: atravesaron dos ó tres piezas, y en la última, que estaba completamente oscura, Rugiero detuvo á su compañero, diciéndole en voz baja:

—Ya vereis, jóven, lo que es el corazon humano: un mal consejo germina con una prontitud asombrosa; en cuanto á las acciones buenas, difícil es ejecutarlas: por eso el mundo es, no como Dios lo hizo, un lugar lleno de bosques, de rios, de montañas, de aves, de peces, de oro

y de perlas, donde puso al hombre para que gozara de
tanta delicia, para que bendijera la mano del que pinta
el horizonte en la aurora y en el crépusculo con los colores de esmalte y de oro, que no puede copiar el pincel
humano, del que sustenta al pajarillo, y del que levanta
con su soplo las olas del océano, y enciende con su mirada
los luceros y los soles del firmamento; sino una fétida ó
incómoda prision, donde no se puede encontrar la felicidad. ¿Pero creeis, jóven, que de todas estas bellezas, que
de todas estas maravillas goza el hombre como debiera?....
No, sin duda: las miserables pasiones lo tienen continuamente sumergido en un fango de vicios: ya vereis lo
que pueden la lujuria y la avaricia.

Las palabras de Rugiero, dichas con un metal de voz
rarísimo, y en la oscuridad mas profunda, tenian cierto
eco misterioso y solemne, que no podia ménos de hacer
viva impresion en el alma del jóven.

—Vamos, decia, este hombre, conoce el mundo mucho;
pero habla con cierta amargura, que desconsuela. O es
muy desgraciado, ó está ya saciado de tanto gozar.

— Mirad, jóven, le dijo Rugiero; pero tened cuidado de
no mezclaros en nada. Acontecimientos como este están ordenados por Dios .... ó por el diablo; y en vano
querreis impedirlos, á no ser que os resolvais á pasar mañana por un asesino. Mirad.

Rugiero llevó á Arturo á una mampara, y le indicó un
pequeño agujero donde Arturo ávidamente colocó la vista: era una pieza sucia, con una pintura antigua y mal-
tratada, y, como la escalera, llena de polvo y de telarañas,
que pendian de las vigas. En una mesa de madera tosca, estaba colocada una vela delgada y un par de pisto-

las. Junto á la mesa habia un tosco sillon de paja, y e
él sentado un hombre embozado en una capa, y cubier
la cara con una máscara negra. Delante de este hombr
permanecia de pié un sacerdote.

—¿Me jurais, padre, guardar un sigilo como el de
confesión, de lo que pase aquí?

—No puedo jurar, caballero, sino hacer mi deber c
mo ministro de Jesucristo. Se me ha llamado para q
confiese á un moribundo. ¿Dónde está el moribundo?...
Cumpliré con mi deber, y me iré inmediatamente.

—Padre, dijo el hombre de la máscara. ¿Una perso
á quien le faltan pocas horas de vida, no puede merecer
nombre de moribundo?

—Sin duda.

—Pues entónces no os han engañado; teneis que co
fesar á un moribundo.

—Muy bien, dijo el padre. ¿Dónde está? Podria pr
guntar qué significan ese disfraz y esas armas que veo s
bre la mesa; pero como ministro de Jesucristo, no quie
saber mas que lo que el pecador quiera decirme, con a
reglo á su conciencia.

—Me agrada sobremanera vuestro lenguaje conciso,
vuestra rectitud, padre: así es que, bajo el sigilo de
confesion, os digo, que una mujer que encontrareis en
otra pieza, va á morir por mi mano: es una infame h
pócrita, que sale de su casa, diciendo que va á la igles
y entra en las casas de prostitucion; y que ahora mismo
venido á esperar á su amante.

—Es muy extraño ese lenguaje, caballero, dijo el sac

dote alarmado: si he venido aquí para ser cómplice de un crímen, permitidme que me vaya.

—Estais muy engañado, padre, le dijo el enmascarado· ¿No es vuestra obligacion confesar á los que van á morir? Pues os repito, que no exijo otra cosa de vos, y por supuesto el sigilo de lo que habeis oido, pues de otra manera, vuestra vida iria de por medio.

El padre sonrió con desprecio, y respondió:

—Me amenazais acaso?... Esto no me asusta; y si á costa de mi vida puedo impedir un crímen, la daré gustoso: el que ha ofrecido una vez al Señor su corazon, su alma y su vida, no debe temblar jamas, cuando por una buena obra pone en riesgo su existencia.

—Vamos, padre, no querais hacer de mí un procónsul y de vos un mártir..... Lo que yo deseo es evitar palabras, y que cumplais con vuestro deber: entrad, y confesad breve á esa mujer....

—Yo no entraré, si no me explicais.....

—Lo que tengo que explicaros es muy sencillo: yo tengo la resolucion de matar á esa mujer: si esto es un crímen, lo acepto, y á la hora de mi muerte á vos, ó á otro padre lo confesaré. He querido, sin embargo, que ántes, confiese ella sus culpas, y salve acaso su alma; y para esto os he llamado: si no quereis, será vuestra toda la responsabilidad.

—Pero esa resolucion es imposible que la lleveis á cabo, porque aun suponiendo que las faltas sean muy graves, le debeis perdonar, evitando al mismo tiempo el remordimiento eterno de vuestra conciencia. Acordaos de

que Dios dice, que si el pecador cae siete veces al di
otras tantas será perdonado.

—Entrad, padre, dijo el enmascarado, sin darse por el
tendido de estas palabras: yo os lo ruego; el tiempo u
je, y despues de cinco minutos.... ya seria tarde. I
enmascarado se levantó, y condujo al sacerdote á un
puerta, lo introdujo por ella, y cerró diciendo:

—Si este hombre quiere mezclarse en algo, la otra pi
tola se empleará en él: el diablo sin duda me ha dado
una energía que no creia tener.

Arturo estaba como petrificado; le parecia que soñaba

Rugiero lo tomó del brazo, y lo condujo á otra man
para situada en el costado de la pieza, indicándole otr
agujero pequeño.

Arturo clavó la vista en él, como obedeciendo á un im
pulso sobrenatural y desconocido.

Era otra pieza tan lóbrega y tan triste como la ante
rior: en un canapé antiguo forrado de damasco rojo
estaba una mujer jóven, pálida, de grandes y rasgado
ojos: dos rizos de ébano caian ondeando sobre cuello d
alabastro; un traje blanco le daba mas interes, pues mer
ced á la postura descuidada en que se hallaba, se dibu
jaban los suaves contornos de su cuerpo. Era Teresa, qu
nunca habia estado mas interesante que en ese momen
to, en que el amor y la esperanza le habian dado el inau
dito arrojo de aventurarse á concurrir á esas citas peligr
sas, á las cuales pueden concurrir solo aquellas mujere
que, como Teresa, están profundamente enamoradas,
conservan al mismo tiempo cierta inocencia, que las ha
desconocer los peligros é inconvenientes de tales accion

Luego que Teresa vió entrar al sacerdote, se puso en
ié; sus ojos brillaron con una alegría infinita, y dejó aso-
nar en sus labios una dulce sonrisa de esperanza.

El sacerdote callaba, y no podia comprender, cómo es-
aba tan alegre una mujer que iba á ser asesinada.

—Os aguardaba con impaciencia, padre mio, dijo la
muchacha, haciendo seña al sacerdote para que tomara
isiento.

—Supongo, dijo el padre con voz grave, que todo lo
labeis.

—Todo, dijo Teresa con bastante tranquilidad.

—¿Y estais preparada?

—Sí, padre mio.

El asombro del padre crecia á cada momento.

—La hora va á dar ya, y quisiera que cuanto ántes
fuera, continuó Teresa.

—Entónces, contestó el padre, arrodillaos, y oiré vuestra confesion.

—Cofesarme!

—Sin duda, replicó el padre.

—Muy justo es, padre mio,

Teresa cubrió su rostro y su cabeza con un chal de
lana rosado y blanco que llevaba, y se arrodilló ante el
padre.

Cuando Teresa acabó su confesion, el eclesiástico, que
tenia una faz juvenil todavía, pero en la cual estaba re-
tratada la virtud y la caridad, levantó los ojos húmedos
de lágrimas, y bendijo á Teresa.

Teresa, sin levantar los ojos, continuó rezando.

La confesion de Teresa era de esas confesiones, que

en vez de revelar la maldad y el crímen, daban á conocer un corazon vírgen, y una alma llena de la sencilla y envidiable inocencia de un ángel. Teresa se confesó de que amaba mucho; de que estaba dispuesta á dar por su amante su existencia entera: el círculo de su vida giraba entre la impaciencia y martirios que le causaba su tutor, y la contemplacion de un amor que habia idealizado, con toda la poesía de que es capaz un corozon candoroso y limpio, como el de una paloma.

Teresa no dijo al confesor los nombres de las personas; pero fué bastante para que un pensamiento rápido pasara por su cabeza, y le alumbrara.—Esta es una traicion infame, dijo para sí; esta jóven sin duda es víctima de una trama horrible, y no lo sabe.... Dios mio, inspirame un medio de salvarla.

—¿Ninguna otra cosa mas teneis que decirme, le dijo el padre?

—Ninguna.

—Es decir, que si, por ejemplo, os sorprendiera ahora la muerte, ¿creeríais entrar en el cielo?

—Sin duda que sí, contando con la misericordia de Dios. ¡Quién es aquel que se puede decir justificado ante sus ojos!

El padre pensaba, revolvia mil proyectos en la cabeza, y hasta la idea se le venia de cometer una violencia, con riesgo de su vida. Esta criatura es muy jóven, muy hermosa y muy santa; no debe morir, á ménos que el Señor tenga decretado su martirio. Luego, dirigiéndose á Teresa, le dijo con acento profundo:

--¿Si esta confesion fuera la última de tu vida, si denro de poco debieras morir....?

A estas palabras un ligero temblor agitó los miembros e Teresa; se puso pálida, y sintiendo que se desvanecia, e reclinó un poco en el canapé. No era la idea de la nuerte la que asustaba á Teresa, sino la de no ser feliz: ecuperada un poco, y sonriendo tristemente respondió l padre:

--Si es voluntad de Dios que muera yo, me resignaé.... pero desearia morir en sus brazos.

Esta palabra arrojó nueva confusion y dudas en el alla del padre.—¿Qué capricho de mujer será este, dijo ara sí, que se resigna á morir en los brazos de un homre? ¿Hablará del enmascarado? ¿Será su marido? Si s su amante, la confesion no es buena; y esta criatura, unque sencilla y buena, tiene en peligro su alma y su uerpo.... Estoy resuelto á aclarar este misterio.

--Hija: tengo que consultar con un caballero negocios ue pertenecen á tu alma y á tu cuerpo; así, volveré á erte.

--Haced lo que querais, le dijo la muchacha con una oz dulce, y tomándole con respeto la mano.

El padre salió, y Teresa se dejó caer de nuevo murnurando entre dientes: ¿á qué horas vendrá Manuel?

Teresa aguardaba á Manuel llena de amor, de susto, le esperanza.

La puerta se abrió, y el hombre enmascarado entró.

--¿Manuel: eres tú? dijo Teresa, yendo hácia la puerta.

El enmascarado se descubrió.

Teresa se tapó los ojos con las dos manos, y retrocedió exclamando: ¡D. Pedro!

D. Pedro permaneció inmóvil.

Teresa, pasado un rato, se arrojó á los piés de su tutor diciéndole:

—Pues lo sabeis acaso todo, perdonadme.

—¿Te has confesado, Teresa? le dijo D. Pedro con voz bronca.

—Sí, para casarme con él.

—Para morir! gritó D. Pedro, y luego continuó con voz apagada: si tienes algo mas que decir á Dios, que sea breve.

Teresa cayó en el suelo anonadada, y luego arrastrándose á los piés de D. Pedro, exclamó: Perdonadme, señor; venia á casarme con él: ¿qué os cuesta darme esta felicidad?

D. Pedro hizo un gesto infernal, y apoyó el cañon de la pistola sobre la frente pálida de Teresa.

Arturo quiso en aquel momento romper la mampara, pero Rugiero lo asió de la cintura, y con una fuerza sobrenatural lo sacó de la pieza, lo bajó por la escalera, y abriendo el zaguan, lo puso en la calle, y desapareció entre las sombras.

Arturo permaneció inmóvil un rato; se limpió los ojos; se tocó la frente, y un sudor frio corria por ella. Cerciorado de que no soñaba, y poseido de un rapto de furia, quiso entrar de nuevo, pero se encontró con un hombre que lo detenia. Preocupado alzó un baston con puño de fierro que llevaba, y aplicó en la cabeza al hombre un golpe terrible: el hombre cayó, dando un ronquido.

Arturo, que lo vió, se inclinó, y reconoció al capitan Manuel.

Maldicion! exclamó; lo he matado, y no puedo salvar á su querida; y ya fuera de sí, abandonó la fatal casa, y echó andar precipitadamente por en medio de la calle.

X.

Bosquejos de la vida intima.

Cada hombre es una novela; cada mujer un enigma incomprensible; cada casa una ciudad: cada ciudad un mundo entero, y el mundo un grano de mostaza; y el hombre y la mujer unos locos llenos de miseria y de pasiones. Sin embargo, del hombre, de la mujer, de la casa y de este grano de mostaza en que habitamos, se pueden sacar lindas historias, y contarse sorprendentes maravillas.

Hace algunos capítulos que hemos echado en olvido á Celeste; pero el presente lo consagrarémos á referir, muy en compendio, la historia secreta de una muchacha encerrada en un miserable cuarto, sin mas compañía que dos viejos moribundos, y sin mas auxilio que Dios.

9

Se ha dicho que el viejo insurgente, padre de Celeste, no era del todo pobre cuando se casó: todavía en la época en que la niña comenzaba á crecer, no estaba reducido á pedir su sueldo de limosna, en las oficinas del gobierno. Todo el mundo sabe lo que hace un padre por su hija: los piecesitos de Celeste estuvieron sujetos por lindos zapatos de seda; sus redondos y delicados miembros se cubrieron con cambray, muselinas, y encajes; sus cabellos sutiles se vieron enlazados con perlas y rubiés, y sus oidos se recrearon muchas veces con los gorgeos de los pájaros, con la música de los relojes, y con la armonia del piano, cuyas teclas recorrian sus dedos de rosa.

Una vez que la miseria asoma su cabeza por una casa, no tarda en recorrer todos los aposentos: un dia el padre de Celeste vendió el piano; al dia siguiente, los candiles y floreros; al tercero, fueron las sillas y sofaes; y para no cansar al lector, en poco tiempo las paredes quedaron sin cuadros, los suelos sin alfombras, las piezas sin muebles, el comedor sin loza, la cocina sin lumbre: cada cosa de estas que se vendia, era un dolor sordo que enfermaba el corazon del pobre padre, y un motivo de lágrimas para la madre.

En cuanto á la niña, como conservaba sus muñecas de trapo, sus trastos de barro y sus juguetes de carton, veia salir todos los muebles de su casa, con la sonrisa de la inocencia en los labios; y si veia llorar á su madre, corria á colgársele del cuello y á acariciarla: la pobre madre lloraba, no porque fuera una mujer frívola ó avara, sino porque todo lo queria para su hija, y veia dia por dia que nada podia dejarle.

Esto causó una mortal tristeza á la señora: se pasaba los dias sin tomar alimento, y las noches en una dolorosa vigilia, con una idea fija, inseparable, eterna que la hacia exclamar cada momento ¡cuál será el porvenir de mi hija!

No pasó mucho tiempo sin que se mudaran á una pobre vivienda de una casa de vecindad, y allí se aumentó la tristeza de la madre. La hija crecia; y aunque mas reflexiva, parecia que, no le afectaba en lo mas mínimo el cambio de situacion.

La madre cayó al fin enferma, y entónces crecieron las angustias del marido, y se resolvió, como hemos dicho, á pasar los dias en Palacio, implorando la compasion de los ministros, de los empleados, y hasta de los porteros, miserables canes echados á los piés de los que, en nuestro pobre pais, se llaman hombres grandes, y para quienes la necesidad y la indigencia solo tienen insultos y desprecios. El padre habia respetado en medio de su miseria los vestidos de Celeste; de suerte, que esta calzaba siempre zapatos de seda, y vestia camisas de lino y túnicos de muselina. Un dia, el viejo, agobiado ó incapaz de andar, llevó, como hemos dicho, á su hija al Palacio: Celeste peinó sus hermosos cabellos, calzó sus pequeños piés, ciñó con el traje su cintura de abeja, y salió con su padre alegre, risueña, encantadora; todos los que en la calle pasaban junto á ella, la miraban con atencion, y oia susurrar en sus oidos las palabras: *divina, celestial muchacha.*

Llegó á Palacio, y la escena cambió: de los grupos de militares libertinos oia salir palabras que por primera vez herian desagradablemente sus oidos: los elegantes que rodeaban á su padre, llenándolo de cumplimientos, echaban á hurtadillas miradas lascivas sobre ella: algunos la dijeron palabras al oido, que no entendió, pero que le disgustaron; y hubo quien atrevidamente le hiciera esas toscas caricias de la plebe, que se llaman *pellizcos.* Celeste, sin comprender cuanta maldad, cuanto libertinaje habia en estos hombres, que abusaban de la enfermedad de un viejo y del candor de la pobre hija, sintió que sus mejillas se cubrian de rubor, é instintivamente tuvo miedo de ellos: cuando regresó á su casa, estaba triste y pensativa, y viendo que su padre estaba cabizbajo, y que una lágrima corria por sus mejillas, se aventuró á preguntarle qué tenia.

El padre con voz solemne le respondió:

—Miseria! hija mia.

Esta palabra descubrió á Celeste el abismo por donde, descuidada y sonriendo, habia pasado: se acordó entónces de que un dia habia salido el piano, otro los candiles, y finalmente todos los muebles: todas estas escenas, que no habia podido entender, se las explicaba naturalmente con la palabra *miseria;* y comenzó á reflexionar.

Miseria quiere decir, que mi madre necesitará de médico, y que si no hay con que pagarle, el médico no vendrá.

Miseria quiere decir, que si mi madre necesita medicinas, en la botica no las darán de valde.

Miseria quiere decir, que mi padre no tiene ya, y que al llegar la hora de comer, no habrá ni puchero, ni aun frijoles.

Miseria quiere decir, que no habrá ni trajes de muselina, ni zapatos de seda, ni nada. . . .

Celeste comprendió en toda su extension lo que queria decir la palabra *miseria*, y se puso á llorar.

El padre, oyéndola, levantó la cabeza, y le preguntó tristemente:—¿Qué tienes, hija mia?

La muchacha, sin saber acaso lo que decia, respondió:—Miseria.

El padre volvió á dejar caer la cabeza, y le pidió al cielo con todo su corazon la muerte para su esposa y para su hija.

La muchacha envolvió con su paño su rostro lloroso, y dijo para sí: Vale mas la muerte.

Las dos ideas coincidieron naturalmente. ¿No es el espectáculo mas doloroso que pueda presentarse, el de un padre saliendo ya del mundo, y una hija entrando en la vida, y ámbos con el pensamiento terrible de la muerte, como único porvenir de felicidad, como el solo alivio de sus males?

Celeste entró así al mundo: cuando sus formas iban desarrollándose mórbidas y hermosas; cuando sus trenzas, creciendo siempre, caian en ondas sobre sus nevadas espaldas; cuando sus lindos ojos comenzaban á lucir con el brillo de la pubertad; cuando como una rosa fragrante y galana se desarrollaba, su corazon estaba ya herido por la desgracia y el infortunio.

Llegó un dia solemne para ella, y este fué aquel en que estropeado, moribundo, con todas sus antiguas heridas renovadas, vió entrar á su padre. El casero entró á cobrar la casa; otros mil acreedores se presentaron, esperando acaso criminalmente, que si los infelices padres no tenian dinero, se resolverian acaso á presentar á su hija en garantía. La enfermedad de la madre de Celeste habia provenido de sufrimientos morales, que habian hecho retirar, por un fenómeno raro, la sensibilidad y el movimiento de una parte de su cuerpo: así, permanecia acostada constantemente, sin facultad para moverse, ni para pensar: cuando veia á su hija, una sonrisa estúpida vagaba por sus labios, y esto partia el corazon de la muchacha. En cuanto al viejo, estropeado ó inútil, conservaba en su pensamiento todo el vigor necesario, y creyó conveniente dar el último golpe, desapareciendo del mundo ántes de tiempo, es decir, aislando su miseria y la de su familia. Mandó, pues, buscar un cuarto en la parte mas retirada y escondida de México, y sin comunicar á nadie su resolucion, se mudó á él: allí fué donde Arturo visitó á Celeste. Una vez instalados en esta nueva habitacion, Celeste comenzó á su vez á hacer lo mismo que habian hecho sus padres: un dia amaneció, y como no habia dinero para la comida, sacó uno de sus túnicos, y llena de temor, salió con él, y lo vendió á una vecina por lo que quiso darle. Esto alivió dos ó tres dias la necesidad; pero la ropa se fué acabando, y dia por dia crecian las angustias de la muchacha, y la sombría desesperacion del padre. Celeste se acordaba entónces vagamente de las lágrimas que derramaba su madre cuando salian el piano y los muebles de su casa, y decia tambien llorando: "Tenia razon." Con una delicadeza angélica, ocultaba las lágrimas á su padre, y risueña como si fuera muy feliz, y diligente como una abeja, preparaba sus frugales alimentos, y los presentaba á los enfermos, diciéndoles: "Dios nos ayudará."

Todo lo habia vendido Celeste; nada quedaba ya; ninguna de las vecinas podia prestarles nada, ni ella se atrevia á pedirles: esa noche el anciano y la madre se durmieron; Celeste se recogió, y fingió dormir; pero toda la noche estuvo devorando las lágrimas, pidiendo á la Vírgen en lo interior de su corazon, le inspirara una idea para dar de comer á sus padres al siguiente dia: ella no habia comido, pero no sentia el hambre, pues estaba preocupada absolutamente con la idea de sus padres.

¡Quién puede figurarse posicion, ni mas amarga, ni mas terrible que la de una jóven que en la mañana de la vida se encuentra frente á frente con la miseria! Entre los espectáculos que han conmovido profundamente nuestro corazon, uno de ellos es el de esas muchachas cubiertas de harapos, de hermosos rostros juveniles, pero pálidos y desencajados, quizá por el hambre. Si meditaran un poco esas jóvenes que pisan alfombras y que van muellemente reclinadas en soberbios carruajes, sobre cuánta es la desgracia y cuáncrueles los sufrimientos físicos y morales que padecen algunas criaturas dotadas de hermosura, pero que no tienen, ni goces, ni porvenir, ni esperanzas, y que se arrojan acaso por la miseria al camino torcido, echando un sello á su desgracia, formarian una sociedad, para socorrer á estas infelices, para procurarles modo de trabajar honestamente y para quitarlas del riesgo en que se ven, de extraviar su virtud y vender su inocencia.

Celeste pensó toda la noche; y cuando los primeros rayos de la luz entraron por las hendeduras de la puerta de su cuarto, no tenia mas idea que la de *coser ageno;* grande y único recurso con que creen las mujeres de la clase pobre de México, haber hallado la piedra filosofal. ¡Pobre recurso en realidad! pues que para ganar un miserable jornal, tienen que renunciar á su salud: el ejercicio de la costura les acarrea enfermedades de pecho, muchas veces incurables.

Celeste se vistió, y sin hacer ruido, fué á la calle gozosa con su idea; mas apénas anduvo algunos pasos, cuando cambiaron naturalmente sus ideas: ¿á dónde voy? á quién conozco? ¿quién me dará á coser ageno? Celeste no sabia las calles; los infames requiebros de los léperos la ruborizaban; tenia miedo de extraviarse, y de que miéntras, sus pobres padres sufriesen el hambre, y ademas la inquietud de no verla: al cabo de un momento se volvió á su casa llena de desconsuelo.

Aquel dia, Celeste lo pasó con algunos tragos de un sucio caldo que dos vecinas le dieron: en la noche un delirio febril la asaltó, y el pensamiento de ¿qué haré para mañana? estuvo fijo, inmutable, en su imaginacion.

Al dia siguiente, se levantó con unas sombras moradas en los párpados, y con su linda cútis de seda empañada, por la vigilia y la afliccion. Como el dia anterior, salió á la calle, y su primer pensamiento fué dirigirse á la iglesia: el primer pensamiento de todos los desgraciados es rogar á Dios. ¿Quién puede, en efecto, comprender mas que Dios, los dolores íntimos y profundos de un aislamiento tan completo, de una miseria tan extremada? El rico, despues de haber comido, ¿podrá comprender que hay otros que tienen hambre? El que es feliz, ¿podrá comprender esos dolores sordos, que atormentan el alma, y que á veces conducen á algunos miserables al suicidio, ó á la locura?

Celeste entró en una iglesia: hemos dicho que era muy de mañana: los rayos débiles de un sol velado con las nieblas, penetraban por las ventanas, é iban á morir en las columnas del tabernáculo: la lámpara ardia delante del sagrario: los saltaparedes modulaban sus religiosas notas, saltando por las cornisas y por las molduras doradas de los altares: todo estaba desierto, silencioso, y una gente llena de fe, hubiera reconocido en aquel templo la presencia de Dios.

Si ántes de entrar allí, hubiera pasado Celeste por un rio ó por un precipicio, se habria precipitado en él: la pobre criatura sufria mucho, y no era dueña de su razon en aquel momento.

Se arrodilló ante un altar; bajó la frente, y quiso articular algunas oraciones; pero le fué imposible: ninguna de las oraciones que su madre le habia enseñado, le parecia bastante enérgica, para que llegase hasta los piés del Señor. Se acordó del Padre Nuestro, de esa oracion llena de sencillez y de ternura, que el Señor mismo enseñó á sus apóstoles, para que pidieran á su Padre: rezó un Padre Nuestro, y de sus ojos corrian abundantes lágrimas. Largo tiempo estuvo pidiendo al Señor con sus sollozos el alivio de sus males, hasta que su corazon henchido de pesares, se desahogó, como si hubiera estado en el seno de un amigo, ó de un esposo, porque en las grandes aflicciones lloramos al pié del altar, figurándonos en Dios, como realmente lo es, el esposo, el padre, el amigo mas tierno.

Cuando Celeste salió de la iglesia, á pesar de que sus ojos estaban encarnados y sus mejillas algo extenuadas, se podia reconocer en ella cierta dulce tranquildad: en efecto, la criatura salió con toda la resignacion, con toda la virtud necesarias para soportar su desgracia. Le prometió á Dios en lo íntimo de su corazon, no abandonar á sus padres; no extraviar su corazon; no vender su virtud ni sus caricias por el oro, y sufrir su doloroso martirio todo el tiempo que fuese necesario, aunque el plazo no hubiese de terminar sino con su vida. Celeste veia al. traves de ese velo de inocencia que la cubria, otro porvenir, otra vida, que no es dado ni columbrar á los que desdesgraciadamente tienen su corazon manchado con el contacto del mundo. Anduvo por varias calles, ya sin temor de los que pasaban, sin desconfianza de su porvenir, y con aquella seguridad que tiene el que ha concebido una esperanza cierta de alivio. En la casa que le pareció de mejor apariencia entró, y no habiendo sido vista afortunadamente por el portero, subió hasta arriba, y preguntó por la señora: se le dijo que estaba vistiéndose, y que aguardara. Celeste aguardó de pié, y llena de ansiedad, en el corredor: cada minuto le parecia un siglo, pues pensaba que sus padres no se habian desayunado; pero con todo, la esperanza no la abandonaba. Al cabo de una hora, una criada la introdujo en la asistencia: era una pieza alfombrada, en la que habia grandes espejos, ricos sofas de seda, y una hermosa araña de cristal colgada del cielo raso, donde estaba pintada al fresco, por Gualdi, la aurora y los genios de la luz. Celeste sin-

tió una especie de temor al pisar en este blando pavimento; y al entrar á una habitacion, donde penetraba, al traves
de los trasparentes cristales y de los cartinajes de muselina y seda, una media luz voluptuosa, lanzó un suspiro,
pensando en el abandono, en la desolacion en que estaba
su pobre cuarto. A poco apareció una señora gruesa,
blanca, de robustas facciones, donde, á pesar de los cuarenta y tantos años de edad, se conocia la hermosura de
que estaria dotada en los dias de la juventud: le preguntó, con voz algo seca, quién era, y qué se le ofrecia
tan de mañana; y Celeste le dijo que tenia á sus padres
en la cama, que deseaba coser ageno, y que le suplicaba
la favoreciera.

—Pero yo no te conozco; no sé quién eres, le contestó
la señora: necesito que me des un fiador, porque ¿quién
me responde de que no eres una de tantas mujeres perdidas, que se emplean en pegar chascos á los que se fian
de su apariencia humilde? yo soy una mujer que tengo
experiencia; y desconfio, porque no seria la primera vez
que me sucediese un lance igual.

Celeste, al escuchar esta insultante familiaridad, sintió
que la vergüenza la mataba, y cubriéndose el rostro con
su rebozo, salia ya sin contestar una palabra, cuando tropezó con una jóven que venia por el corredor: sus cabellos
rubios y finos caian en desórden por su cuello; sus ojos
azules brillaban con alegría; su cuerpo airoso tenia mas
elegancia con una blanquísima bata de muselina, y su
fisonomía risueña y expresiva, anunciaba el placer y la
felicidad.

En el momento en que la vió Celeste, le preguntó á su
mamá:

—¿Quién es esta niña?

—Es una muchacha que busca costuras; pero como nadie la conoce, no podemos favorecerla.

Celeste se descubrió por un momento para componerse el rebozo, y entónces la jóven, que no era otra sino la bellísima Aurora, á quien hemos conocido en el baile, notando su rostro angélico, replicó á su mamá:

—Esta es una buena niña, mamá; y si nadie la conoce, yo la fio: ve, y busca las costuras que tengas, y tráemelas.—¿Cómo se llama V., niña? prosiguió Aurora, dirigiéndose á la muchacha

—Celeste, señorita, contestó ésta tímidamente.

—No tenga V. temor ni cortedad: venga V., le dijo Aurora, tendiéndole la mano, y llevándola al sofá; mi mamá dará á V. costuras, y yo la favareceré en cuanto pueda.

Aurora instó á su mamá para que trajese las costuras, y ésta, aunque con alguna repugnancia, condescendió con su hija, y entró á las piezas interiores.

—Vamos, Celeste, cuénteme V., le dijo Aurora, teniendo siempre la mano de la muchacha entre las suyas: ¿es V. tan desgraciada, que necesite trabajar para vivir?

—Mi padre y mi madre están enfermos en la cama, y yo no tengo mas arbitrio, que buscar costuras; pero como no conozco sino á personas que me daria vergüenza ocupar, he preferido entrar en la primera casa que se me presentó, y sin duda Dios me deparó la de V.

—Pobrecita criatura! le dijo Aurora, estrechándole la mano: aguárdeme V. un momento. Aurora salió á otra

pieza, y casi al mismo tiempo volvió á entrar con un rebozo en la mano de finísimo tejido.

—Vaya, Celeste, quiero que tenga V. una cosa mia, para que se acuerde de que encontró quien la quisiera en el
momento en que la vió.   Aurora puso el rebozo nuevo en
los hombros de la muchacha, y le quitó el que tenia, que,
como debe suponerse, estaba casi inservible.—El rebozo
de V., niña, lo guardaré yo, para tenerla á V. presente.

Celeste comprendió la delicadeza de esta accion, y quiso llevar á sus labios la mano de Aurora; pero esta la retiró; hizo una muequecilla graciosa, é imprimió un beso
en la frente de Celeste.

He aquí cómo Aurora hizo una caridad: las mujeres
tienen para sus acciones buenas una delicadeza sin igual.

La señora salió al fin con algunas costuras, y dió á Celeste las instrucciones respectivas: Celeste se marchaba,
dando mil gracias á la madre y á la hija; pero esta
le dijo:

—Quiero que me acompañe V. á desayunar; venga V.
Celeste fué introducida por Aurora á un elegante comedor, donde estaba preparado un desayuno variado: cho-
calate, té, café, mantequilla, leche y bizcochos.   Aurora
queria que de todo tomase la muchacha, y le instaba con
mil cariños y con la voz mas suave y expresiva que puede imaginarse.   Celeste estaba conmovida: comió poco,
pensando que ella no debia hartarse, miéntras sus padres
tuvieran hambre, y á hurtadillas escondió los bizcochos,
diciendo entre sí: "Para mis padres."

Aurora, que la observaba, aunque se hizo disimulada,

dijo para sí: Pobrecita! guarda los bizcochos para sus padres.

El criado que servia la mesa pensó que Celeste era una glotona: tenia una alma tosca y comun, y no podia comprender cuánto amor, cuánta delicadeza encerraba esta accion.

Celeste se despidió por fin de Aurora, la cual, en clase de anticipacion, y con la misma delicadeza, le dió algun dinero, recomendándole que cuando tuviese alguna urgencia, acudiese á ella.

Celeste salió de casa con los ojos llenos de lágrimas, y volvió á ella completamente feliz: de paso, compró hilo, agujas y otros útiles, á la vez que alimentos para sus padres.

Desde entónces comenzó para Celeste una época de felicidad: una parte del dia lo empleaba en hacer la comida, en asear la casa, y en curar á los enfermos, y el resto en coser. De noche, miéntras los ancianos descansaban, ella con una vela delante, cosia sin cesar, para lograr mas utilidad, por una parte, y para halagar por otra, á su protectora.

La casa en que vivia Celeste, hemos dicho, que era de vecindad: en los cuartos bajos vivian entre la miseria y la suciedad, familias de artesanos; y las viviendas altas las ocupaban diversas personas. En una de ellas se reunian de noche, un teniente de infantería á tocar la guitarra y á acompañar canciones á tres muchachuelas alegres y vividoras; un practicante de medicina que llenaba los intermedios, remedando animales, haciendo el tornito de monjas, y otras simplezas, que pasaban por gracias, y que hacian reventar de risa á la madre y á las hijas; un hombre bueno que contaba historias de muertos y aparecidos; y un fraile que tomaba sendos pocillos de chocolate, y que nunca faltaba á las meriendas de tamales y atole de leche, ó de fiambre del Portal de las Flores.—En otra de las viviendas se ensayaba una comedia casera: un licenciado hacia de Otelo y un capitan de Yago: la Desdemona era hija de un cesante, y los espectadores todos los vecinos y vecinas de las demas viviendas. Celeste fué convidada una noche á estas tertulias, á las que por compromiso asistió; pero bajó disgustada de tanto libertinaje, y de tan poca educacion como reinaban en esas diversiones caseras, que, como cuadros de costumbres, procurarémos describir minuciosamente en el curso de nuestra novela.

Celeste, se decidió, pues, á no volver á tener trato con las vecinas, y á encerrarse completamente en su casa: en las horas avanzadas de la noche recordaba los zapatos de seda que se habia puesto de niña, sus camisas de cambray batista, las modulaciones del piano y los gorgeos de los pájaros. La voz del espíritu malo le decia, que con solo querer, tendria otra vez todos esos goces; y echando una mirada por las paredes sucias del cuarto, por el envigado desigual, le venia ánimo de tirar la costura, de dejar aquel incesante y penoso trabajo, y de salir por el mundo á gozar de opulencia y de placeres, sacando definitivamente á sus padres de tan dolorosa situacion; pero á poco recordaba aquel dia de afliccion en que entró al templo, lloró ante el altar, y salió, no solo consolada, sino que halló en Aurora una noble y generosa protectora. El espíritu bueno triunfaba entónces de

Celeste; tomaba su costura, y con nueva resignacion se ponia á trabajar. Al dia siguiente se levantaba con las mejillas color de rosa, con sus virginales ojos llenos de alegría, con la sonrisa en los labios, como si hubiese reposado durante la noche en camas doradas y entre finas sábanas de lino. Cada vez que iba á casa de Aurora, volvia con nuevas costuras, y con nuevos muestras de su generosidad: Aurora, por su parte, estaba encantada.

Un dia en que Celeste se dirigia á la casa de Aurora, un jóven, que visitaba á la opulenta señora, detuvo á la muchacha, y se puso á hablarle en la calle inmediata: Aurora, ligera y frívola para amar, para hacer el bien, y aun para vivir, concibió la sospecha de que aquella muchacha la engañaba, y de que tenia inteligencias con el jóven, que aunque no era declaradamente su novio, le hacia la corte: tuvo zelos, y mandó cerrar las puertas de su casa para su protegida: el portero recibió órden de recojerle las costuras que trajera, y de decirle que por mucho tiempo no se necesitaria de ella.

Aurora á los dos dias se arrepintió de haber usado de tanta dureza para con una pobre niña, que acaso no era culpable; pero como no se acordaba exactamente de las señas de su casa, pasó la cosa así, y á poco tiempo, los teatros, los paseos, el lujo, los aduladores y los amantes de que estaba rodeada, le hicieron olvidar á la infeliz criatura.

En cuanto á Celeste, inocente de todo punto, no podia comprender el motivo de este desaire; pero como era demasiado delicada, no quiso poner mas un pié en la casa de Aurora. Su desesperacion fué grande: se vió privada de trabajo, y dia por dia fué vendiendo todo lo poco que habia adquirido, ménos el paño que le habia regalado la jóven; el padre no queria desprenderse de la lanza de Morelos, y la hija del paño de Aurora; y es que los dos amaban estas dos prendas con una especie de superstición, y ántes habrian muerto de hambre, que deshacerse de ellas.

Las noches de insomnio y de fiebre volvieron de nuevo para Celeste; hizo en dos ó tres casas la misma tentativa que en la de Aurora, y ni aun siquiera la escalera le dejaban subir los porteros: un dia se negaron todos los recursos, y Celeste no comió: al dia siguiente, débil, extenuada, salió á la calle á pedir limosna; encontró á Arturo, y ya el lector está impuesto de lo que pasó. Ya verémos las consecuencias que tuvo para Celeste la generosidad del jóven.

XI.

La policia de los barrios.

Las consecuencias de la visita de Arturo fueron fatales para el sosiego moral de Celeste: su alma, tan noble, y elevada, cuanto era profunda su miseria y abatimiento,

10

no habia podido concebir ningun sentimiento tierno mas
que por sus padres. No le habian faltado, como debe
creerse, hombres que en sus salidas á la calle la siguieran,
le hicieran señas, y aun se atreviesen á hacerle insinua-
ciones; pero todo esto, léjos de agradar á la muchacha,
no hacia mas que fastidiarla sobremanera. A pesar de
su inocencia, su despejado y claro talento le daba á conocer que esas demostraciones estaban muy léjos de la
delicadeza y de la moralidad; y todo lo que no era moral y delicado, repugnaba á la alma casta de Celeste.

En cuanto al amor, ella formaba sus teorías en sus
largos ratos de soledad, y se figuraba al hombre que la
amara, jóven, bien parecido, de esmerada educacion, de
elegante vestido, de corazon generoso, de acciones nobles
era un ser fantástico, como todas las muchachas se lo
figuran, en cuanto despierta en ellas este instinto que las
obliga á buscar el cariño y el apoyo del otro sexo. Pero
ella deseaba encontrar ese ser fantástico, siquiera para
verlo, para adorarlo en secreto, para tener el consuelo
de decir en su interior, que existia en efecto en la vida
un ser que pudiera derramar sobre ella la felicidad, la alegría, la vida. Cuando salia de estas hermosas cavilaciones, de estos éxtasis, que la sacaban fuera de sí, sonreia amargamente, y decia: Tan pobre, tan desgraciada, tan oscura como soy, ¿quién me ha de querer? Envidiaba entónces la vida opulenta de Aurora, y se entristecia: despues, pensando que la religion le prohibí
envidiar, y ambicionar, y desear, enderezaba su pensamiento á Dios; volvia la cabeza para mirar tiernamente
á sus padres, y alegre y resignada, seguia en su penosa
tarea de sufrir y trabajar.

Así pensaba Celeste, cuando Arturo la visitó: el sen-
blante del jóven estaba algo pálido con la orgía; sus ojos
cansados y soñolientos, le daban un interes indefinible; su
vestido era elegante; su corazon noble y grande como el
de un rey; sus acciones llenas de delicadeza y de caballerosidad. Celeste vió precisamente en Arturo el jóven
con quien habia soñado tantas veces, el ser que silencioso
la habia acompañado en las horas altas de la noche, en
que permanecia sentada delante de una temblorosa y vacilante bujía, trabajando para sostener á sus padres.

Celeste, luego que se fué Arturo, registró su rebozo, y
viendo prendido en él un hermoso fistol de brillantes, se
llenó de sorpresa, mas que por el valor de la alhaja (que
no tenia motivo para conocer) por el hecho tan generoso y tan magnánimo de desprenderse de una prenda tan hermosa, para socorrer la desgracia y el infortunio.
Celeste comparaba los pequeños y repetidos pleitos de las
vecinas por el agua, por la sal, por el mendrugo de pan,
con la generosidad de Arturo, y naturalmente las primeras gentes le parecian unos miserables insectos, y su protector un rey. A poco el padre y ella encontraron el dinero: el viejo se puso taciturno, desconfiando siempre de
las acciones humanas, y pensando que Arturo podia ser
un seductor, miéntras la muchacha, anegados sus ojos en
lágrimas, se deshacia en elogios y alabanzas.

Se acostó tranquila al parecer; pero su sueño fué interrumpido varias veces: su corazon, tranquilo y sereno hasta entónces, latia con mas violencia. Durmióse, y soñó
con Arturo: lo veia enlazado del brazo de una jóven
hermosa, llena de perlas y diamantes, con rico vestido
y con hermoso calzado de seda.

Al dia siguiente se levantó Celeste triste: le dabar ganas de llorar, sin saber por qué, y cada ruido de paso la estremecia: á cada momento se le figuraba que Arturo abria la puerta, y que con su sonrisa de bondad, la consolaba y la tendia la mano: desempeñó por primera vez penosamente sus deberes, y lo mas del tiempo estuvo pensativa y cabizbaja. En la tarde le vino una idea salió á la calle, y compró una bonita muselina, unos zapatos de seda, algunas otras cosas mas, y por la noche se puso con ahinco á trabajar. A los tres dias Celeste estaba encantadora, pues con un arte sin igual habia arreglado su traje, habia peinado sus cabellos, habia vuelto á ceñir sus delicados piés con zapatos de seda: esperaba á Arturo ese dia, y su esperanza salió vana; estaba decidida á indagar su casa, y á devolverle el prendedor de brillantes. Todo esto era lo mas inocente, lo mas legal que pudiera imaginarse; pero veamos el juicio que formaron las vecinas, y lo que siguió á estos pensamientos de felicidad.

El dia en que vieron entrar á Arturo en pos de Celeste, tuvieron bastante motivo de conversacion: las unas decian, que por fin se habia echado por la calle de enmedio y salia en busca de novios: otras apoyaban esta suposicion, disculpándola por su pobreza y aislamiento; y otras añadian que demasiado tiempo se habia cuidado la pobre muchacha. Almas caritativas, que no faltan, tenian por malos juicios tales hablillas, y decian que Arturo seria uno de tantos libertinos atrevidos que seguian á las muchachas.

Cuando las vecinas vieron á Celeste con su traje nuevo, las sospechas se aumentaron; y todas, aun las que al principio la defendian, proclamaron á una voz, que Celeste habia abandonado el camino de la virtud y del honor.

No obstante, como notaron que su posicion habia cam-
ado, y pensaban que podrian sacar partido, pidiéndole
restado, en cónclave pleno resolvieron que una de ellas
a á visitarla. Resultó electa para esta comision ex-
oradora una Doña Venturita, mujer de un músico de re-
miento, de mas de cuarenta años de edad, pero relamida
bachillera. Vestia, los domingos, túnicos de macedo-
i, tápalos color de arco—iris; y sus piernas, flacas y mal
chas, las adornaba con medias de la patente color de
rne, haciendo que las cáligas de su calzado dieran tan-
s vueltas, que le cubrian el pié.

A la noche, Doña Ventura tocó la puerta de Celeste:
ta la recibió con amabilidad, mas con semblante serio,
es ya hemos dicho que no gustaba absolutamente de
les amistades.

—Jesus, niña! en qué encierro tan chocante vive V.,
dijo la vecina abrazándola con llaneza.

Celeste sin tener que responderle, le acercó el único
ento, que fué el que sirvió al jóven Arturo, pues la mu-
acha no habia tenido lugar de regenerar los muebles.

—Vamos! está V. *ahora pintando en el ocho*, conti-
ó la vecina: ya se ve, como ahora hay moro en cam-
ña, es fuerza plantarse bien .... Bonita muselina....
dónde la compró V? ... A cómo costó la vara? En
ajon de "Los tres navios" hay primores. .. O la trajo el
erido? ... Vamos, picarona, confiese V. la verdad: ya
e V. que soy su amiga. ... y por otra parte, hace V.
n de meter el buen dia en casa: á la fortuna la pintan
va, y si Dios te la dió, San Pedro te la bendiga... Con-
e vamos, ¿qué tal? guapo mozo, ¿no es cierto?

Celeste apénas podia comprender esta algarabía, dicha con una rapidez y con una sonrisa de burla, que ofendia; pero sin saber asertivamente por qué, se llenaba de rubor, y sus mejillas estaban encendidas.

—Quien caya otorga, prosiguió Doña Venturita fumando un cigarro, y echando bocanadas de humo sobre el rostro de Celeste. Vaya, mi alma, confiésela, y aunque no la pague. Al fin,.... ¿qué habia de hacer V. sola? y que tarde ó temprano... la miseria obliga á mil cosas.

—Señora, le contestó Celeste con dignidad, no he entendido la mitad de lo que V. me ha dicho; pero si todas sus sospechas se refieren á ese caballero que estuvo el otro dia en esta casa, ni lo conozco, ni sé como se llama, ni me ha dicho palabras que puedan interpretarse malamente.

—Bribona! le interrumpió la vecina con tono chancero; y ese túnico, y esos zapatos de seda, y esos platillos de China?.... eso se compra con dinero, y dias pasados no tenia V. ni qué comer.

Los ojos y el rostro de Celeste se encendieron, y lanzó á la vecina una mirada terrible, obligándola á que bajara los ojos, y á que con tono hipócrita dijera: Yo no digo eso, niña, mas que por una chanza: si V. se incomoda, entónces la dejaré en paz: cabalmente á mí no me gusta meterme en la vida de nadie: que á cada uno se lo lleve el diablo, si es de su gusto; que el que por su gusto muere, hasta la muerte le sabe; y.... pero yo nada mas que por cariño he venido á visitarla, y á pedirle que me preste su túnico para cortar otro igual, pues ya dije á mi marido Cipriano que me habia de comprar uno igual, ó el diablo se

lo llevaba, porque, ¿para qué se casó conmigo? que el que
no quiere ver visiones, que no ande de noche..... Esta es
la verdad.

Celeste, sin hacer caso de las últimas palabras de la vecina, dijo:

—Señora: pues que es preciso dar cuenta á toda la vecindad, hasta de las mas insignificantes acciones, sepa V.
que este túnico lo he comprado con el dinero de ese caballero; pero ese caballero, á quien no conozco, lo dejó bajo
la almohada de mi padre, sin que yo lo supiera: así, lo
mas que se puede decir es, que este traje me lo han dado
de limosna.

—Ja, ja, ja, exclamó la vecina, soltando una estrepitosa
carcajada..... A otro perro con ese hueso! Caramba,
mi alma! y qué buena saldrá V. en creciendo, si ya tan
jóven sabe engañar tanto. Un galan de estos tiempos,
dar limosna de mucho dinero sin sacar partido!.....
Vaya, niña, V. *de á tiro* quiere hacerse de la media al-
mendra: ya me salieron los colmillos.....

Celeste indignada, y notando que despertaba su padre,
le dijo á la vecina:

—Señora: no creo haber dado motivo para que V. me
insulte, y le ruego que se vaya, y me deje en paz: si paso miserias, en nada molesto á vdes., y si tengo un túnico
nuevo, tampoco las ofendo con eso.

—Jesus! exclamó la vecina escandalizada, y lo que puede la vanidad: en cuanto tuvo un querido esta muchacha,
se le ha subido...... Tan humildita que parecia......
Me voy, niña; pero quiera Dios, continuó dirigiéndose á

ella, que no le den unas viruelas, ó le suceda otra cosa peor.

Doña Venturita salió, y Celeste se echó á llorar: comenzaba á experimentar cuánta es la perversidad y el veneno de un corazon dañado, y cuán repugnantes son las gentes de mala educacion.

El viejo, que dia por dia iba agravándose, le preguntó con una voz confusa: — Qué tienes, hija mia?

—Nada, padre mio, le contestó la muchacha con una voz dulce y limpiándose los ojos; una vecina ha venido á informarse de la salud de V., y se chanceaba conmigo.

En cuanto á la Doña Venturita, salió rabiosa y jurando vengarse de la muchacha, pues habia concebido una envidia atroz, á causa de su hermosura y de la fortuna á que se presumia seria elevada por el supuesto amante.

Muchas de las vecinas, reunidas en su casa, la esperaban para saber el resultado de la visita.

—Qué hay? qué dice la remilgada? exclamaron luego que la vieron venir.

—Anden, niñas, les contestó con voz sofocada: es una orgullosa, es una malvada, que me ha despedido de su casa, porque le hablé al alma; y me ha dado una cólera, que vengo temblando: agua..... un vaso de agua.....

—Pícara.

—Bribona.

—Infame.

—Por qué no la arañó V? dijeron todas á una voz, presentando dos vasos de agua á un tiempo á la heroina de la casa.

—Qué!.... vale mas echarla de la casa, porque nosotras somos muy honradas, y ella es una escandalosa.

—Sí, echarla, echarla, y que se vaya á otra parte con sus viejos enfermos y su querido.

—Avisarle al padre D. Gregorio para que la excomulgue, decia una.

—Y á D. Pedrito el casero para que la eche.

—Y á D. Caralampio el alcalde para que la mande á la cárcel.

—Pero, niñas, no hagan juicios temerarios, dijo una de las vecinas.

—Jesus! mi alma, interrumpió Doña Venturita, sentándose en el suelo con desenfado, y qué buena alma tiene V. Oigan lo que me pasó.

Todas las vecinas, unas comiendo una media torta de pan con chile, otras mascando caña, ó pelando naranjas, se sentaron al rededor de la heroina, y ésta les refirió su entrevista con Celeste, pintándola con los colores mas negros.

—Es una prostituida, exclamaron todas.

—Mucho mas, interrumpió Doña Venturita, pues lo mejor se me había olvidado contarles.

—Diga V., diga V.

—Pues, señoras, han de saber, que lo del túnico y los zapatos no es nada; pues sin que ella lo observara, le estuve notando que tenia en el pecho.... ¿á qué no saben qué?

—Seria un retrato, dijo una.

—Un rosario de oro.

—Una cadena.

—Nada de eso, dijo Doña Ventura; un fistol de brillantes.

—¡¡¡Un fistol!!! exclamaron todas.

—Un fistol, y que vale mucho, mucho dinero, pues brilla tanto, que hasta deslumbra: cada piedra parece un sol.

—Jesus! y qué mujer tan infame, tener un fistol tan valioso en el pecho!

—Cabalito, dijo Doña Ventura.

—Y qué, se lo daria el querido? preguntó otra.

—Qué se lo habia de dar! interrumpió Doña Ventura; serán tan atontados los hombres de hoy en dia.

—Pues entónces?....

—Claro está, continuó la heroina; el pobre hombre estaria descuidado, y ella se lo quitó.

—Cabal, exclamaron dos ó tres veces.

—Y de ahí viene su túnico, y sus tasas de China, y todo lo que ha comprado, pues ella estaba en la miseria, hasta ahora que desplumó al pichon.

—Es una ladrona, dijo una vieja: el Sr. de Los Siete Velos la castigará, porque su Divina Magestad es muy justo.

—Eso es muy bien dicho; pero tambien es menester que hagamos algo de nuestra parte, pues ya V. ve, mi alma, que todas somos honradas, y no es justo que paguen justos por pecadores.

—Es verdad: ¿no ven vdes., dijo otra, que si mañana la justicia lo sabe, á todas tal vez nos barrerán con una escoba, y la casa perderá su crédito?

—Pues no hay mas remedio sino avisarle al alcalde.

—Y si no es cierto que ella ha robado, sino que el querido le ha dado el fistol, ¿qué le sucede á la pobre muchacha? dijo otra.

—Entónces lo averiguará la justicia, contestó Doña Venturita; pero miéntras, nuestra conciencia se grava. Yo por mí, ni ato ni desato, ni quito ni pongo; no soy ni mono ni carta blanca, mialmas.

—Dice bien, repuso la vieja; la concencia se grava, y es menester obrar como Dios manda, avisándole á D. Caralampio el alcalde.

—Sí, se lo avisarémos, es una prostituida, una ladrona y una hipócrita.

Las vecinas decididas á ver á D. Caralampio, se levantaron y se pusieron en camino.

Don Caralampio, juez de paz del barrio, era tocinero, y tenia una mala y sucia tienda cerca de la casa de vecindad de que tratamos: era un hombre gordo, de baja estatura, tez morena, nariz regordida y encarnada, ojos saltones, y pobladas y cerdosas patillas: vestia una chaqueta larga de indiana, unos pantalones de pana, y un sombrero jarano ordinario.

Este digno y respetable magistrado, detras de sus jabones, de sus chorizos y de sus bateas de manteca, y rodeado de esa atmósfera fétida, que se respira en esos inmundos establecimientos, administraba justicia de una manera fácil y pronta; es decir, dando sendos moquetes y palos á los que le faltaban al respeto; agasajando con ciertos requiebros, que no pueden escribirse, á las mujeres desavenidas con sus maridos; cerrando los ojos sobre ciertas materias, y enviando á la cárcel, á disposicion de los

jueces de turno, á todos los que no se conformaban con
sus justas y enérgicas sentencias.

A este tremendo tribunal, situado en una tocinería, y
delante de este digno juez, fueron las vecinas y depusie-
ron su acusacion: D. Caralampio la oyó con atencion, y
con una voz de rey D. Pedro, dijo: mañana procederé;
por ahora váyanse, y vigilen á la criminal.

Luego que las mujeres salieron de la casa, el bravo
juez de paz se puso á discurrir.

—El negocio gira entre una muchacha bonita y un fis-
tol· de brillantes, se dijo.... Muy bien: me quedaré, ó con
la muchacha, ó con el fistol.

A la mañana siguiente, muy temprano, D. Caralampio
se presentó en casa de Celeste; la llamó á la puerta, y
con tono brusco le preguntó:

—¿V. se llama Celeste Fernández?

—Sí, señor, respondió la muchacha.

—¿Un hombre decente ha entrado aquí hace pocos
dias?

—Sí, señor, le respondió con tono firme Celeste; pero
no sé quién es V., ni por qué motivo me viene á hacer
semejantes preguntas: tengo que hacer en mi casa, y dejo á V.

Celeste hizo ademan de meterse á su casa; pero el juez
de paz la agarró por el brazo, y con tono burlon le dijo:

—¡Hola, perlita! tiene V. el genio muy violento, y no
me habian informado mal.... pero escuhe V.: su carita es
bonita, como un doblon de á cuatro, y todo se puede componer con tal de que V. quiera....

El juez de paz al decir esto, miró amorosamente á Celeste, si es que su fisonomía y sus ojos saltones podian expresar el amor.

Celeste tuvo miedo, y con voz cortada le dijo: Por Dios, señor, que me deje V., ó gritaré á las vecinas.

—Y de nada le servirá á V., porque ha de saber V., pedazo de cielo, que yo soy el juez de paz, y que vengo á indagar el negocio de cierto fistol, y de cierto dinero, y de ciertas cosillas que merecen la cárcel.

—¡La cárcel! repitió Celeste maquinalmente.

—Sí, la cárcel, volvió á decir el juez de paz, porque unas prendas de gran valor, como las que V. tiene, no andan tan fácilmente en manos de los pobres. ¿Si á mí, que tengo mi giro, siempre me faltan siete y medio para acabalar un peso.... á V. que no tiene ni qué comer,...

—Señor, dijo Celeste aterrorizada, ruego á V. que no se crea de lo que le hayan contado; yo juro á V. por lo mas sagrado....

—Ya sé que me contará V. que se lo han regalado, y que.... Pero eso será negocio del juez....

—Del juez! repitió Celeste atacada de un vértigo.

—Sí, del juez, mi vida, pues yo cumpliendo con mi obligacion, debo enviar á V. al juez de turno, y allá se aclararán estas cosas.

—Celeste, con la mano que tenia libre, cubrió su rostro, y se apoyó contra el marco de la puerta para no caerse.

—Vamos, le dijo D. Caralampio, no hay que afligirse; V. es bonita, y para las bonitas y los ricos no hay leyes ni castigos. Prométame V. que escuchará lo que yo le diga, y que se dejará de andar con *catrines*, y yo lo compondré todo.

Celeste permaneció sin responder; pero al fin, saliendo de su estupor, repelió con cólera la mano del juez de paz; se metió á su casa, y dió con la puerta en las narices á D. Caralampio, el cual furioso de tal desaire, prorumpió en una maldicion, y comenzó á dar voces, pidiendo auxilio para proceder á la aprehension de la escandalosa y malhechora, que así ultrajaba á la justicia. Las vecinas, que tenian noticia de que el juez iba á proceder con toda integridad y justicia, salieron atropellándose, de sus sucias pocilgas, y se agolparon á la puerta del cuarto de Celeste.

Qué ha sucedido, D. Caralampio? dijo Doña Ventura, que fué la que primero habló.

—Qué ha de suceder? sino que esta infame me ha faldo, dándome un portazo en la cara; pero esta canalla no entiende de buenas palabras, continuó dirigiéndose á tres ó cuatro hombres envueltos en su frazada. Hola! entren vdes., y saquen á esa mujer por bien ó por mal, y en seguida registrarémos la casa para buscar las prendas que se ha robado.

Los léperos empujaron la puerta, y Celeste, cuya estupidez se habia cambiado en furor, tomó un cuchillo, y refugiándose en la cama de su padre, le dijo con voz apagada por la cólera:—Padre mio, me acusan de ladrona, y me quieren llevar á la cárcel.

Apénas el anciano oyó esto, cuando recogiendo la ropa de su cama, tomó la lanza que estaba en el rincon, y acometió á los léperos que se acercaban, los cuales corrieron asustados; mas como uno de ellos no fué tan ligero, recibió una herida.

El anciano agotó su último esfuerzo, y la rabia de ver

calumniada á su hija de una manera tan infame, acabó de quitarle el poco vigor que tenia; y aunque quiso hacer otro movimiento, cayó en el pavimento, dando con su frente en las vigas, y maldiciendo á los malvados que venian á arrebatarle, en los últimos momentos de su vida, á su único consuelo y esperanza.

La madre idiota, y ya sin movimiento, solo sonreia.

Las vecinas y los muchachos gritaban; el juez de paz juraba, y el herido, aunque levemente, exhalaba dolorosas quejas.

En cuanto á Celeste, luego que vió caer á su padre, de nada se acordó, y corriendo adonde estaba, se postró ante él; tomó su cabeza entre sus manos, besó su frente, y limpió con sus cabellos su rostro; y finalmente, derramó un torrente de lágrimas.... pero todo en vano, porque el anciano habia dejado de existir.

Aquellas gentes burdas, sin educacion y sin moral, no pudieron ménos que respetar el dolor y la situacion de Celeste, y permanecieron silenciosas. Cuando Celeste se cercioró de que su padre no vivia, separó sus luengos cabellos, que caian sobre su rostro; limpió sus ojos con sus manos; miró con indiferencia á todos los que la rodeaban; se levantó, imprimió un beso en la frente de la madre, que sonreia siempre, y se sentó en la orilla de la cama, con una apariencia de tranquilidad, que daba miedo.

—Está loca! dijeron algunas vecinas.

—Se finge, dijo Doña Ventura.

—En la cárcel se le quitará la locura, añadió el juez de paz.

—¿Y las prendas robadas? preguntaron los léperos.

—Las buscarémos, dijo el juez.

Y entraron, y registrando cuanto era posible; encontraron algunas monedas de oro y plata, ropa nueva de Celeste, y en un pañuelo prendido el fistol, orígen de este terrible drama.

—Aquí está el fistol! aquí está! exclamaron dos ó tres voces á un tiempo.

—Aquí está! dijo el juez, y haciendo del ojo á uno de los léperos, que estaba junto á él, le preguntó:

—Vaya! camarada, V. que es platero, diga cuánto valdrá este fistol.

—El bribon, que entendió perfectamente la seña, tomó el prendedor en la mano, lo volvió en todas direcciones, y despues, aparentado un éxámen minucioso, lo devolvió al juez, diciéndole con indiferencia: es de piedras falsas, y valdrá veinte ó treinta pesos.

El juez al disimulo estrechó la mano del platero, y dijo con gravedad:

—Valga lo que valiere, siempre es un robo, ó al ménos se sospecha que lo sea, y la justicia debe tener conocimiento de esto: ademas, aquí hay un muerto y un herido, y esta muchacha es causa de todo: voy á poner el parte, y que la lleven á la cárcel, á disposicion del juez de turno.

Celeste no dijo ni una palabra, sino que cuando le ordenaron que se levantara, lo hizo, y siguió á dos corchetes, que en medio de la gente y de los muchachos que la seguian, la condujeron á la cárcel; el cadáver del padre fué llevado á Santa María, y la madre enferma al hospital de San Andres.

En cuanto á D. Caralampio, se dirigió á las tiendas,

comprar un fistol en treinta pesos, que en union de las monedas, de la ropa y la lanza, presentó al juez de turno como cuerpo de delito, yéndose en seguida á su tocinería con la mayor tranquilidad del mundo.

Por la noche salió, como tenia de costumbre, y ya cerca de las once se retiraba á su casa, cuando fué asaltado por un hombre que le dió siete puñaladas: D. Caralampio, agonizando, reconoció al fingido platero.

—¿Dónde está el fistol? le dijo el platero, amagándolo de nuevo con el puñal.

—Don Caralampio, que ya nó podia hablar, señaló la bolsa izquierda del chaleco.

El platero registró la bolsa indicada, y habiendo encontrado el fistol, hundió dos veces de nuevo el puñal en el corazón del juez de paz, y embozándose en su frazada, dió la vuelta, y desapareció entre las sombras de la noche.

XII.

Viaje en diligencia.

Arturo corrió casi loco por algunas calles, sin saber ni á donde dirigirse, ni que hacer: le parecia que lo seguia, como su propia sombra, el cadáver del capitan Manuel, y cada embozado que encontraba, se le figuraba un corche-

11

te de policía, encargado de prenderlo y de conducirlo á esa sucia é inmunda cárcel, donde están aglomerados los criminales mas depravados y asquerosos. Vagó como Caín en medio de las sombras de la noche, con un peso en la conciencia, con un dolor en el alma, que no puede ser explicado. Pasó por una miserable taberna en donde agrupados á una mesa cubierta de rotos y sucios manteles, cenaban cinco ó seis hombres de fisonomías torvas, de cabellos y barbas erizados, pálidos, sin corbata, y con los fraques y levitas cubiertos de polvo: acercóse Arturo al mostrador; pidió un vaso de vino, se lo echó á pechos y salió sin saludar siquiera á los concurrentes. Algo alentado con el licor, pudo dar mas órden á sus pensamientos, y decidió marcharse á Europa, puesto que el paquete ingles estaba próximo á salir. Rodeando por calles excusadas, entró á su casa, recogió algun dinero, arregló un baul de ropa, y ordenó á un criado que lo llevase secretamente á la casa de diligencias: en seguida se puso un grueso capote, un sombrero al estilo del pais, y unos anteojos verdes de cuatro vidrios, y salió á la calle algo mas tranquilo, persuadido de que no seria reconocido tan fácilmente. Dirigióse á la casa de diligencias, en donde encontró á su criado que lo aguardaba con su equipaje, y tomó el único asiento que habia quedado libre, bajo el nombre de Eusebio García, que fué el primero que le ocurrió. Despues fingió que salia, y á excusas volvió á entrar, y subiendo á un terrado lleno de naranjos y de flores, se acostó en un sofá, y procuró dormir, miéntras llegaba la hora de la partida del coche. Eran las once de la noche: Arturo dormitó; pero pesadillas y sueños horribles lo hicieron estremecerse muchas veces.

A las tres y media de la mañana bajó, y se metió en el coche: á poco fueron llegando los demas pasajeros, hasta llenar los nueve asientos. Arturo se colocó en el asiento de enmedio; en la cabecera, junto á él, habia de un lado un hombre envuelto en un jorongo, y del otro una señora arrebujada en una capota y en un chal de lana: como era de noche, y la señora tenia perfectamente cubierta la cara, nuestro jóven no la pudo reconocer.

La diligencia partió, y cuando pasaron por la garita, y las ruedas no hacian ya ningun ruido, Arturo oyó sollozar lentamente á la compañera de viaje: los demas pasajeros dormian.

Arturo permanecia sumergido en profundas cavilaciones. ¡Abandonar el suelo natal como un prófugo, sin abrazar á su madre, sin despedirse de Celeste, sin tener una postrera explicacion con Aurora, sin saber la suerte de la infeliz Teresa! Todo esto lo tenia casi sin juicio, y de cuando en cuando el corazon le latia fuertemente, y las lágrimas asomaban á sus ojos; pero al instante procuraba desechar tan tristes ideas, y se ponia á tararear algun trozo de ópera.

La desconocida continuaba sollozando, y cada vez que Arturo lo notaba, sentia que un impulso secreto ó irresistible lo arrastraba á entablar conversacion con la viajera: acercóse mas á ella, y con su calor experimentó una sensacion de dulzura y de consuelo inexplicable; mas la viajera arregló sus ropas, y se acomodó en el rincon del coche.

Arturo dijo entre sí: vamos, esta mujer tiene algun pesar profundo, y necesita consuelos.

—Señorita, continuó dirigiéndose á la desconocida, y hablándole en voz muy baja: he escuchado las quejas de V.; ¿está V. enferma? molesto á V? Va V. cómoda?

Arturo no recibió ninguna contestacion; pero el pié de la viajera oprimió suavemente el de nuestro jóven, quien se olvidó de sus desgracias y de sus amoríos, y acomodando su mano debajo del capoton, buscó con pausa y tiento la mano de la viajera, y en voz siempre baja le dijo:

—Creo que el movimiento del coche habrá hecho á V. mal; pero en la primera posta tendré el gusto de ofrecer á V. alguna cosa para que se desayune. Viene V. sola? Va V. á Veracruz?

Arturo no recibió ninguna respuesta; pero inesperadamente la mano de la viajera oprimió la suya.

Eran cerca de las cinco de la mañana; las estrellas iban palideciendo, el horizonte se pintaba levemente de color de rosa; algunas nieblas leves y blanquecinas, como copos de nieve, se levantaban de las praderas; la atmósfera era fresca y embalsamada, y algunas aves comenzaban á dar al aire sus cántos: todo era poético, hasta el silencio. Al sentir Arturo el contacto de la mano de la viajera, y divisar por la portezuela el cuadro de la naturaleza que se presentaba ante sus ojos, bendijo á Dios en lo íntimo de su corazon, pensando que el amor es lo único de positivo, de eficaz que hay en la vida, para disipar las mas amargas penas del corazon.

La viajera no retiró su mano de la de Arturo, y éste, enagenado, soñaba viajar con ella, cuidarla, aliviarla de su infortunio, sanar con sus intenciones hasta las heridas amorosas que acaso tuviera su corazon. No la conocia; no sabia quién era, pero reflexionaba que el instinto secreto y vivo que lo arrastraba hácia esta mujer, no podia engañarlo; figurábase ya tener una compañera para toda la vida. ¡Ilusiones! Pero esta es la juventud, este el hombre: cuando el amor y la ternura rebosan en el corazon, y este se encuentra huérfano y aislado, necesita dar y comunicar ese sentimiento sublime que no cabe en él.

El dia fué aclarando, las nieblas acabaron de disiparse, y los rayos del sol iluminaron la blanca y soberbia frente de los volcanes. La viajera retiró su mano; cubrió su rostro con la capota, y suspirando dolorosamente, se reclinó en el antepecho del coche.

Arturo se entristeció; pero su interes y curiosidad aumentaron considerablemente.

La diligencia cambió de caballos muchas veces, y en todas ellas, la viajera, á pesar de las instancias del jóven, rehusó bajarse de la diligencia á tomar alimento. A las doce el coche paró en Rio-Frio, y habiéndose apeado todos los pasajeros, Arturo y la desconocida se quedaron solos.

—En esta ocasion, señorita, no permitiré que deje V. le tomar alimento; se moriria V. en el camino de debilidad, ó se expondria á interrumpir su viaje, si es que va á Veracruz.

La viajera por toda respuesta sacó su blanca mano, y a tendió al jóven; éste la aceptó con emocion, pero cada vez mas sorprendido de estas señales mudas de interes ó le amor.

—Si algo pueden los ruegos de un hombre, que aunque desconocido, le dijo el jóven con voz suplicante, se interesa vivamente por V., le suplico que baje del carruaje: un corto paseo, el aire y algun alimento le harán mucho bien. Vamos, señorita, no tenga V. desconfianza de mí, pues aunque mi traje, por causa del camino y de la precipitacion con que he salido de México, es burdo, mis maneras le harán conocer á V. que soy un hombre decente.

La viajera levantó penosamente su cabeza, y descubrió parte de su rostro: Arturo vió una frente pálida y tersa, y dos ojos negros llenos de lágrimas, sombreados por luengas y rizadas pestañas, donde como diamantes, brillaban algunas lágrimas.

Arturo creyó que soñaba, que era presa de un vértigo ó de una pesadilla: aquella frente de alabastro, aquellos ojos melancólicos y negros, los habia visto en alguna parte; pero no recordaba si habia sido en medio de la algazara y del calor de una orgía, ó en una estancia pavorosa y oscura, donde se cometiera un crímen en medio del silencio y del misterio: Arturo soltó la mano de la viajera, se limpió los ojos, y con voz temblorosa le dijo:

—Por Dios, señora, dígame V. su nombre, dígamelo V., ó yo me vuelvo loco.

La viajera puso un dedo en su boca en signo de silencio; hizo seña á Arturo de que bajara del carruaje, y ella misma descendió penosamente por la portezuela opuesta á aquella por la que lo habia hecho el jóven: en seguida se cubrió tanto como pudo el rostro, le dió el brazo, y echó á andar con direccion al bosque.

Arturo silencioso, temblando, y conteniendo el aliento, obedeció, y ámbos se dirigieron á la orilla del bosque. Luego que hubieron interpuesto algunos árboles entre las casas y ellos, y que la viajera se cercioró de que nadie la observaba, echó atras la capucha de su capota, y descubrió su rostro.

—¡¡¡Teresa!!!.... exclamó Arturo, retrocediendo espantado.

La jóven no pudo decir nada, sino que con el candor de un paloma que huye del cazador, tomó la mano de Arturo, se reclinó en su seno, inclinó la cabeza, y dió rienda suelta á sus sollozos y á sus lágrimas. El jóven, por su parte, y pasados sus primeros momentos de estupor, lloró tambien silenciosamente: era Teresa tan bella y tan desgraciada, que ¡quién le habia de negar una lágrima!

—Me moria ya, caballero, dijo Teresa levantando su pálido rostro y mirando á Arturo, me moria, y necesitaba llorar: perdóneme V., pero lo elegí para mi amigo, desde que lo conocí en el baile; y ahora le he acreditado que fiaba en su generosidad y en su honor, para llorar en su seno mis pesares.

—¡Oh, Teresa, Teresa! ya que he tenido la fortuna de que haga V. de mí esta confianza, dijo Arturo conmovido, y tomándole las manos, necesito que me perdone V. ¡Perdon, Teresa! continuó arrodillándose.

—¡Perdon....! ¿y de qué? dijo Teresa, levantándolo del suelo.

—De haber presenciado la agonía y el suplidio de V.; Teresa; de haber visto á su infame seductor apoyar el cañon de una pistola sobre esa frente de ángel.... y de haber sido tan cobarde ó infame que no salvé á la querida de mi amigo el capitan.

—¿Es V. amigo del capitan? dijo Teresa con precipitacion, é interrumpiendo á Arturo.

—Sí, Teresa.... Pero cuénteme V. como se ha libertado de ese asesino.

Teresa se quedó pensativa con un dedo apoyado en la boca, y al cabo de un momento, dijo pausadamente.

—¿Conque V. presenció lo que sufrí? Es muy extraño.... ¿Y sabe V. como me he salvado?

—Cuando el miserable viejo apoyó el cañon de la pistola sobre la hermosa frente de V., me ví arrebatado por.... pero es en vano, Teresa; nada puedo explicar á V. ahora, nada; la cabeza se me pierde en un mar de pensamientos encontrados, y....

—¿Y Manuel? preguntó Teresa tímidamente y bajando los ojos.

—Arturo se puso pálido, y tuvo que fingir que tosia, pero Teresa lo notó, y con ademan suplicante y voz ahogada continuó:

—¿Y Manuel, caballero? Si tiene V. una querida, por el amor de ella, por su memoria, dígame V. dónde está Manuel.

—Pobre jóven! Sois muy desgraciada, le contestó Arturo conmovido, y abrazándole la frente.

—No me oculte V. nada, caballero; si Manuel ha muerto, yo no quiero vivir; su amor, la esperanza de volverlo á ver, aunque sea de aquí á muchos años, es lo único que sostiene mi vida.

—Pobre criatura! dijo Arturo para sí, y luego, disimulando cuanto le fué posible su emocion, le dijo:

—¡Qué idea, Teresa! Manuel no ha muerto; pero será muy desgraciado sin V. ¿A dónde va V., llena de lágrimas y de desgracias? Dígame lo que desea, que yo daré, si es necesario, mi existencia, por la querida de mi amigo.

—Gracias, caballero, gracias; pero V. nada puede hacer para aliviar mi corazon, sino entregar á Manuel este relicario que contiene mi retrato, y un rizo de mi pelo.

Arturo, temblando, tomó el relicario que Teresa se quitó del cuello.

—Dígale V., caballero, que mis lágrimas han caido sobre este relicario, y que él estaba sobre mi corazon en los momentos de mi mas cruel agonía.

Esta conversacion sin órden, sin regularidad, fué interrumpida por el postillon, que les gritó, que estando ya los caballos puestos, se quedarian sin almorzar si no lo hacian breve. Arturo tomó del brazo á Teresa, y la colocó en la diligencia, donde á fuerza de mil súplicas, le hizo tomar un trozo de gallina y una copa de vino. Por su parte acudió á la mesa; tomó con precipitacion lo que le fué posible, y se metió en el carruaje, en donde estaban ya instalados los pasajeros. Sonó el látigo, y los caballos partieron con la velocidad del rayo: á las cinco de la tarde llegaron á Puebla.

—¡Singular posicion la mia! pensó Arturo al apearse en la casa de diligencias de Puebla: haber dado la muerte á un amigo á quien yo amaba, y presenciar ahora la agonía de esta infeliz! ¿A dónde irá Teresa? ¿Cómo se

habrá salvado? ¿Por qué Rugiero me impidió salvarla?
¿Cómo este hombre sabia la escena que iba á pasar? Dios
mio! yo pierdo el juicio.

—Caballero, dijo Teresa, suplico á V. me dé el brazo,
porque no puedo tenerme en pié.

—Perdone V., Teresa, dijo Arturo, dándole la mano
para que bajara del carruaje; pero estoy fuera de mí, y
lo que ha pasado de cuatro dias á esta parte, basta para
perder el juicio. Vamos, pobre Teresa.... vamos....
así.... apóyese V. en el brazo de su amigo, que es tambien muy desgraciado al verse solo, y sin un corazon que
lo ame....

—Y mi amistad ¿no es nada, caballero? contestó Teresa, esforzándose para sonreir.

—Es mucho, mucho, Teresa; y el deber que tengo por
mi conciencia y por mi honor, de consolar y de auxiliar
á V. en su infortunio, son sagrados.

Arturo colocó á Teresa en el mejor cuarto que se pro-
porcionó; la hizo tomar algun alimento; le instó para
que se recogiese, y procurando dar á su rostro un aire de
alegría, que estaba muy distante de tener, le dijo restregándose las manos:

—Vaya, Teresa, ahora que estamos mas en calma, dígame V. cómo se libertó por fin, y por qué viene en esta
diligencia, y á dónde va.

Las emociones y la desgracia habian debilitado á Teresa hasta un grado, que apénas podia hablar y moverse;
pero esta misma causa daba á su fisonomía un atractivo
indefinible: era el ángel de la desgracia próximo á volar
del mundo.

—Teresa, es menester valor.... Vamos, ¿no soy su amigo de V? ¿Teme V. que yo venda sus secretos?

—No, caballero, de ninguna suerte; el interes que á V. le he inspirado, es sincero, y tengo entera confianza en V.; pero me es imposible revelarle cómo me salvé: he jurado no decirlo.

—Pues bien, Teresa, ¿á dónde se dirige V?

—Voy á embarcarme para la Habana: mi padre tenia allí algunas posesiones, y me voy á desterrar, caballero. Al decir esto, la voz se anudó en su garganta, y cubriéndose el rostro, se puso á sollozar.

—Bien, Teresa, acompañaré á V.: yo no tengo amor, ni apego á nada de la vida; cualquiera parte del mundo es igual para mí.

—¿Y Manuel? caballero, le dijo Teresa tristemente, tendiéndole la mano.

Arturo inclinó la cabeza, y reflexionó.—Si yo me voy con Teresa, se decia interiormente, indudablemente la amaré: esta mujer es un ángel.... He sido involuntariamente un asesino, pero no debo ser un traidor y un infame.... ¿Y mi pobre madre?.... No iré.

Teresa con voz mas suave, volvió á repetir: ¿Y Manuel, caballero?

—En verdad, Teresa, V. es una noble y santa mujer, que cuida primero de su amante que de su existencia.... Bien hecho; me quedaré, y yo daré á V. razon de Manuel.

—Gracias, caballero, V. me vuelve la mitad de la vida: quiera Dios que encuentre V. una mujer que lo ame tanto como yo á Manuel. ¿Desearia V. mas?

—Solo la felicidad de V., contestó Arturo tristemente.

Arturo salió conmovido, y encargando ántes á Teresa
que procurara descansar. Arturo no pudo pegar en toda la noche sus ojos, y tuvo fijo en la imaginacion el semblante pálido de Teresa y el cadáver frio y ensangrenta-
do del capitan Manuel. Teresa, aunque débil y enferma,
pudo continuar el viaje, y á los tres dias llegaron á Veracruz. El paquete ingles estaba listo para darse á la vela:
Arturo acompañó á Teresa á bordo; y allí hubo nuevas
lágrimas, nuevas recomendaciones, nuevos encargos de
una y otra parte.... ¡Se separaron!

La pobre criatura se lanzó con su dolor, con su soledad, con los recuerdos de su infortunado amor, al océano,
á ese desierto infinito y sublime; y Arturo regresó á una
posada á acostarse, y á delirar con una violenta fiebre que
lo devoraba.

XIII.

Alivio.

El lector recordará que al fin del capítulo anterior dejamos á Arturo enfermo, á Teresa en el mar, al capitan Manuel moribundo y á Celeste en manos de la justicia. Comencemos por nuestro amigo Arturo, que encontró en su enfermedad mas auxilios que los que podia esperar, pues que Veracruz es un pais hospitalario, y en aquella brillante é ilustrada juventud, encuentran siempre vivas simpatías la desgracia y el infortunio. Los primeros dias fueron fatales para Arturo: la fiebre, ó mas bien dicho, las singulares aventuras que le habian acontecido en pocos dias, hicieron un efecto rarísimo en su organizacion nerviosa; y habia momentos en que se levantaba del lecho, y corria por el cuarto con los brazos abiertos, exclamando: Teresa! Teresa mia! Despues, en voz alta, pronunciaba palabras incoherentes y sin órden alguno, pero en las que se echaba de ver, sin embargo, que profundos pesares y remordimientos destrozaban su corazon. En aquellos momentos era precisamente cuando los jóvenes veracruzanos, que alegres y frívolos jugaban al billar, y bebian sendos vasos de ponche, acudian al cuarto que Arturo ocupaba en el hotel; tomaban al paciente en sus brazos, y lo acostaban en el lecho, donde desfallecido y sin fuerzas, permanecia entregado siempre á sus dolorosos delirios. Los médicos no aseguraban la vida de Arturo; y cuando mas humanos se mostraban, calculaban que el enfermo lograria la vida, pero perderia la razon; digo calculaban, porque siendo la medicina una ciencia todavía tan oscura, nada de positivo, ni aun de probable se puede decir, cuando se habla de un enfermo. Como debe suponerse, no se escasearon las sangrías, y sanguijuelas, ni cáusticos, ventosas y demas medicinas de la terrible familia de los revulsivos, que hacen de un enfermo un mártir, y de los sabios doctores unos crueles verdugos. La juventud, que se sobrepone muchas veces á los mas duros padecimientos físicos y marales, triunfó por fin, y Arturo volvió, por decirlo así, á la vida, aunque tan extenuado, que su misma madre no lo hubiera reconocido. Durante su convalecencia, tenia á veces la sociedad de varios jóvenes, que informados de que era de una rica y distinguida familia de México, trabaron amistad con él; pero cuando quedaba solo, caia en una profunda melancolía, y su rostro pálido, y todavía con las huellas profundas del mal, parecia, en el fondo oscuro del cuarto, una de esas bellas cabezas que suelen encontrarse en algunos cuadros de la escuela holandesa. El pensamiento dominante de Arturo era el hacerse fraile; pero ningun convento de México le parecia á propósito, pues deseaba una vida enteramente austera, solitariá, caritativa, como la que tienen los monjes que viven entre las asperezas y las nieves del monte de San Bernardo. Otras ocasiones le parecia, que una vez que adoptara este género de vida, abria sin remedio á sus piés un abismo, y que en vez del paraiso que aguardaba á los santos religiosos despues de su muerte, le tocarian las llamas eternas, porque la felicidad en esta vida y en la otra se la figuraba al lado de una mujer, que, como Teresa, tuviera por él la santa abnegacion, el sublime amor que tenia por el capitan Manuel, á quien él habia asesinado: en una palabra, si el mal físico de Arturo habia cesado, la enfermedad moral se desarrollaba de nuevo, y entónces las predicciones de los médicos podian cumplirse. En medio de estos encontrados y distintos pensamientos, que hacian de su cabeza un volcan, Arturo llevaba la mano á su frente, abria mas sus ojos, y reflexionaba, si por ventura era aun presa del delirio y de la fiebre. Los dias fueron dándole un poco mas de tranquilidad, de suerte que justamente al mes de haber caido enfermo, el médico de cabecera lo mandó vestir y rasurar, y le permitió añadir á la sopa, un pedazo pequeño de pescado y un poco de dulce. Pero sea la debilidad, ó sea que el presentimiento de una salud completa, sin la dicha del alma que buscaba, le asustase, al dia siguiente, sintiéndose abatido y completamente inútil para la vida, guardó la cama.

A cosa de medio dia se presentó en su cuarto un personaje vestido de negro, á pesar del calor y contra la costumbre veracruzana: sus ojos eran relumbrantes, sus patillas negras y espesas, y su fisonomía hermosa tenia, por
decirlo así, algo de siniestro y de terrible. El nuevo personaje se colocó frente de la cama del enfermo, y un rayo de sol, que penetraba por la ventana entreabierta, lo
iluminó enteramente: Arturo creyó reconocer al hombre del Paso de Calais, y con sus dos manos se tapó los
ojos, y sumergió su cabeza entre los almohadones. A
los dos minutos escuchó una risa sardónica y aguda, y
Arturo involuntariamente quitó las manos de sus ojos y
las puso en sus oidos; pero el hombre del Paso de Calais se acercó al lecho, y tocó el hombro del enfermo.
Arturo sintió que un calofrio recorria todo su cuerpo,
y se encogió completamente: creia que la fiebre volvia á
comenzar de nuevo, y que deliraba con Rugiero, con el
capitan Manuel, y con todas esas bellas mujeres con-quie-
nes habia tenido que tratar en los pocos dias de sus aventuras.

—Vamos, Arturo, dijo Rugiero, acercando su silla, y
sentándose al lado de la cama; levántaos, pues el alivio es
evidente: las facciones están ya ménos extenuadas, y la
palidez se va ausentando á toda prisa de vuestras mejillas.

Arturo ocultó enteramente su rostro entre la ropa de
la cama.

—Os traigo buenas noticias, continuó Rugiero, dando
á su voz un acento agradable y hasta melifluo.

Arturo no hizo caso.

—Estoy cierto de que cuando sepais que os traigo una carta. . . .

—¡Una carta!. . . . murmuró Arturo sin descubrirse.

—Sí, una carta, y de una persona muy querida para vos.

—¿Muy querida decis? preguntó Arturo con interes y descubriéndose un poco.

—Estoy seguro de que será mas eficaz que todas esas destetables pócimas que os han dado los médicos.

—¿Si seré presa nuevamente del delirio y de la fiebre, Dios mio? dijo Arturo acabando de descubrir su rostro, y pasando la mano por sus ojos.

—De ninguna manera, le interrumpió Rugiero con voz muy afable; por el contrario, estais mas aliviado, y os repito que esta carta os volverá enteramente la salud.

—¿De quién es la carta? dijo Arturo, volviéndose hácia el lado en que estaba Rugiero.

—Adivinad, tontuelo.

—¿Será de Auro. . . .

—Oh! no. . . . mejor. . .

—¿De Celes. . .

—Locura!

—¿Entónces?

—Entónces. . . .

—Acabad, dijo Arturo con impaciencia.

—Es. . . .de vuestra madre. . . . .

—Ah! de mi madre. . . . Dádmela, dádmela, exclamó Arturo, levantándose con la energía y la facilidad de un hombre que está en completa salud.

12

—¿No os dije que esta carta os volveria la salud?...
Tomad.

Rugiero dió la carta al convaleciente, y éste la abrió con
avidez, y leyó:

"Hijo de mi alma:

"Cuando apénas saboreaba el placer de tenerte en mi
"compañía y de besar tu frente todas las noches, te has
"separado de mí. ¿Por qué haces derramar lágrimas á
"tu madre? Dónde estás, hijo mio? ¿Por qué te marchas-
"te, sin darme un abrazo, y sin decirme adios? ¿Si ahora
"se agravaran mis males, y muriera sin bendecirte, ¿qué
"seria de tu suerte? Cualesquiera que sean tus faltas, el
"corazon de una madre tiene tesoros inagotables de ter-
"nura y de amor para sus hijos. Si acaso tienes compro-
"misos de dinero, no te dé cuidado; vénderé mis alhajas,
"y todo se remediará, sin que lo sepa tu padre: ven, por
"Dios, hijo mio.

"Tres ó cuatro recados he recibido de la señorita Au-
"rora N*** preguntando por tu salud: tambien ha ve-
"nido una pobre mujer, de parte de una jóven que está
"en la cárcel, diciendo que es preciso que la veas: ven, hi-
"jo mio, consulta tus asuntos con tu madre, y todo se
"compondrá. El Sr. Rugiero Delmotte, tu amigo, se
"ha encargado de poner en tus manos esta carta; y espe-
"ra al ménos tu respuesta, tu madre que te adora con el
"corazon y con la vida—CLARA."

—Gracias, un millon de gracias, dijo Arturo besando
la firma de su madre, y dirigiendo al hombre del Paso de
Calais una mirada de agradecimiento. En efecto, esta carta me ha vuelto la salud... ¡Ingrato! no me acordaba de

que mi pobre madre sufria y lloraba por mí. . . . . Expli-
cadme mas esta carta: ¿habeis visto á mi madre?

—La he visto y está muy apesarada; pero yo la he
tranquilizado mucho, y está ménos mala.

—Gracias, Rugiero, gracias. Mi madre me dice, continuó Arturo sonriéndose, que Aurora ha mandado recados. . . . Lo sabeis?

—Y aunque no lo supiera, me lo supondria, contestó
Rugiero, porque el corazon de las mujeres es así: son
piadosas y caritativas hasta por demas.

—Siempre sarcástico, Rugiero, dijo Arturo; pero esto
me sirve de satisfaccion; sin embargo. . . . .

—Es menester reirse de tódo, amigo mio, contestó el
hombre de Calais, arrellanándose con indiferencia en el
sofá, y encendiendo con un fósforo un enorme puro
habano.

—Y esta mujer que me ha buscado de parte de una
jóven que está en la cárcel, ¿sabeis quién pueda ser?

—Esa es materia que ni merece mencionarse.

—Por qué?

—Porque es una historia de gente baja, de esa canalla
del pueblo, donde solo estan desarrollados los malos instintos.

Arturo comenzó á maliciar alguna cosa, y tímidamente
dijo á Rugiero:

—Sea lo que fuere, sacadme de la duda.

Rugiero, echando bocanadas de humo, y subiendo sus
dos piés, á la manera de un yankee, sobre la mesa de noche que estaba inmediata, le contestó con indiferencia:

—Amigo mio, os decia, que es una historia de gente

del pueblo, que no merece mencionarse. ¿Os acordais de una muchachuela que se hacia la santa y la virtuosa?

—Cómo? interrumpió Arturo alarmado, ¿qué conexion puede tener esa muchacha con lo que quiero saber?

—No solo tiene conexion, sino que...

—¡Oh! la injusticia, la envidia acaso..... dijo Arturo con calor.

—Nada de eso, contestó con la misma frialdad Rugiero: el hecho es muy natural y muy sencillo: la muchacha en vez de ser una santa, era una ladrona; en vez de ser una casta Susana, era una bonitilla prostituta: la justicia se apoderó de ella y la condujo á la cárcel: esto es todo.

—¡Ladrona y prostituta! dijo Arturo dejándose caer anonadado en su lecho.

—Y qué! os asombrais de esto? contestó Rugiero.

—Oh! la amaba, la amaba.

Rugiero soltó de nuevo una carcajada.

—Por qué os reis? preguntó Arturo, volviendo lentamente la cabeza.

—Es muy natural, amigo mio, porque vos no amais ni habeis amado nunca á Celeste, y durante vuestro delirio, solo habeis tenido delante de vuestros ojos la imágen de otra mujer.

—No comprendo vuestro lenguaje, Rugiero, y esas palabras no pueden ser sino conjeturas, puesto que no estais dentro de mi corazon.

—¿Y si os dijera, Arturo, que poco ántes de que yo viniera, pensábais....

—Pensaba, interrumpió Arturo, en esta maldita enfermedad que aun me tiene clavado en la cama.

—¿Y no os venía acaso á la imaginacion, continuó Rugiero, la soledad de un claustro, el retiro y la meditacion?...

—Cómo! ¿acaso me habeis escuchado?

—De ninguna suerte; pero es natural pensar en acoger-
se á la religion, cuando el amor trata de huir para siempre
de nuestro corazon; y por otra parte el espectáculo de las
nieves del monte de San Bernardo..... la soledad de la
Cartuja.... en fin...

—¿Volvemos de nuevo á los misterios, Sr. Rugiero?
dijo Arturo con visibles muestras de cólera.

—Rugiero se sonrió.

—En esta vez, continuó Arturo con resolucion, con tal
de que me concedais algunos dias mas para recobrar la
firmeza de mi pulso, saldré de la duda y sabré si sois de este mundo ó del otro. ¿Lo ois? Un par de buenas pistolas
nos harán enteramente iguales.

—Vaya, repuso Rugiero con calma, se conoce que estais
débil, y que por consecuencia el cerebro....

—Estoy enteramente sano, caballero, y si quereis pro-
b arlo en este mismo momento....

Rugiero clavó los ojos en el jóven, y este sintió alguna
cosa en sus nervios, como lo que se experimenta con el contacto de una máquina eléctrica. Hubo un momento de
silencio; y despues Rugiero habló.

—Tened calma, jóven, y escuchadme: en mí no hay
nada misterioso ni fantástico; y si algunas veces suelo adivinar vuestros pensamientos, eso no es debido sino á que
conozco el corazon humano. He vivido muchos años, y en
medio de la vida errante y vagabunda, que como os dije,

he llevado por todos los países, me he ocupado en estudiar el carácter de los hombres en particular y el de las naciones en general. ¿Se necesita acaso ser un ente sobrenatural para conocer que los ingleses son avaros y borrachos, los españoles jactanciosos, los franceces charlatanes, los americanos codiciosos y los mexicanos imbéciles? ¿Se necesita acaso haber bajado de la luna para conocer los vicios y los defectos de esta coleccion mezquina y miserable de animales, que se llaman raza humana? Ahora, hablando en lo particular, todo jóven lleno de ardor y de esperanzas, como vos, que se ve en lo mas florido de sus años sin amor y sin ilusiones, piensa forzosamente, ó en entregarse á Dios, ó en regalarse al Diablo; es decir, ó en el claustro, ó en el suicidio. Con el tiempo acaso indagarémos algunas historias secretas de esos hombres vestidos de negro, de rostro-pálido y de ojos penetrantes, y vereis que en el fondo no hay mas que amor, zelos y desgracia: en cuanto á las mujeres, es bastante sabido que hacen lo mismo en igualdad de circunstancias; ó son monjas, ó cortesanas.

— Es verdad, dijo Arturo con tristeza; es verdad.... Pero decidme, ¿por qué me habeis mentado el monasterio de San Bernardo?

—Es tambien natural, Arturo: vdes. los mexicanos tienen el privilegio de convertir la triaca en veneno: los frailes, que debian estar en la soledad, en el retiro, convirtiendo á los infieles, sembrando la palabra de Dios, se hallan aglomerados en las grandes capitales: así, los monasterios no son ni pueden ser esos asilos silenciosos y llenos de religion y de misterio, donde una alma herida y desgraciada puede refugiarse en el seno de Dios....

Rugiero suspiró profundamente, y Arturo notó que una lágrima temblaba en sus párpados.—Es cosa singular, se dijo para sus adentros, que siempre que este hombre habla de religion y de virtud, se enternece!

—Pero parece que me desvío de mi objeto, continuó Rugiero enteramente repuesto, y dando á su fisonomía un aire de ironía: la cuestion era que no amábais á Celeste, y voy á daros mis razones. Vos amais, ademas de la mujer, la seda de que está vestida, la alfombra que pisa, el piano que toca, el brillante candelabro que la alumbra, el coche que la conduce hermosa y fantástica por esas calles de palacios que vdes. tienen en México.

—Os engañais, Rugiero; yo amaba á Celeste, porque era desgraciada, porque era buena, porque éra mas hermosa con su pobreza que mil otras que....

—Eso no es cierto, Arturo: le teníais lástima, y esto es todo; pero eso es muy distinto del amor: esa reflexion sobre la virtud y las buenas cualidades, se queda para cierta edad del hombre en que pasa por reflexivo y por juicioso, y cuando en realidad no es mas que un frio egoista. La juventud y el amor requieren brillo y pompa: así, Arturo, vos amábais mas á Aurora, y la prueba es que habeis recibido una completa satisfaccion con las palabras que sobre este particular os escribe vuestra madre....

—En efecto, no lo puedo negar.... pero....

—Pero tampoco ese es amor, interrumpió Rugiero, acercándose al oido del jóven, vos amais apasionadamente.....

—¿A quien? preguntó Arturo alarmado.

—A Teresa, dijo Rugiero,

—Arturo se puso mas pálido de lo que estaba, y á media voz dijo:—A Teresa, no; no puedo amarla.

·—Por esa razon la adorais con delirio, y esto bien hecho: os voy á decir la verdad. Un casamiento con Celeste es imposible, porque una mujer que ha sido llevada públicamente entre soldados, que ha robado, que ha vivido en la cárcel, no puede ser.... ni vuestra querida: cuando cayera la venda de vuestros ojos, veríais la realidad de las cosas, y os asustaríais.

Tampoco una mujer frívola, caprichosa, que corre desatinada en pos de los teatros y de los bailes, trayendo como un cometa una grande cauda de amantes, puede llenar un corazon avaro de amor. Pero.... una mujer pálida, extenuada, como Teresa, interesante por su desgracia, poética con su orfandad, sublime por sus exquisitos sentimientos, bella con sus grandes ojos negros llenos de lágrimas..... Eso es otra cosa, jóven, y teneis razon de adorarla.

Arturo, pálido, con los ojos descarriados y la respiracion trabajosa, queria interrumpir á Rugiero; mas las palabras expiraban en su garganta.

—Ahora bien, continuó el hombre del Paso de Calais, sin dar muestras de haber notado la agitacion de Arturo, ¿si en vez de esa rectitud de sentimientos, de esa caballerosidad, buena para la edad media, pero altamente ridícula en el siglo XIX, os hubéirais embarcado para la Habana con Teresa....

—Oh! exclamó Arturo, lanzando un profundo suspiro, y llevando sus manos á sus ojos.

—Ya os acordais de la Habana: es una canasta de flores

colo⬛⬛⬛ por la naturaleza entre el grande océano y el golf⬛⬛⬛xico: allí, en aquellos jardines floridos, debajo de a⬛⬛⬛s gallardas palmas, habitando uno de esos palacios plantados en medio de los cafetales y de las cañas, que brotan, al parecer como unas maravillas orientales, ¿qué de placeres inefables y sublimes no gozaríais á esta hora, al lado de esa mujer tan bella, como esos ángeles que arrojó del Eden la cólera del Señor?

—Oh! imposible, dijo Arturo, imposible: no presenteis á mi imaginacion, Rugiero, esas escenas de felicidad que no pueden realizarse. . . . Teresa no me amaria.

—Os engañais, Arturo: los primeros dias seríais simplemente el amigo de Teresa; despues os veria con la confianza de un hermano, y pasando el tiempo, todo el tesoro de amor y de sensibilidad que tiene Teresa, seria para vos, nada mas que para vos, porque así es la naturaleza humana. Los grandes pesares, como los grandes placeres, se gastan, se olvidan, se borran enteramente; y el amigo de una mujer desgraciada y sensible, acaba por ser el amante mas querido.

—Pero, ¿y la memoria del capitan Manuel? preguntó Arturo, como deseando que Rugiero le disipase ese último remordimiento.

—Bah! dijo Rugiero, eso es muy poca cosa; vos no matásteis al capitan intencionalmente; fué un acto de defensa natural. . . . Y sobre todo, si él ya murió, Teresa dejó de pertenecerle: vos la podreis hacer feliz.

—Y decidme, dijo Arturo, ¿habrá algun buque para la Habana?

—La goleta *Dos Hermanas* se hace á la vela mañana. El mar, por otra parte, os haria bien.

—Y vos, qué pensais hacer? preguntó Artu...

—Yo.... marcharme por la diligencia est...
ra México; pero contad con que en el próximo p...
embarcaré; y si os resolveis á ir á la Habana, ...
aunque sea algunos dias. Por ahora, tengo mil asuntos
que expedir, y os dejo mas tranquilo.

Arturo quiso decir algunas palabras mas; pero no tuvo
quien le escuchase, pues el hombre del Paso de Calais habia desaparecido.

XIV.

Las dos Diligencias.

Aunque México ha querido tomar hace años, un lugar
entre las naciones civilizadas, le falta mucho de lo que
constituye la civilizacion y el progreso; entre otras cosas
los medios de comunicacion, pues los caminos son dete-
tables, bien que la naturaleza no se presta muy fácilmente, pues siendo todo el pais montañoso y desigual, y estando construidas las ciudades sobre la alta cordillera, los
caminos de fierro y los canales son mucho mas difíciles de

hacerse que en cualquier otro pais del mundo. Con todo, hace algunos años que los únicos medios de comunicacion eran unos voluminosos y pesados coches, tirados por ocho ó diez mulas, que caminaban con la lentitud de una tortuga, mientras que hoy, en cuatro ó cinco dias se camina en las diligencias una distancia igual á la que en los tiempos de feliz recordacion del sistema colonial, se atravesaba con mil trabajos en veinte ó veinticinco dias.

Casi no hay una persona que no sepa que en el callejon de Dolores, en México, está el despacho general de las diligencias, y que diariamente, á las cuatro, cinco, seis y siete de la mañana salen para Veracruz, para Puebla, para el Interior, y para otros puntos cercanos á la capital. En uno de tantos dias como salen estos carruajes, se agruparon al que partia para Veracruz, hasta nueve pasajeros, acompañados de sus sacos de noche, maletas, sombreros y cajones, con lo cual quedó el coche enteramente lleno. Como eran las cuatro de la mañana, estaba oscuro, y todos los pasajeros, soñolientos y de mal humor, se introdujeron en el carruaje, que al dar el reloj de la Catedral cuatro campanadas, partió con la velocidad del rayo, turbando con su ruido el reposo de los habitantes de México, entregados todavía al descanso y al sueño.

Como sucede siempre, durante las horas de oscuridad, los pasajeros no hicieron mas que continuar su interrumpido sueño, y recargados unos en las portezuelas, otros en el respaldo, y otros sobre sus compañeros de viaje, guardaron por largo rato un completo silencio. La diligencia atravesó la ciudad; pasó la garita; mudó caballos en el Peñon Viejo, y solo al llegar á Ayotla, fué cuando los brillantes rayos del sol naciente, que iluminaban la elevada frente de los volcanes, hirieron los ojos de los pasajeros, quienes cambiando su cómica posicion, limpiándose la vista y desperezándose, se dieron los buenos dias; tomaron una poca de leche; se envolvieron en sus capotes, y encendiendo cigarrillos, continuaron el viaje de mejor humor.

—Parece que todos vamos á Veracruz, dijo uno de los pasajeros, que era un jóven de franca y abierta fisonomía, de pelo y patillas rubias y de ojillos verdosos.

—Parece que sí, respondió otro.

—Pues en ese caso, tenemos que estar todavía cuatro dias juntos, y es necesario trabar amistad, charlar y divertirse, para hacerse ménos fastidioso el camino.....
Conque convenidos, camaradas: yo me llamo Juan Bolao, ó Bolado; pero como parece que mi difunto padre era andaluz, siempre su merced me decia que nuestro apellido era Bólao.... y así, camaradas, yo soy Juan Bolao, para servir á vdes.... Estoy en el comercio, en la casa española de Fernández y C.ª, y voy á la Habana por asuntillos de la maldita casa de Revuelta, que ha quebrado, y el hijo de dos mil diablos nos ha llevado muy bien unos veinte mil pesos.... y voy á otra cosa mas.... pero ya es bastante.... Conque, compañeros, aquí tienen mi historia.... ya saben que soy alegre y charlador como el que mas.

Todos los pasajeros rieron de la franqueza y jovialidad del dependiente de Fernández, y á su vez fueron diciéndole sus nombres, y ofreciéndose como sus servidores: solo faltó á esta muestra de cortesía uno que, envuelto en un capote azul, estaba recargado en un rincon de la diligencia, y tenia trazas, ó de estar enfermo, ó de tener mucho sueño. Bolao, que lo notó, sacó del bolsillo de un chupin de lana que tenia abrochado hasta el cuello, un rollo de puros habanos, y comenzó á repartir á los pasajeros.

—Vamos, amigo, dijo al pasajero del capote azul, la luz ha salido ya, y es preciso dejar de dormir: fumad, fumad, y ya vereis como se os quita la modorra.

El pasajero tomó el puro, y dió las gracias á Bolao con mucha urbanidad. Bolao, infatigable, sacó un fósforo, encendió su puro, comenzó á echar bocanadas de humo sobre las caras de los pasajeros, y á entonar en alta voz *suona la tromba*.

—Eh! dijo, me cansé de cantar; ahora volvamos á la conversacion.... Pues, señores, estábamos en.... ¡ah! ya me acordé.... en que cuando se trata de amor, las cosas son delicadas, y todos son enemigos.

Los pasajeros asombrados se miraron unos á otros, pues no recordaban que Bolao hubiese comenzado á contar ninguna historia de amor; mas uno de ellos quiso excitar la charla del jóven, y le contestó:

—En efecto, en eso estábamos; continúe V.

—Pues, señores, es una cosa increible, espantosa: figúrense vdes. que eran dos amigos; uno de ellos queria mucho á una muchacha, y la citó á cierto paraje .....

El pasajero taciturno del capote azul, levantó la cabeza, y se puso á escuchar atentamente: Bolao, sin notarlo, arrojó por la portezuela unos fragmentos del puro que fumaba, y continuó.

—La muchacha era linda, segun me dicen, y estaba muy enamorada de su amante, por supuesto; pero no se casaban, yo no sé por qué friolerillas que siempre se les ocurren á esos tunantes que se llaman tutores.

—¿Y V. conoce á la muchacha y al tutor? preguntó con indiferencia el pasajero del capote azul.

—No, caballero, no los conozco; pero lo que digo á vdes., me lo contaron á mí con mucha reserva, y con la misma lo cuento; prosigo:—Pues, señores, como iba diciendo, el amante tuvo la tontería de comunicar á su amigo sus amores, y el amigo. . . .

—El amante fué un imbécil, dijo con una voz concentrada el pasajero del capote azul.

—¿Os interesa esta narracion? caballero, dijo Bolao; pues bien, ya veréis; continúa: Pues, señores, el amante cometió ademas, la bestialidad de decir á su amigo el lugar y la hora de la cita . . , .

—Oh! es imposible, dijo con voz entrecortada el pasajero; una infamia semejante no puede cometerse entre caballeros.

—Parece que sabeis algo de la historia, camarada, dijo Bolao. . . . entónces, ayudadme á contarla á estos señores.

—No, nada sé, repuso con indiferencia el pasajero, dando dos ó tres fumadas á su puro.

—Pues, señores, voy á proseguir dijo Bolao: el caso es que el amante se tardó un poco en ir á la cita, y el amigo le ganó por la mano.

—Oh! exclamó el pasajero del capote azul.

—¿Estais enfermo? preguntó Bolao.

—Tengo un dolor que atribuyo al frio, dijo con calma el pasajero del capote azul; pero no es gran cosa; continuad.

—Pues, señores, iba diciendo, que el amigo llegó primero, y no sé de qué ardides se valió; el caso es que se llevó á la muchacha.

A pesar del viento fresco, algunas gotas de sudor se deslizaban por la pálida frente del pasajero.

—Y como las mujeres son el demonio, cosa qué vdes. saben tan bien como yo, continuó Bolao, tal vez la muchacha estaria de acuerdo....

—No, no, eso es imposible, interrumpió el pasajero del capote azul.

—Bah! ¿y por qué no?....

—Porque mas bien es de creerse que el amigo fué el infame, repuso el pasajero con tranquilidad.

—Todo puede ser, caballero; en cuanto á mí, no me fio ni de la madre que me parió; y si me ven vdes. tan alegre, es porque soy como las abejas; chupo la miel sin cuidarme de la rosa, y vuelo de flor en flor, sin aficionarme á ninguna, porque el dia que un bribon viniese á robarme mi querida, no quedaria de él ni polvo.

—Continuad, caballero, dijo el del capote azul.

—Pues, señores, dijo Bolao, lo mas original es, que despues de haber el amigo robado á la muchacha del amigo, lo esperó en la puerta, y le dió tan sendos palos, que, segun dicen, se está muriendo.

—Oh! oh! exclamó con voz ronca el pasajero del capote azul, rechinando los dientes.

—¿Os sigue el dolor? dijo Bolao.... tomad, y sacó de

su bolsillo un frasco de aguardiente, y la alargó al enfermo.

—Sí, dadme, dadme, respondió el pasajero, y tomando el frasco, lo aplicó á sus labios, y de un solo trago vació la mitad.

—En efecto, estais pálido, caballero, dijo Bolao: el aguardiente os hará bien: ahora recostaos un poco sobre mi hombro.

—¿Y la historia? preguntó otro pasajero.

—¡La historia!.... Buena es esa; pues rato hace que se acabó....

—Cómo! ¿Pues y la muchacha?

—Sepa el diablo dónde la escondió el pícaro amigo....

La diligencia continuó caminando, y Bolao los ratos que no cantaba, fumaba y bebia traguitos de aguardiente. Juan Bolao trabó conversacion con los postillones y con los otros compañeros de viaje; y siempre con su buen humor y con su charla, entretuvo el tiempo hasta que la diligencia llegó á Rio—Frio. Allí; como es costumbre, se detuvieron una media hora para almorzar en una fonda establecida por un viejo aleman, á quien Dios ha dado por recompensa de sus honrados trabajos culinarios, unos robustos chicuelos, que vagan confundidos entre los perros y los caballos de los carruajes, los que por su parte se han mostrado siempre de un excelente carácter.

Juan Bolao almorzó mas y con mayor presteza que los demas viajeros, y limpiándose los dientes, salió al cobertizo de la posada, donde á falta de gentes, continuó la conversacion con los caballos ya uncidos en el coche.

—Eh! les dijo, hijos de la selva, portarse bien, y cuidado con volcar el carruaje, porque va en él todo un Juan Bolao, personaje tan importante como el mismo Santa-Anna; porque han de saber, camaradas, que Juan Bolao se ama tanto, que en todas circunstancias preferirá su salud á la de cualquier magnate Conque ¡eh!... y esto diciendo, dió tres ó cuatro palmadas en el anca de uno de los caballos, el cual estando un poco mohino, quiso dar una buena coz á su interlocutor; pero Juan Bolao, ligero como un gamo, dió un salto profiriendo sendas maldiciones. Vuelto en sí de la sorpresa, notó dentro del carruaje al pasajero del capote azul, y subiéndose al estribo, asomó su cara dentro del coche.

—Eh! amigo, le dijo, parece que tiene V. poca apetencia: le aconsejo que baje á almorzar, pues no dilata un momento en venir el diablo de Juan, y sabe V. que ese yankee maldito no espera mucho.

—Como estoy algo indispuesto, dijo el pasajero, el almuerzo me haria mal; y así, me reservo para comer en Puebla.

—Eh! interrumpió Bolao... buenas pistolas.... ¿Qué diablos hace V. con ellas?

—Las cargo, respondió el pasajero, que en efecto tenia una hermosa pistola inglesa en las manos, porque sabe V. que este monte es peligroso, y pueden los ladrones hacerlos alguna visita.

—Bien, muy bien, repuso Bolao; si se ofrece un lance, ayudaré á V. con un par de trabucos cargados hasta la boca, que estan debajo del cojin.... Pero ya vienen los pasajeros, y Juan está ya listo... Conque, adentro, camaradas.

13

En efecto, los pasajeros se acomodaron: Juan subió al pescante, tronó su látigo, y los caballos, llenos de ardor y de furia, partieron como un relámpago. A poco entraron en el monte: las nubes posaban en las copas de los altos pinos, el aire era húmedo y frio, y pequeñas gotas de lluvia comenzaban á caer. Los viajeros echaron las persianas y vidrios; se envolvieron en sus capotes, y tomando la posicion mas cómoda, si es que esto es posible en una diligencia, comenzaron á dormitar. Juan Bolao que, se nos habia olvidado decir, habia vaciado en su estómago una botella de Burdeos, entró tambien en muda; se recostó en un antepecho, y á cabo de media hora dormia con la tranquilidad del justo. A las cinco y media de la tarde, la diligencia de México entraba en las calles de Puebla, sin haber tenido la menor novedad.

XV.

Continuacion.

Segun es costumbre, á las tres y media de la maña siguieron nuestros viajeros su camino para Perote: en ta vez no se acomodaron en el estrecho carruaje para d mitar, sino que todos despiertos y sobre sí, comenzáro discutir acerca de la conducta que deberian observar, si los ladrones los atacaban. Hacia tres dias que, á la salida de Puebla, habia sido detenida la diligencia, y los pasajeros amarrados y despojados de cuanto tenian; pero como la civilizacion y finura de los ladrones de la Repúbica mexicana excede á cuanto puede apetecerse, cosa que, en obsequio de la justicia, deben reconocer y confesar los viajeros extranjeros, los transuentes fueron atados de piés y manos, y colocados con el rostro contra la tierra, habiendo tenido algunos la ventaja de conservar su ropa interior. Los ladrones, habiendo recogido relojes, anillos y algunas monedas de oro y plata, se internaron en el bosque, sin olvidarse de dirigir tiernos adioses á las víctimas, que por su parte tuvieron la descortesía de guardar un profundo silencio. Esta anécdota, de fresca memoria, hizo una impresion profunda en el ánimo de los pasajeros, tanto que á la luz de un fósforo, que encendió uno de ellos, se vieron todas las fisonomías azuladas, descompuestas, y como incrustadas en los amarillentos cojines del carruaje. En cuanto á Juan Bolao, con su eterno puro habano en la boca, tarareaba un retazo de su ópera favorita: el pasajero del capote azul permanecia frio, impasible, silencioso, como el dia anterior.

La diligencia pasó la garita, y cuando entró en una calzada llana, y cesó por consiguiente el crujir de las ruedas, volvieron á comenzar las historias de ladrones; y cada cual contó la suya, con los mas negros colores que le pudo sugerir su imaginacion: daba miedo el escuchar los horrores y crueldades cometidas por los honrados ladrones que pululan en el camino de Veracruz.

—Y bien, amigo? dijo Juan Bolao, dirigiéndose al pasajero del capote azul, cuando todos acabaron de hablar.

—Y bien, contestó éste, mis pistolas estan cargadas. ¿En qué disposicion están los trabucos de vd?

—Corrientes y listos, repuso Bolao; y le aseguro á vd que ya tendrán buena fiesta esos señores ladrones, si nos asaltan.

—Qué! tratan vdes. de defenderse? preguntó alarmado uno.

—Por supuesto, dijo Bolao: no faltaba mas sino que nos dejáramos, como unos chicos de la escuela, tender boca abajo y azotar.

—Es que así se compromete inútilmente la vida de todos, interrumpió otro mucho mas alarmado.

—Toma! y qué se me da á mí de eso? respondió Bolao, en tono de chanza.

—Cómo qué se le da á V? dijo un hombre gordo y de trabajosa respiracion: ¿pues le parece á V. grano de anis el que me maten?

—Ya se ve que sí.

—Entónces....

—Pues, camaradas, si vdes. me pagan sesenta onzas que traigo atadas á la cintura, no me defenderé.... de lo contrario, voto á dos mil diablos que... Con permiso, caballeros.....

Juan Bolao sacó de debajo de los cojines un par de trabucos y una espada toledana, y encendiendo un fósforo los examinó con cuidado: sacó en seguida la espada de la vaina, y se desembarazó de todos los estorbos que podian impedirle sus movimientos.

—Este hombre es un demonio! dijo el pasajero gordo, en voz baja.

—Eh! camarada, yo estoy ya listo, dijo Bolao dirigiéndose al del capote azul.

—Y yo lo estaré dentro de dos minutos, contestó este, sacando sus pistolas, y desenvainando tambien un hermoso sable curvo.

—Estos son unos caribes, dijo á media voz el hombre gordo, y si los ladrones salen, nos van á matar como unos pollos.

—¿Tambien V. está resuelto á defenderse? le dijo al pasajero del capote azul uno de los viajeros, procurando dar á su voz el tono mas melifluo que pudo.

—Tambien, contestó secamente el del capote azul.

—En ese caso, señor mio, repuso sacando una mohosa navaja de cortar fruta, ayudaré á vdes. en lo que pueda.

—Señores, exclamó el hombre gordo, tengan compasion de mí: yo no tengo armas, soy casado, tengo siete angelitos y nueve sobrinitos; y ademas soy gordo.... y ya ven vdes. que tengo mas probabilidades de recibir un golpe. . . .

Bolao se echó á reir á carcajadas; pero el pasajero del capote azul dijo:

—Qiuzá no habrá nada, amigo; pero si algo hubiere, no hay mas que resignarse.

El hombre gordo contestó con un suspiro: los otros se pusieron á vomitar blasfemias contra el gobierno, que descuidaba de quitar de los caminos tanta piedra y tanto tendido, ámbas cosas muy perjudiciales para los míseros pasajeros. Juan Bolao cantaba; el pasajero del capote azul permanecia silencioso.

La diligencia, caminaba rápida, y solo se oia de vez en cuando el chasquido del látigo y la voz del cochero: los caballos volaban, sacando chispas con el choque de sus herraduras contra las piedras y guijarros de la calzada. La atmósfera estaba tibia, y las ráfagas de viento que venian de vez en cuando á levantar las cortinas del coche, estaban impregnadas del perfume de los campos: las estrellas iban poco á poco palideciendo, y el azul de lo bóveda celeste se aclaraba visiblemente: una línea blanquecina con un ligero matiz rosado, aparecia detras de las montañas, que se levantaban negras é inmóviles, y parecian como unidas al firmamento. Los árboles sembrados en el camino solian inclinar levemente sus copas al impulso del viento de la mañana, y tenian el aspecto de unos bandidos dispuestos á acometer al pasajero: el espectáculo que presentaba la naturaleza al despertar, era bellísimo; pero nadie lo notaba, porque estaban ocupados con una idea fija; *los ladrones.*

La diligencia siguió por largo rato su camino sin novedad; pero el cochero, al internarse en un terreno barrancoso y lleno de árboles, observó, con las primeras y pálidas claridades del crepúsculo, unos hombres á caballo, y dió parte de ello á Juan Bolao, con quien tenia ya íntimas relaciones.

—Eh! amigo mio, dijo al pasajero del capote azul, parece que el momento ha llegado; abajo, abajo .... parárate, Juan.

Juan detuvo los caballos, y Bolao, ligero y alegre, sin dejar de tararear su ópera favorita, abrió la portezuela y bajó seguido del pasajero del capote azul, que con un

calma y tranquilidad envidiables, preparaba sus pistolas
y colgaba en su puño el curvo y reluciente sable. El
hombre de la navaja descendió temblando del carruaje,
teniendo cuidado de formarse un escudo con el cuerpo
de Bolao, miéntras el hombre gordo entonaba en voz baja la Magnífica y la Letanía, diciendo por intervalos: estos hombres son unos caribes.

Los demas pasajeros, que hubieran querido volverse insectos, para ocultarse entre las arrugas de un cogin, re-
duciéndose á su menor volúmen, formaron un todo com-
pacto é informe, algo parecido á los bultos de ropa sucia
que llevan las lavanderas en la cabeza.

La diligencia siguió su camino poco á poco, por órden
de los dos campeones que iban escoltándola á pié y con
sus armas dispuestas; mas apénas habia avanzado unos
treinta pasos, cuando un grito enérgico, acompañado de
un horrible juramento, salió del bosque, y la diligencia se
detuvo. El pasajero del capote azul y Bolao se miraron:
el uno sonreia tristemente, y el otro con sus labios entreabiertos y risueños, tarareaba *suona la tromba:* los dos se
comprendieron, y se apretaron la mano, miéntras el hombre de la navaja, que temblaba como un azogado, hacia
un esfuerzo sobrenatural para echar bravatas sin cuento.

Los bultos que con su vista ejercitada columbró el cochero, se percibieron mas clara y distintamente: los
tres pasajeros se agruparon detras de las ruedas del carruaje; y los ladrones, porque ya no se podia dudar que
lo eran, se aproximaron, y rodeando el carruaje, impu-
sieron silencio en los términos mas enérgicos y termi-
nantes. El pasajero del capote azul tendió su pistola, y
acertó á dar en el cráneo de uno que estaba á caball

que cayó al suelo dando un ronquido. Otro de á pié se avanzó rápidamente sobre el hombre de la navaja; pero este con la seguridad que inspira el miedo, hundió dos ó tres veces el arma en el costado de su adversario, y ámbos cayeron rodando por la tierra.

Juan Bolao no habia permanecido ocioso, como es de suponerse, sino que descargó un trabuco, sin mas éxito que poner en fuga á dos de los ladrones de á caballo; y no habiendo podido descargar el otro, por haberse visto cercado de tres bandidos, repartia sendos porrazos con la culata, guarnecida de cobre, del que le quedaba. Cubierta su espalda con el juego del carruaje, se defendia valerosamente, cuando uno de los ladrones, que se deslizó por debajo del carruaje, lo asió por el cuello, y sacó un puñal; pero el pasajero del capote azul, con su fisonomía pálida y serena, y su amarga sonrisa, se acercó, y poniendo el cañon en el oido del bandido, que alzaba ya el brazo para herir á Bolao, tiró del gatillo, y entre una nube de humo volaron los fragmentos de su cráneo. Este fué un golpe decisivo: cinco ó seis bandidos, que, miéntras pasaba esta refriega, se habian dedicado á registrar los baules y maletas colocados en el pescante y covacha del carruaje, se pusieron en una precipitada fuga, dejando en el campo dos cadáveres y un herido.

Todo esto pasaba á la media luz del crepúsculo, cuando los pájaros cantaban, cuando un ambiente delicioso jugaba entre las copas de los árboles, cuando los rayos del sol doraban las nubes y levantaban de las praderas el velo de la niebla que las cubria: hubo un rato de silencio solemne.

—Y bien, dijo Bolao despues de un rato, parece que hemos quedado dueños del campo de batalla. Viva la patria! viva la república donde los pasajeros se ven obligados á matar á estos pobres diablos, que la justicia debia ahorcar en los árboles....! Pero.... ¿estais herido, amigo mio? continuó, acercándose con interes al pasajero del capote azul.

—Creo que no, respondió este.

—¿Pues esa sangre?....

—Sin duda es de ese hombre que os iba á atravesar con su puñal, y que lo hubiera hecho, á no haber yo tenido la precaucion de acertarle con mi excelente pistola.

—¡Es posible, caballero! dijo Juan Bolao con emocion, abrazando al pasajero; ¿con que me habeis salvado la vida? ¿Cómo os llamais? Decídmelo, porque ámbos somos jóvenes, nos encontrarémos acaso algunas ocasiones mas en el mundo, y puede ser que entónces os pueda pagar esta denda.

—Creo que traeré en mi cartera algunas tarjetas..... Sí.... en efecto.... tomad; pero no veais mi nombre, ni me pregunteis por ahora nada, pues me conviene permanecer incógnito....

—Está muy bien, dijo Bolao, guardando la tarjeta; pero al ménos no me negareis otro abrazo.

El pasajero y Bolao se abrazaron con la efusion que es natural, cuando ha pasado un gran peligro.

—Ahora, dijo Juan Bolao, vamos á proceder á registrar á los muertos; y será acaso la primera vez que suceda que los pasajeros roben á los ladrones: esto se llama ir por lana y volver trasquilado. Ayudadme, amigo mio.

El pasajero, con visible repugnancia, se acercó á donde estaban los cadáveres desfigurados y cubiertos de sangre.

—Ya veo que esto os molesta, dijo Bolao: á mí me sucede otro tanto, y hubiera preferido que estos miserables hubiesen huido; pero acaso podrémos devolver á los pasajeros, que hace tres dias fueron robados, algo de lo que perdieron.

—Me parece bien, dijo el pasajero: veamos lo que tienen.

Diciendo esto, los dos campeones comenzaron á registrar los bolsillos de los difuntos, y luego que hubieron concluido, dijo Bolao:

—¿Qué encontrásteis, caballero?

—Mirad, contestó el pasajero del capote azul, dando á Bolao una cajita verde y diez onzas de oro.

Bolao abrió la cajita, y los dos exclamaron:

—¡Magnífico!.... Esta es prenda de mucho valor.... ¡Qué brillo! parece un sol.

Era un hermoso prendedor de brillantes.

—Ved ahora, dijo Bolao á su compañero, lo que yo he sacado de las bolsas de este bribon; un bolsillo de seda lleno de oro, este anillo y esta cajita.

—Veamos, y diciendo esto se pusieron ámbos á examinar los objetos dichos.

El anillo era de oro con un hermoso granate, en cuyo centro estaban grabadas estas iniciales *G. H.;* y la cajita contenia una delicada miniatura, que representaba una niña, bella como un ángel.

—Oh! exclamó el pasajero del capote azul, esto es increible.... y con la mayor presteza cerró la cajita, y la guardó en la bolsa.

Juan Bolao abria tamaños ojos; pero el pasajero del capote azul le dijo:

—Perdonad, caballero, estos misterios y estas reservas, con un hombre tan franco como vos: permitidme que me quede con este retrato, y no me pregunteis nada sobre el particular.

—Tomal dijo Bolao, ¿y qué derecho tengo yo para preguntaros nada? Haced lo que gusteis; y si me necesitais para algo, disponed de mí, como si fuera vuestro esclavo. Ademas, ya os he dicho que yo me voy á embarcar para la Habana: así es que vos debeis depositar este dinero y estas alhajas, hasta que parezcan sus dueños; pero, por Dios, amigo, continuó con un aire de ingenuidad, no las entregueis, ni á los escribanos, ni á los jueces, porque ya sabeis.... cuerpos de delito como estos, son enterrados en sepultura de caoba....

—Muy bien, seguiré vuestro consejo dijo el pasajero, y yo tengo esperanza de que este retrato me conduzca á la averiguacion del verdadero dueño de estas prendas.... pero vamos á indagar la suerte de nuestros compañeros de viaje.

Bolao y el intrépido pasajero se asomaron por las portezuelas de la diligencia, y miraron una aglomeracion informe de piés, cabezas y brazos, que no pudo ménos de incitarlos á risa, á pesar de la seriedad del lance. Los que habian permanecido dentro del coche, al escuchar el estruendo de los tiros y el chis chas de las espadas, se habian estrechado, abrazado, enlazado, revuelto y confundido de tal manera, que era una maraña incomprensible; y sin aliento, y con los ojos cerrados pertinazmente, encomendaban interiormente su alma á Dios.

—Eh! camaradas, gritó Bolao, removiendo con la mano aquel grupo informe; ya todo concluyó, y los ladrones que han quedado con vida, se han fugado.

Los pasajeros permanecieron silenciosos.

—Vamos, amigos, dijo el del capote azul, tranquilizaos, pues ya no hay riesgo.

Los pasajeros, ni chistaban.

—Estos hombres se han muerto de miedo, dijo Bolao: veamos.

Y habiendo los dos entrado á la diligencia, comenzaron á enderezar á los compañeros.

Al primero que levantaron fué al hombre gordo: estaba pálido, como un cadáver; un sudor frio goteaba por su frente; sus brazos caian descoyuntados, y tenia sus ojos cerrados fuertemente.

En cuanto á los otros pasajeros, luego que reconocieron á sus amigos, recobraron su ánimo, y comenzaron á echar bravatas, de lo que Juan Bolao no pudo ménos de reir á carcajadas, pues dijeron que habian permanecido ociosos, por falta de armas.

El hombre gordo estaba encaprichado en no abrir los ojos, y solo, despues de muchas súplicas, los fué desuniendo muy poco, á poco porque, segun decia, no queria ver ni sangre, ni armas, ni ladrones.

—Eh! señores, nos falta un pasajero, pues éramos nueve, dijo Bolao.

—En efecto, recuerdo ahora que bajó detras de mí, dijo el del capote azul.

—Habrá perecido el infeliz, exclamó Bolao con ínteres.

—Jesus me valga! dijo el hombre gordo suspirando, y volvió á cerrar los ojos, dejándose caer en el respaldo del coche.

Bolao y su compañero se dirigieron á buscar al pasajero que faltaba, y entónces notaron que el cochero estaba atado en un árbol y con la boca tapada con un pañuelo: los caballos, desuncidos, vagaban á corta distancia, paciendo la yerba muy tranquilos. Cómo los ladrones habian tenido tiempo para hacer estas operaciones, era lo que no comprendian; pero ya se sabe que en lances semejantes, todo lo que pasa, es extraordinario y singular.

—Veo debajo de aquel árbol dos bultos, dijo Bolao á su compañero.

—En efecto: veamos.

—Infeliz! ¡muerto!!! exclamaron los dos al acercarse.

El pasajero que faltaba, estaba abrazado con el bandido, y ámbos sin vida y nadando en sangre.

—Pero, no murió solo, dijo Bolao con alegría. Separémoslo de su enemigo; y al decir esto, se inclinó y levantándolo por el pecho, sorprendido dijo: ¡Demonio! este hombre no está muerto, le late aun el corazon.

—¡Es posible! respondió el pasajero del capote azul: entónces estará herido nada mas, y en ese caso lo podrémos salvar.

Los dos comenzaron á examinar al supuesto difunto; le quitaron la ropa; registraron minuciosamente todo su cuerpo, y con grande asombro notaron que no tenia ni la mas leve herida: entónces le arrojaron agua al rostro, y se movió; lo abrigaron, y recobró el calor; por último, entreabrió los ojos, y creyéndose muerto, los volvió á cerrar: el miedo lo habia muerto por un momento, pues el bandido lo arrastró en su caida.

En esto estaban, cuando unos agudos quejidos les llamaron la atencion, y detras de un matorral descubrieron á uno de los ladrones herido.

El pasajero se acercó, y con gran sorpresa exclamó: ¡él es! ¡él es!

—¿Pero quién es? preguntó Juan Bolao.

—Ojo de pájaro.

—¡Ojo de pájaro! ¿Y quién es ese bicho?

—Ya lo veis, un miserable ahora, pero que ha sido muy valiente.

—¿Lo conoceis?

—Perfectamente, y ya os contaré....

—Sois el hombre de los misterios, amigo mio, dijo Bolao sonriéndose; pero estad tranquilo, y solo os pido que cuando nos volvamos á ver.....

—Todo lo sabreis, respondió el pasajero; pero mirad, parece que se acerca una partida de tropa.

—En efecto, siempre sucede que la tropa llega despues de buena hora.

El sol habia acabado de salir de las espaldas de las montañas, y con sus rayos brilladores alumbraba los uniformes y las lanzas de un partida de caballería, que no tardó en acercarse al sangriento campo de batalla. A ese mismo tiempo, y por el camino opuesto, venian muchos vecinos del pueblo de Amazoc, que tuvieron la calma, ó la malicia de permanecer tranquilos, á pesar de haber escuchado los tiros y la vocería.

Era de ver cómo corrian los soldados en todas direcciones, blandiendo las lanzas y echando juramentos; y cómo pasajeros, vecinos y soldados echaban bravatas sin cuento; mas Bolao y el pasajero pusieron término á todo, recomendando al gefe de la escolta y al alcalde del pueblo, que enterraran los muertos y cuidaran del herido. Fuéronse luego al pueblo á lavarse, á cambiar vestido, y á almorzar, para poder continuar el viaje, interrumpido de una manera tan terrible.

XVI.

Continuacion de las dos Diligencias.

Era poço mas de la una de la tarde: el cielo estaba limpio y despejado, y sobre el azul trasparente vagaban algunas nubes: el viento que venia de las praderas y bosques de Jalapa, estaba impregnado de aromas, y el paisaje que presentaban las lomas cubiertas de un fino césped recamado de florecillas blancas y nácares, era encantador. A la derecha se descubria aislada en una loma, una casa pintada de encarnado, con portalería; sus miradores tenian vidrieras y persianas verdes, y al frente se veian las montañas y el horizonte, que terminaba con una línea blanquísima, que se confundia con el azul del firmamento. Con el auxilio de un anteojo se podia descubrir, no solo la mar, sino tambien las casas de la ciudad de Veracruz y los buques anclados en la bahía. A la izquierda estaba trazado el camino, y casi á la orilla de él una casa de buena apariencia, con una tienda regularmente surtida, y una extensa caballeriza de mampostería al costado: esta es la hacienda llamada del Encero, propiedad del general Santa-Anna.

Algunos mozos, con unos cordeles en la mano, estaban de pié á poca distancia de la casa, aguardando las dos diligencias: la de México no tardó, pues á poco rato se percibió descendiendo la loma y apareciéndose y ocultándose entre los matorrales y arbustos, segun el terreno mas ó ménos quebrado porque corria. Por fin llegó tirada por ocho hermosas mulas prietas; y por la limpieza y lustre de su caja y ruedas, y por la tranquilidad de los pasajeros, no se echaba de ver que habian pasado uno de esos lances terribles que son frecuentes en los caminos de México. No obstante, como la noticia del robo no habia llegado al Encero, los pocos habitantes se agruparon al carruaje, y comenzaron á preguntar con ansia á los pasajeros lo que les habia acontecido: Juan Bolao fué el primero que descendió, cantando su ópera favorita, é instalado en una banca de madera de la tienda, y con un vaso de buen aguardiente catalan en la mano, y con su enorme puro habano en la boca, comenzó su narracion, para satisfacer al noble auditorio que, como si fueran perlas, recogia las palabras que salian de la boca del dependiente de Fernández. Miéntras que Bolao charla, y los demas pasajeros, ó escuchan ó registran sus maletas, digamos una palabra sobre Arturo.

A las pocas horas de haberse separado Rugiero de él, se vistió, y á pesar de su debilidad, se dirigió á una casa de comercio, á negociar una libranza contra su padre. Como este era hombre bastante conocido entre los negociantes, y el comercio de Veracruz conserva mucho todavía de su antigua franqueza y generosidad, no le pusieron dificultad alguna, y el jóven pagó sus gastos de hotel, de medicinas y facultativos; compró la ropa blanca, que le era necesaria, y ajustó su pasaje á bordo de la goleta que estaba próxima á darse á la vela para la Hábana el dia siguiente á las cuatro de la tarde: arreglados ya todos sus negocios, se retiró en la noche á su casa á disfrutar de un tranquilo sueño.

—Vamos, decia al desnudarse, este Rugiero en el fondo es un bribon, pero tiene gran talento y habla la verdad: Teresa me amará con el tiempo, y tendré á mi lado una de las mujeres mas ideales y mas seductoras que existen en la tierra: escribiré á mi padre; me mandará dinero, y entónces llevaré á Teresa á Francia, á Italia, á ese Nápoles tan encantador, que los viajeros describen como la tierra de las delicias y de los amores.

Si alguno lo hubiera observado, cuando fabricaba estos castillos en el aire, habria notado que una sombra velaba su frente, y que á pesar de estas ilusiones, sostenia una lucha con su conciencia que le gritaba: Asesino, traidor, mal amigo. Se acostó, y al tomar un libro de la mesa de noche para leer algunas páginas, puso la mano sobre un papel, lo desdobló, pasó por él los ojos, y una viva emo-

14

cion se pintó en su semblante, pues era la carta de su madre.

—No, dijo Arturo, yo no abandonaré á mi madre: este vacío horrible que tengo en mi corazon, este remordimiento que me atosiga, estas gentes desgraciadas hasta lo infinito que se han reunido á mí, y cuya memoria me atormenta.... todo lo olvidaré al lado de mi madre, que quizá pocos dias mas vivirá sobre la tierra. Adios, Teresa; para siempre te perdiste entre las brumas de la mar, y tu belleza y tu dolor pasaron para mí como un sueño.... Si aun viviera Manuel, el bueno, el generoso jóven que tanto te amaba, podria ser feliz, contribuyendo á tu dicha. ...

Arturo se dejó caer en la almohada, y acordándose de Celeste, exclamó:—Oh! esa memoria me atormenta. Miserable! ¡Confundida con los ladrones y asesinos la que yo creia un ángel!

Despues le vino á la memoria la brillante Aurora, y volvió á exclamar: ¡Frívola, coqueta!... Oh! mi madre, mi madre; no tengo mas que mi madre en el mundo, murmuró al tiempo de cerrar los ojos y dormirse.

Al dia siguiente se levantó Arturo, triste, pero tranquilo, pues abandonando toda idea, se habia fijado en l única y exclusiva de ver á su madre. Deshizo su contr to de trasporte, perdiendo, como es costumbre, la mita del pasaje; tomó un asiento en la diligencia, y en vez d embarcarse para la Habana, caminaba á las once de noche para México, justamente dos dias despues de q habia partido del callejon de Dolores la diligencia, cuy aventuras se han referido en los dos anteriores capítulo

Aquellos que hayan caminado de Veracruz á México, e acordarán de que se pasaba una infernal noche; mas, in embargo, los primeros momentos en que se sienten las uras marinas son agradables. La noche estaba limpia y strellada, y del mar sereno se desprendia un poético mur- nurio: las ondas venian dulcemente á morir en la playa, y on sus limpias aguas mojaban las yantas de las ruedas y os piés de las mulas, que tiraban penosamente del car- uaje. Este paisaje tranquilo acabó de sanar comple- amente á nuestro jóven, quien orgulloso y satisfecho, on la buena resolucion que habia tomado, se recostó, y e durmió. Al dia siguiente, cerca de las dos de la tarde, la diligencia de Veracruz llegó al Encero, es decir un cuarto de hora mas tarde que la en que venian nuestros intrépidos viajeros Juan Bolao y el pasajero del capote azul.

Los viajeros de Veracruz descendieron del carruje, y le mezclaron inmediatamente con los que platicaban, pa- ta imponerse de las ocurrencias de México y del camino: Arturo no se mezcló en la coversacion, y descendió de la loma para hacer un poco de ejercicio y recobrar el uso de sus miembros entumidos. Al llegar al punto de don- de parte el sendero para la casa del general Santa-Anna, divisó una figura pálida, y que inmóvil estaba apoyada contra un arbusto: Arturo creyó que era un sueño, ó que la fiebre se volvia ó apoderar de él; siguió andando; pero á medida que se acercaba, las facciones de la fantasma se le aparecian mas visibles y distintas, y su agonía cre- cia por momentos. La fantasma se movió lentamente de la posicion en que estaba, y como empujada por la brisa, se dirigió á encontrar á Arturo.

Arturo se limpió los ojos; pero la fantasma se acercaba mas.

Arturo no pudo tenerse mas en pié, y se sentó en una piedra: la fantasma se aproximó.

Arturo sintió que unas gotas de sudor le brotaban de la raiz del cabello.

—Por última vez, dijo la fantasma con voz ahogada y solemne, os doy prueba de que soy un caballero. Tomad, y diciendo esto, tiró al suelo el capote azul, y presentó una pistola á Arturo, quedándose con otra.

—¡Manuel, Manuel! exclamó Arturo, tendiéndole los brazos y sin tomar el arma.

—Vamos, caballero, tomad pronto esta pistola, ó si no me obligareis á que os asesine, como vos quisísteis hacerlo conmigo.

—Manuel, dadme los brazos, dijo Arturo con emocion y sin atender á la rabia concentrada que se pintaba en las facciones lívidas del capitan.

—Quitad, quitad; no me obligueis á que os mate como una vil zabandija, dijo el capitan, dando con el puño en el pecho de Arturo.

—Oh! gritó Arturo, arrebatando la pistola de mano de su contrario: esto es demasiado. Un pensamiento infernal pasó por su mente; pero fué rápido como el relámpago, porque casi al mismo instante arrojó la pistola, y con voz solemne dijo:

—Capitan, ¿amais á Teresa?

Manuel contestó con un grito de desesperacion.

—Teresa vive, capitan; os ama con delirio, y en su nombre os pido que me escucheis. Despues.... lo que querais.... Ya sabeis.

—Teresa vive y me ama! murmuró el capitan.

—Sí, Manuel, lo juro, dijo Arturo conmovido.

—Las facciones de Manuel se desarrugaron, porque te- ia un excelente corazon; y si bien habia sufrido desgra- ias en la vida, el amor de Teresa lo tenia siempre dis- uesto á la indulgencia y á la moderacion.

—Manuel, continuó Arturo, ¿me negarás un favor?

—Habla, Arturo, respondió el capitan con tono mo- erado.

—Me has quitado tú un peso increible del corazon: du- ante un mes he estado agonizando de fiebre, y eras tú, ngriento y pálido, el que veia yo constantemente á la abecera de mi lecho. ¿No te parece, Manuel, que cuan- o se vuelve á tener delante á aquel amigo que creíamos uerto.... oh!... pero yo deliro.... ¡Figúrate, Manuel, que Cain habria sentido si hubiera visto volver á la vi- a á su hermano.... Arturo tendió los brazos al capi- n, sin osar acercarse, y éste lleno de emocion, lo atrajo á 1 seno, diciéndole:

—Ven, ven, amigo mio; un hombre que habla así, o puede ser un traidor: mas adelante me contarás to- o; y te doy mi palabra de creerte, como creeria á mi adre.

—Gracias, Manuel! exclamó Arturo respirando; gra- as!

—Lo que por mí pasa, es incomprensible! dijo el capi- n, despues de un rato de silencio, y dándose una palma- a en la frente: mira, Arturo. El capitan sacó del bol- llo el retrato de Teresa y la cajita con el fistol.

—Teresa!!! exclamó Arturo abriendo la caja.

—Sí, Teresa.

—¡El fistol de Rugiero! continuó Arturo, abriendo la otra cajita, y cada vez mas sorprendido. Dime, dime, por Dios, ¿dónde has encontrado estas alhajas?

—En poder de unos bandidos, con quienes hemos combatido cerca del pueblo de Amozoc.

—Oh! la miserable Celeste estaba complicada con ellos, exclamó Arturo, dándose una palmada en la frente.

—¿Qué dices, preguntó Manuel?

—Nada, nada, amigo mio, sino que estoy próximo á perder el juicio.

—¿Y Teresa? preguntó tímidamente Manuel.

—Teresa!!! Es una noble criatura, que te ama, capitan; es angélica, es digna de tí.

—Ohe! ohe! gritaron los cocheros; las mulas están puestas, y no podemos aguardar mas.

—Vámonos, dijeron los dos amigos, pues estos malditos cocheros nos urjen.

—Pero ¿á donde vás, Manuel? preguntó Arturo.

—En verdad, ahora no lo sé; mi viaje no tiene ya objeto.

—Acaso sí tendrá, dijo Arturo.

—Cómo? . . . .

—Sí, porque Teresa. . . .

—Acaba.

—Ohe! ohe! gritaron otra vez los cocheros.

—Ven, ven, dijo Arturo; vamos á Jalapa, y allí procuraremos dar órden á nuestras ideas, y obrar mejor.

—Vamos, dijo el capitan; y recogiendo las pistolas del suelo, ámbos amigos se enlazaron del brazo, y montaron en la diligencia que venia para México, en la cual habia algunos asientos vacíos.

XVII.

En Jalapa.

—Ahora, mi querido Arturo, que estamos solos, y que nuestro espíritu está un tanto mas tranquilo, dijo el capitan, cuéntame todo lo que sepais, y yo haré á mi vez lo mismo, para lograr el que se aclaren tantos misterios.

—De buena gana, respondió Arturo; con tanta mas razon, cuanto que tengo un interes personal en que quedes enteramente satisfecho.

—Lo estoy sin necesidad de explicacion: hay hombres cuyo rostro no les permite mentir; y tú, Arturo, eres uno de ellos: así, pues, sea una conversacion de dos amigos, y no una satisfaccion: tú sabes que soy muy desgraciado, y quiero de tu boca consuelos y esperanzas.

—Gracias! amigo mio, gracias! le dijo Arturo con entusiasmo: tienes un noble corazon, y ahora conozco cuánta es la satisfaccion interna que resulta de obrar bien.

Los dos amigos tomaron sus sillas, encendieron sus puros, y Arturo volvió á tomar la palabra:

—No sé, dijo, qué influencia ejerce sobre mí Rugiero, á quien tú conoces; pero lo cierto es que contra mi voluntad muchas veces me veo arrastrado por la magia de sus palabras y el poder de su talento. Yo conozco én lo íntimo de mi alma que muchas de sus máximas son perversas, y sin embargo, las sigo... ménos en esta vez, capitan.

—¿Pero qué relacion tiene Rugiero con lo que nos ha pasado?

—Mas de lo que parece, Manuel, repuso Arturo; y lo que te voy á decir es con el mayor secreto.

Manuel reconcentró su atencion, y Arturo prosiguió:

—La noche fatal del 6 de Junio, que tendré presente toda mi vida, Rugiero me invitó á una aventura: yo accedí, y nos dirigimos al barrio de la Palma.

—¿Al barrio de la Palma? preguntó Manuel.

—Sí, y despues de dar vueltas por varios callejones sucios y oscuros, subimos á una casa arruinada, y al parecer vacía.

—Oh! exclamó el capitan.

—Eran cerca de las nueve y media de la noche; la calle estaba sola y lóbrega, y yo no sé qué secreto temor hacia latir violentamene mi corazon. Rugiero se introdujo conmigo, y me dijo que aplicase mi vista en el agujero de una mampara: yo lo hice.

—Y entónces? interrumpió con ansia el capitan.

—Entónces, un sacerdote jóven, pero de aspecto venerable, estaba en pié delante de un hombre enmascarado, y hablaban palabras que no pude entender.

—¿Y despues? volvió á interrumpir Manuel con visibles muestras de agitacion.

—Despues, por otra hendedura de una mampara situada en el costado, ví.... Pero en verdad Manuel, temo renovar tus pesares.

—Dímelo, dímelo todo, Arturo.

—Vi á Teresa pálida, suplicante, caer de rodillas á los piés de un viejo, que amenazándola, puso sobre su frente el cañon de una pistola.

—Oh! miserable asesino, gritó el capitan, dando una palmada en la mesa. ¿Y qué hicísteis, Arturo, qué hicísteis?...,.

—Lo que por mí pasaba era como un sueño. Sin embargo, poseido de un furor desconocido, quise romper la puerta, y castigar al criminal; pero me vi arrastrado por Rugiero, que me asió con una fuerza sobrenatural, y cuando acordé estaba en la calle sola y oscura. Un hombre salió á mi encuentro; me acometió, y yo alcé mi baston; y el hombre cayó en tierra sin sentido.... Juzga de mi desesperacion, cuando reconocí que eras tú.

El capitan se quedó reflexionando un momento; una nube de duda cubrió su fisonomía, y con voz concentrada dijo:

—¿Me hablas la verdad, Arturo?

—Como á Dios, repuso este con el mas puro acento de candor.

—Muy bien, prosiguió el capitan ya mas tranquilo.

—En medio de mi agonía no tuve mas arbitrio que marcharme, y esa misma noche tomé un asiento en la diligencia que salia para Veracruz: juzga de mi sorpresa cuando reconocí con la luz del dia, en la mujer que estaba sentada á mi lado, á tu Teresa.

—Y bien, ¿qué sucedió? ¿dónde está Teresa, dónde? Acaba, por Dios, porque siento que se me rompen las arterias del corazon.

—Teresa está en la Habana: me dijo que tu vida y la de ella dependian de que se guardase un profundo secreto, y no quiso, ni aun indicarme cómo se habia librado de las manos de su asesino: ha prometido escribirnos, y solo sus cartas podrán aclarar el misterio.

—Mucho sufria, Manuel, cuando bañada en llanto y casi moribunda, se quitó del cuello un retrato, y con un rizo de su cabello me encargó que te lo diese.

—Y yo que te creia un traidor, y que te buscaba para matarte, dijo el capitan tristemente!

—Ya lo ves, Manuel, qué equivocados son los juicios de los hombres.

—Pero, dónde, donde estan el retrato y el rizo de pelo? dijo el capitan con ansia.

—Aquí los tienes, Manuel, contestó Arturo, sacándolos de su saco de noche, y poniéndolos en manos de su amigo.

El capitan besó el rizo de pelo con una mezcla admirable de amor y de respeto.

—Me dijo Teresa que este retrato lo habia tenido junto á su corazon, en los momentos de mayor angustia y dolor.

Manuel tomó el retrato, y se puso á mirarlo silenciosamente: despues de veinte minutos de ese éxtasis profundamente doloroso que se experimenta cuando se contemplan las facciones de una mujer querida, que está muy léjos de nosotros, ó que acaso hemos perdido para siempre, lo besó dos ó tres veces, y guardándolo en la bolsa, dijo con voz solemne:

—¡Y habérmela arrancado cuando iba á ser mia para

siempre! ¡Creerla en mis brazos por toda la vida, y dividirnos hoy un mar!... Esto es muy cruel, Arturo, muy cruel; nunca ames á nadie.

Arturo, que notó que una lágrima temblaba en la pestaña de su amigo, procuró cambiar la conversacion, y le dijo:

—Te he contado ya, amigo mio, parte de lo que me ha pasado; ahora es fuerza que tú me digas. ...

—Es muy sencillo, interrumpió Manuel, haciendo un visible esfuerzo para olvidar la fuerte emocion de que estaba poseido: yo recibí una carta de Teresa, y acudí á la cita, y buscaba las señas de la casa, cuando te encontré. De pronto caí aturdido; pero á cabo de algunos minutos recobré mis sentidos, me levanté, limpé la sangre, que oscurecia mi vista, até mi cabeza con un pañuelo, y apoyándome en las paredes, logré llegar á mi casa. Al dia siguiente, que fué el médico, declaró que la herida no era grave; y por otra parte el vivísimo deseo que tenia de saber de Teresa, abrevió mi curacion, de manera que á los tres dias salí á la calle. Me dirigí primero á la casa de la cita; estaba sola, polvosa, medio arruinada, y los vecinos me dijeron que hacia muchísimo tiempo que nadie la habitaba, porque en las noches se oían quejidos y ruidos de cadenas. Dejo á tu imaginacion el figurarse la multitud de ideas siniestras y desconsoladoras que se me vinieron á la cabeza; pero resuelto á indagarlo todo, me dirigí á casa del tutor, y decididamente le dije que iba á saber de Teresa.

—Teresa! me respondió dando un aire compungido á su fisonomía y limpiándose los ojos con su pañuelo, es una jóven desgraciada, que se ha deshonrado.

—Cómo deshonrado? le pregunté colérico.

—Sí, se ha fugado con un amante; y yo me sospechaba que era con vos, señor capitan, me contestó con humildad, y aun habia dado parte de este hecho á la comandancia general; pero veo que me he engañado, añadió, poniéndose su sombrero, y voy ahora mismo á impedir todo procedimiento. Yo prorumpí en maldiciones y juramentos; pero el viejo, con una paciencia ejemplar, logró calmarme; me ofreció su proteccion, y añadió, que él procuraria indagar si Teresa era víctima de alguna traicion; y que en el caso de que aun fuera digna de mí, contribuiria á mi felicidad.

Arturo oia espantado toda esta relacion, y aprovechando un momento le dijo al capitan:

—¿Recuerdas la fisonomía del tutor?

—Perfectamente.

—Descríbemela.

Manuel describió la fisonomía del tutor de Teresa, á quien ya conocen los lectores.

—Oh! es el mismo, el mismo, gritó Arturo.

—Cómo el mismo? preguntó el capitan alarmado.

—Imbécil! el mismo que apoyaba el cañon de la pistola en la frente de Teresa.

—Oh! gritó el capitan, rechinando los dientes y apretando los puños: ¡maldito sea el que me ha separado de la mujer que yo mas amaba en el mundo...! Toda su sangre no bastará para satisfacer mi venganza. Oh! Arturo, venganza! la venganza despues del amor, es lo mas dulce que hay en la tierra...partamos mañana, Arturo, porque los dias me van á parecer largos.

—Y qué piensas hacer? preguntó Arturo.

—Te diré: al dia siguiente de la conferencia que acabo de referirte, recibí una órden, en que el gobierno me mandaba á prestar mis servicios á Chihuahua. ¿Lo comprendes ahora? Este infame queria poner un mundo de por medio entre Teresa y yo. Logré la dilacion de algunos dias; y oculto, disfrazado, habiendo vendido mi caballo y mi ropa, tomé la diligencia, y como sabia por boca de tu misma madre, que te habias dirigido á Veracruz, venia resuelto á matarte, Arturo. . . .

—Pobre Manuel! dijo Arturo pasando el brazo por el cuello de su amigo.

—Un hombre tan infernal como ese, no debe vivir mas así; mi resolucion es matarlo.

—No es mi opinion esa, amigo mio.

—¿Y tú me aconsejas que sea un cobarde, Arturo?

—Y Teresa, Manuel?

—Es verdad, es verdad, dijo tristemente el capitan; la perderia para siempre. ¿Qué hacer entónces?

—Vengarse, dijo Arturo; pero es preciso pensarlo detenidamente: mi opinion es que, estemos seis ú ocho dias aquí, para acabar de curarnos de esta enfermedad moral que aun nos agobia: despues irémos á México; buscarémos al eclesiástico que fué testigo de la aventura de Teresa; aguardarémos las cartas de esta, que deben llegar dentro de pocos dias, y ya con certeza y datos seguros, procederémos á quitar la máscara á ese hipócrita; eso queda á mi cuidado. En cuanto á tí, conseguirémos del ministro de la guerra una licencia, y te marcharás á la Habana, donde te casarás con Teresa, y regresarás á

México con tu interesante mujer. ¿No te parece que el viejo rabiará al ver á vdes. juntos? En cuanto á dinero, ya sabes que soy rico, y que mi bolsa es tuya. Conque negocio concluido, capitan, añadió Arturo con alegría, y estrechando el cuello de su amigo.

El capitan estrechó la mano del jóven, y le dirigió una expresiva mirada de gratitud.

—Pero, grandísimo atronado, prosiguió Arturo, aun no acabas de contarme tus aventuras en el camino.

—Es verdad, repuso Manuel, dándose una palmada en la frente: combatimos con los ladrones, Bolao y yo.

—Y quién es Bolao?

—Un guapo muchacho, alegre, festivo, que te hubiera presentado como un buen amigo, á no ser porque estaba positivamente loco: este jóven, riendo y cantando, se ha portado como un héroe, y hemos logrado una cosa singular, y ha sido robar á los ladrones.

—Es posible?

—Mira, contestó Manuel, sacando de su baul un bolsillo lleno de oro.

En efecto, repuso Arturo, tomándole el peso, sonando el oro, y colocando el bolsillo sobre una mesa.

—Lo mas raro es que se encontrara en la bolsa de uno de los ladrones que murieron, estas dos cajitas, una con el retrato de Teresa, y otro con el fistol que te enseñé.

—¡El fistol de Rugiero! volvió á decir Arturo, abriendo la boca, y dejando ver en su fisonomía el asombro mas completo.

—Cómo! ¿Qué quiere decir esto?

—Es una historia triste, dijo Arturo, una ilusion perdida, una flor marchita, un poco de hiel que ha caido en mi corazon: la mujer que yo favorecí, y que creí pura como un ángel, es una miserable ladrona.

XVIII.

Apolonia.

Jalapa es un pais singular, situado entre las montañas: el Cofre de Perote, el Pico de Orizaba, toda esa inmensa sierra llena de grietas, de barrancos, de grutas y de cascadas, se divisa desde los edificios de la ciudad. Los plátanos, los limoneros, los naranjos y los guayabos crecen en los jardines: en los bosques frondosos y vírgenes destila de los árboles el liquidámbar; se enredan en los corpulentos fresnos las campánulas y las yedras; y por entre el espeso y brillante ramaje asoman sus corolas la encendida rosa, la blanca azucena, el matizado clavel, el melancólico lirio y el rojo cacomite. El clarin de las selvas, el zenzontle y las calandrias pueblan los aires con su inimitable melodía: las brisas que vagan por entre estos jardines plantados por la mano del Señor, son frescas y perfumadas; y cuando está el cielo azul y brillante, da vida, alegría y animacion á todos estos bellísimos objetos, y los campos toman una tinta de indefinible y poética melancolía. Quién sabe qué influencia desconocida tiene su clima en la organizacion nerviosa; pero lo cierto es, que los dolores morales se disminuyen, que de la melancolía se pasa á la resignacion, de la resignacion á la calma, de la calma á la alegría, y por esta gradacion insensible vuelve el corazon á rehabilitarse para el amor, para la amistad, para la caridad, para la indulgencia con nuestros semejantes; sentimientos todos sagrados y sublimes que no pueden estar jamas mezclados con la hiel del desengaño, que produce en el amor el conocimiento de la maldad humana: esta es la naturaleza de Jalapa.

Añadamos á esta poesía, la que le presta la situacion material de la ciudad: casas modestas y aseadas, calles en elevacion ó declive, que si bien son incómodas para el tránsito, agradan á la vista por el variado panorama que á cada paso presentan: añadamos á esto todavía el carácter particular y exclusivo de sus habitantes.

Las mujeres dominan en la poblacion: son de un carácter franco, jovial y alegre; son por lo general hermosas, de tez fresca y nacarada, de formas desarrolladas y duraderas, y afectas á la música, al campo, á la limpieza y á la elegancia sin el refinamiento del lujo.

Todas estas circunstancias reunidas hacen de Jalapa un pais singular. Nuestros dos amigos, como habian convenido, permanecieron algunos dias en Jalapa, ó mejor dicho, Arturo, alegando debilidad y falta de salud, comprometió al capitan á que lo acompañase, prometiéndole que emplearia el influjo de su padre en conseguir del Ministro de la guerra, ó de la Comandancia general, que se revocase la órden de su marcha á Chihuahua, así como apurar su entendimiento, sus amistades y su dinero en contra del infame y avariento tutor de Teresa. Seducido por estas promesas, ó acaso porque á esto lo inclinaba su carácter suave, condescendió en quedarse algunos dias, dejando, para la vuelta á México, el arreglo de todos los asuntos.

El capitan Manuel y Arturo fueron presentados en una de las casas principales de Jalapa; y ya con esto tuvieron en pocos dias campo abierto para asistir á todas las reuniones, tertulias y paseos, y para visitar á las mas bonitas muchachas de la ciudad. Como eran jóvenes, bien parecidos y elegantes, fueron perfectamente acogidos; y las muchachas, amables por educacion y por carácter, tuvieron para ellos sonrisas y miradas, y todas aquellas dulzuras que derraman las mujeres en su conversacion, por frívola que parezca. El capitan, reservado, frio hásta cierto punto, sin faltar á la educacion, se abstuvo de emprender ninguna conquista amorosa; y guardando una fidelidad, no muy comun entre los hombres de este siglo, permanecia encerrado en el cuarto de la casa de diligencias, lugar donde pasó la conversacion que hemos referido en el capítulo anterior, ó bien montaba á caballo, y se dirigia por esos primorosos sitios que circundan á Jalapa, entregado á esas vagas meditaciones, que tanto alivian al alma lastimada por el amor.

En cuanto á Arturo, libre del crímen de asesinato, que era la causa principal porque se vió en peligro de perder el juicio, olvidó muy pronto, como sucede regularmente,

15

á Teresa, porque no podia ámarla perteneciendo á su amigo, y á Celeste, porque era ya una criatura indigna de su cariño: respecto á Aurora, conservaba siempre en su corazon un resto de cariño, pero de ese cariño vago y sobre el cual jamas se funda ninguna esperanza, ni un seguro porvenir. Estando su espíritu en esta disposicion, se propuso pasar alegremente algunos dias; y á fe que para esto se presta maravillosamente la sociedad jalapeña: algunas ocasiones se reunian varias familias, y disponian dias de campo: ya se sabe lo que son entre nosotros esos dias, en que las muchachas van, unas en burro y otras á caballo; en que cada familia se encarga de llevar un manjar, lo que hace que la comida sea un magnífico banquete; y en los que se baila, se canta, se rie con una alegría loca. Las caidas de las muchachas, las dificultades que tienen para gobernar á los asnos, hasta la lluvia que sorprende á la comitiva en el camino, son otros tantos incidentes que sirven de placer y de motivo de risa: describir el júbilo que reina en estas reuniones, seria una cosa imposible. Cuando no eran dias de campo, eran tertulias, donde se reunian diez ó quince muchachas lindas, vestidas con sencillez y aseo, y con la risa siempre en los labios y la alegría en los ojos: una tocaba el arpa, instrumento favorito de las jalapeñas, y acompañaba con ese divino instrumento á dos ó tres compañeras, que cantaban esas canciones nacionales, tan sentimentales y llenas de armonía: despues se bailaban cuadrillas, contradanzas y hermosos valses alemanes; y por fin, se platicaba, se embromaban unas con otras sobre amoríos y pasatiempos; y á las once ó doce de la noche Arturo se retiraba á reposar, lleno de ese deleite vago que se experimenta cuando se há olvidado el pasado y no se piensa en el porvenir. Siempre que Arturo entraba á su cuarto, encontraba al capitan, ó leyendo, ó durmiendo con una especie de agitacion febril.

—Estas muy triste, Manuel, le decia Arturo con interes; es necesario que te diviertas, y que disipes esa melancolía que te va á matar: las muchachas me han preguntado por tí, y creen que eres un hombre feroz é intratable.

—Algo mas soy, Arturo, le respondia el capitan sonriendo tristemente.,

—¿Qué cosa?

—Un ente ridículo: un enamorado llorando y suspirando siempre, es altamente fastidioso para la sociedad; así es que por eso yo no voy á ella. Teresa vive conmigo constantemente: en mi sueño, en mis horas de cavilacion, en el silencio y en la oscuridad, la tengo junto á mí; veo su frente pálida, siento el contacto de sus labios suaves sobre mi frente, y el de su mano que acaricia mis cabellos... Cuando desaparece Teresa de mi lado, entónces el demonio sopla sobre mi alma, y enciende el fuego de la venganza, y pienso en el tutor..... Ya ves, que tengo mi infierno y mi gloria, ¿para qué he de ir á la sociedad?

Arturo acariciaba silenciosamente al capitan, y le decia:—Tienes razon, amigo mio, tienes razon.

Ahora podrá preguntar algun lector curioso: ¿cómo es que siendo Arturo el tipo del enamorado sentimental, no lo está ya de una de tantas bellas jalapeñas como trata? Vamos á satisfacer esta curiosidad, á fuer de exactos y minuciosos narradores.

Entre las muchachas con quienes Arturo habia concurrido, habia una que se llamaba Apolonia, con quien se

habia esmerado la naturaleza, que ha sido liberal hasta
por demas en prodigar belleza á las hijas de ese risueño
rincon de tierra, que se llama Jalapa: no tenia quince
años cumplidos, y su tez era fresca y rosada; dos ojos de
un castaño claro expresaban todas las inocentes y tran-
quilas emociones de su alma: sus labios frescos, siempre
entreabiertos para sonreir, dejaban ver sus dientes peque-
ñitos y unidos: su estatura era baja, pero airosa, y todas
sus formas eran redondas y primorosas. Sus manos eran
como las de los ángeles de Rafael; sus piés eran de niña, y
su cabello castaño oscuro, delgado y suave, bajaba en dos
bandas por sus mejillas, dejando descubierta una frente
despejada é intelgente. Apolonia no usaba anillos, ni pen-
dientes, ni gargantillas, ni adornos en la cabeza: un vestido
sencillo de muselina era todo su adorno, y cuando mas
una flor en el peinado, ó una dahalia en el pecho: era,
pues, la hija de la naturaleza, y le bastaba su propia gracia para ser hermosa. Al principio Arturo no fijó su atencion en Apolonia; pero en uno de sus paseos, la acompañó
por casualidad, y sintió que la niña apoyaba dulcemente su brazo en el suyo.

—Apolonia, le dijo Arturo, ¿seria yo tan feliz, que si
preguntara á vd. ciertas cosas, me las dijera francamente?

—Todo lo que vd. quiera; no tengo secretos, le contestó
con la mayor ingenuidad.

—¿Está vd. enamorada de alguien?

—Sí, Arturo.

—¿Y de quién, hermosa Apolonia?

—De vd., Arturo.

Arturo la miró con asombro, y casi con disgusto, pues
no siendo una costumbre social que las mujeres hagan se-

mejantes declaraciones á los hombres, no dejó de disgustarle; pero Apolonia no se turbó, ni subieron los colores á su rostro, y ántes por el contrario, prosiguió con la mayor ingenuidad la conversacion.

—Si fuera cierto lo que vd. dice, Apolonia, dijo Arturo, seria yo el mas feliz de los hombres.

—Vaya, respondió Apolonia riendo, pues en poco hace vd. consistir su felicidad. Es vd. un jóven bien parecido, buen amigo, de excelente genio y alegre, y ya ve vd. . . . . no solo yo lo quiero, sino tambien Concha, y Dolores, y Pepa, y todas las muchachas.

Arturo estaba pronto á entusiasmarse, y dijo algunas palabras algo sentimentales, pero la muchacha le interrumpió:

—Calle vd, lisonjero engañador; y haciendo un gracioso gesto, se soltó de su brazo, y corrió tras de una brillante mariposa: despues se puso á cortar violetas y rosas, á correr, á jugar con sus amigas, y finalmente volvió sudorosa y fatigada á tomar el brazo de su amigo.

—Bah! dijo Arturo para sus adentros, esta es una niña á la que le falta mucho para formarse, y de la cual no se puede sacar partido.

Otra noche en la tertulia, Apolonia tomó el arpa, y llamó á Arturo.

—Venga vd., le dijo: le voy á cantar á vd. una cancion que ha de gustarle: acérquese vd.

Arturo se acercó efectivamente, y la muchacha recorrió con sus manecitas las cuerdas del arpa, y produjo una armonía deliciosa: tosió, despues sonrió, miró maliciosamente á sus amigas, y comenzó á cantar una cancion.

Sus notas eran primero dulces como las del canario cuando está enamorando á su delicada compañera; subieron despues fuertes y armoniosas, como las del clarin de las selvas, y finalmente, espiraron melodiosas y sentimentales, como los gemidos de la tórtola.

—Muy mal lo he hecho, ¿no es verdad, Arturo? dijo Apolonia cuando acabó de cantar, y poniendo su mano sobre la de Arturo.

—Divinamente, Apolonia! tiene V. una voz de ángel.

Toda la concurrencia aplaudió; y uniendo sus instancias á las de Arturo, Apolonia volvió á cantar de nuevo.

Arturo se retiró á su casa, pensando que si Apolonia era una niña, era una niña encantadora.

Al dia siguiente muy temprano, y sin atender á los ruegos del capitan, que lo invitaba para uno de sus favoritos paseos solitarios, se fué á casa de Apolonia.

—Conque se va V. á casar en México? le dijo esta despues de saludarlo.

—¿Quién ha contado á V. esto, Apolonia? Es absolutamente falso; yo no amo á nadie en México: Jalapa es el pais de mi predileccion; y si yo escogiera mujer, seria en este bello pais.

—Haria V. muy mal, repuso la muchacha con sencillez: las mexicanas tienen mas talento, mas educacion; y V., Arturo, no estaria contento con llevar á una pobre aldeana á su gran capital. Cásese V. Arturo; y si alguna vez voy á México, le prometo ser buena amiga de su mujer.

Arturo miró á Apolonia para observar si habia en el fondo de estas palabras algun acento de ironía ó de reproche; pero muy á su pesar se convenció de que eran dichas con la mayor verdad y sencillez.

—No comprendo este amor de Apolonia, cuando me dice que me case, pensó Arturo.... Decididamente, es una niña.

Cuando estuvieron solos, Arturo se aventuró á preguntar á Apolonia:

—No tendria V. celos si yo me casara, Apolonia?

—Celos! exclamó esta.

—Sí, Apolonia, celos.

—Oh! de ninguna manera: yo quiero á V. como quiero á mis amigas, á mis tios. No se vaya V. tan pronto, Arturo, añadió con interes; permanezca V. algunos dias mas en Jalapa.

Despues de estas conversaciones, Arturo insensible mente preferia á Apolonia para darle el brazo; se sentaba las mas veces junto de ella, y se extasiaba, cuando la niña le hacia algunas preguntas que revelaban su inocencia, y que Arturo se veia forzado á resolverle, engañándola como á un muchacho. Apolonia, por su parte, se entristecia cuando Arturo no estaba en su compañía á las horas acostumbradas; reñia con sus amigas, y ponia á Arturo una carita adusta, que se tornaba placentera y risueña, luego que el jóven entablaba la conversacion Las gentes decian á Arturo que estaba enamorado de Apolonia, y éste respondia que no era cierto, pues esta era una niña; y cuando decian esto mismo á la muchacha, contestaba con mucho candor, que desearia que Arturo se trasformase en mujer para ser su amiga íntima.

Vencidos los ocho dias, y dos mas que se tomó Arturo, el capitan Manuel, triste y fastidiado hasta el extremo, no quiso condescender mas, y ámbos amigos montaron en la diligencia, y regresaron á México. A Apolonia se le vinieron las lágrimas á los ojos cuando se despidió el jóven: éste prometió no olvidar á su buena amiga, escribirle y enviarle semillas de flores y otras frioleras que abundan en la gran capital de la República.

XIX.

Escenas en la carcel.

Llámase justicia en todos los paises del mundo, el acto de correccion, ó de castigo, que la sociedad, para su conservacion, tiene derecho de ejercer en aquellas personas que se separan de las reglas de la moral, ó de los preceptos que imponen las leyes: esta justicia es indudable que no puede aplicarse, sino despues de que han precedido ciertas formalidades que prueben que una persona de cualquier sexo que sea, ha merecido el rigor de la ley. Las faltas, segun su gravedad, requieren mas ó ménos castigo; así es que la justicia, que no es otra cosa que la razon personificada, impone castigos que son varios é infinitos, de los que los mas usuales son, la privacion de la libertad, las penas corporales, como el encierro en un calabozo oscuro, la escasez de alimentos, los grillos y las cadenas (porque los azotes, aun para el ejército, están abolidos por las constituciones republicanas de México y por

otras leyes) y finalmente, la pena de muerte, que tantos
filósofos y amigos de la humanidad han combatido tenaz-
mente. En cada pais la justicia tiene sus lugares de castigo
establecidos bajo diferentes sistemas, segun su grado de civilizacion; pero seria largo detenernos en descripciones materiales. Las prisiones son siempre sitios de horror, de miseria y de penas, y desde *los Plomos de Venecia* (*) y de
Spielzberg, donde gimió el poeta Silvio Pellico, hasta las
mazmorras de la inquisicion, donde lloró su sabiduría Gali-
leo; y desde la Bastilla de Francia hasta la penitenciarías
de los Estados-Unidos, esos lugares serán siempre, para
los que entran inocentes y son víctimas de la arbitrariedad
de los hombres, mansiones de duelo y de llanto, como para los réprobos el infierno que les espera al fin de esta vida. Segun las máximas religiosas, segun la moral univer-
sal, segun la civilizacion, segun el sentimiento innato gra-
bado en el corazon de todos los hombres, el objeto de las
leyes y su aplicacion no debe ser el agobiar al criminal
con tormentos inútiles, ni depravar mas su alma, ni hacerlo mas obstinado, y por consiguiente remiso en la enmien-
da, ni separarlo para siempre de la carrera del bien y del
honor, sino, por el contrario, procurar por cuantos medios
sean dables, su salvacion física y moral; y en último caso,
cuando en su alma corrompida por los crímenes no pueda
penetrar ni el mas ligero rayo de verdad, segregarlo enteramente de la sociedad, para que no la contagie y dañe

---

(*) Llámase vulgarmente *los Plomos de Venecia*, á causa de que las
prisiones tenian los techos forrados de plomo, lo cual producia un calor
horrible. Ahora parece que todos esos lugares infernales han sufrido
mucha reforma.

con sus vicios. Pero en una de las partes del mundo en que
ménos se puede contar con estas reglas, es en México,
en donde el inocente comienza, por sufrir inauditas penas desde el punto en que es acusado, y el criminal encuentra siempre mil medios de evadir el castigo. Para
no difundirnos en una disertacion moral, que haria dormirse á los lectores, pasarémos á los hechos, refiriendo solo algunos de los padecimientos de la pobre muchacha
Celeste, á quien dejamos, en uno de los capítulos anteriores, entregada á la refinada envidia de las vecinas y á la
acusacion brutal de un alcalde de barrio, ó juez de paz.

Algunas ocasiones la raza humana es mas feroz que el
tigre; mas maligna que los espíritus que cayeron arrojados del cielo por la espada de fuego del arcángel.

Apénas se organizó la fúnebre procesion que conducia
á Celeste para la cárcel, cuando vecinas y vecinos se
agruparon con una curiosidad inaudita á las ventanas,
puertas y corredores de la casa, elogiando la energía del
alcalde, y bendiciendo al cielo, pero mezclando sus bendiciones con las palabras groseras de la gente baja, porque las libraba de una prostituta que les daba mal ejemplo, y de una ladrona que podia robarlas á ellas mismas.
Gentes que pocos dias ántes elogiaban el juicio y la hermosura de Celeste, la vituperaban ahora amargamente, porque la veian entregada á los ultrajes y malos tratamientos de los léperos y corchetes que representaban la justicia. ¿Por qué será tan cruel la naturaleza humana? po
qué no recordamos que Dios sufrió tanto por los hom
bres, y no guardamos un sentimiento de compasion pa
los desgraciados? por qué ahogamos ese buen instin
que duerme en el fondo de nuestra alma? ¿No mere

nuestra piedad el criminal, en el hecho de ser tan infeliz, que por necesidad, por ignorancia, ó por depravacion, ha faltado á sus deberes sociales? Ah! el dia en que estas máximas, que no salen de nuestra mente, sino que ántes han salido de la boca divina del Salvador de los hombres, se graben en el alma de todos aquellos que tienen participacion en el gobierno de la República, la humanidad ganará mucho; habrá casas de asilo para los huérfanos, lugares de beneficencia para los desgraciados, casas de correccion y reforma para los criminales. . .

Describirémos mas municiosamente algunas escenas que omitimos al fin del capítulo, y que servirán para dar mas valor al cuadro que nos hemos propuesto bosquejar.

El golpe que sufrió Celeste, viéndose de repente acusada de ladrona, rodeada de esbirros, con el cadáver de su padre, muerto de dolor, y con su infeliz madre moribunda, fué uno de esos acontecimientos inesperados que causan tantos y tales tormentos, que la mente humana no alcanza á comprenderlos, y que la pluma es impotente para describirlos.

Celeste quedó por un momento privada de la razon, como si hubiese experimentado algun ataque de sangre en el cerebro: despues se arrojó sobre el cadáver de su padre; pero este desahogo de lágrimas, que la habria aliviado algo, no duró mucho, pues los detestables é inicuos corchetes, conocidos con el nombre de *Aguilitas*, intervinieron muy pronto.

—Eh! déjese de lágrimas y de gritos, escandalosa, dijo uno de ellos; mejor fuera que no hubiera robado.

Celeste no oia, ni dejaba de llorar, abrazando á su padre.

—Le digo que se levante, y marche, dijo otro con voz brutal.

Celeste, ocupada en su propio dolor, no obedecia.

—¡Caramba! dijo el tercero á la muchacha, añadiendo un soez juramento, nos hemos cansado de aguardar, y es menester no dejarse faltar así. Esta brusca arenga, pronunciada en voz dominadora, fué acompañada de la accion, pues tomó á Celeste por el brazo, y sacudiéndola violentamente, la puso en pié: cuando el aguilita retiró la mano, dejaron sus dedos una huella amoratada en el brazo blanquísimo de la muchacha (*).

Otro corchete, para demostrar que tenia tanto celo por la administracion de justicia como su compañero, tomó del brazo á la muchacha, y la desvió violentamente hasta sacarla fuera del umbral de la puerta: allí se agruparon todos al derredor de Celeste, alegando que habia fundamentos para creer que tenia algunos objetos ocultos; le arrancaron violentamente el rebozo que la cubria, y dejaron descubierto el seno vírgen y purísimo de la doncella.

(*) No hay gente mas inicua, mas déspota, mas brutal ni mas infáme, que estos agentes de policía, que llaman *Aguilitas*, y que es, por otra parte, la policía mas ridícula que haya podido inventarse, pues teniendo su distintivo, los verdaderos ladrones huyen de ella.

Cuanto se diga de estos esbirros, es poco en comparacion de lo que merecen. El autor de esta novela, que al escribirla se ha propuesto un fin moral, podia poner muchos ejemplos, pues recuerda, que hace dias, uno de éstos maltrató gravemente á una inocente india vendedora de fruta en la plazuela de Jesus, solo porque ignorando los caprichos diarios de la brillante policía de México, se sentó en la orilla de una banqueta. El esbirro, despues de haberla ultrajado, la queria conducir arrastrando á la cárcel, y lo habria hecho, á no haberlo impedido algunas personas que presenciaron el lance. [Nota de 1845.]

Cuando separaron á Celeste del cadáver de su padre, de la manera inicua que se ha referido, tenia los ojos secos, pues las lágrimas desaparecieron súbitamente; y con una indiferencia y estoicidad terribles, paseó su vista por los rostros deformes de los léperos y esbirros que la rodeaban, en los que un observador imparcial hubiera fácilmente descubierto las señales de la lujuria, de la codicia y de los demas vicios vergonzosos de que está plagada esa gente. Celeste se dejó empujar de un lado á otro, sin oponer resistencia alguna, y aun sin dar muestras de la impresion del dolor físico que naturalmente debian causarle estos tratamientos; mas cuando uno de ellos le quitó, como hemos dicho, el rebozo que cubria su seno, por un movimiento involuntario de pudor, se cubrió, cruzando sus dos brazos sobre el pecho, y exhalando una dolorosa exclamacion.

—¡Hipócrita! dijeron algunas vecinas.

—¡Pobre muchacha! murmuraban algunas viejas compasivas.

El alcalde, cuyo fin trágico conoce el lector, autorizaba estos tratamientos, é instigaba á los léperos y esbirros á que pronto pusieran en camino al muerto, al herido, á la enferma y á la muchacha; pero quizá por un espíritu de celos, le disgustó que otros mirasen los atractivos de que él habia querido ser dueño, y arrancó bruscamente el rebozo de las manos de un *aguilita*, y lo echó sobre las espaldas de Celeste.

Como no queremos omitir ninguno de los pormenores que puedan contribuir á dar á estos cuadros todas las sombras y horror que tienen en la vida real y positiva, describirémos el órden de esta comitiva. En una

escalera se colocó el cadáver del viejo insurgente, y á
puñadas y cintarazos se obligó á dos de los curiosos espectadores á que lo cargaran: despues iba el herido atado en una silla, envuelto en una frazada sucia, y
con parte de los calzoncillos blancos, que estaban visibles,
cubiertos de fresca sangre: luego seguia la anciana enferma, colocada en lo que vulgarmente se llama una pari-
huela, y cerrando esta procesion, donde estaban represen-
tadas la miseria, la enfermedad, el sufrimieuto y la muerte, es decir, todas las plagas mas terribles que pueden afli-
gir á la humauidad, iban la inocencia y el martirio, repre-
sentados en la muchacha. Al derredor se agrupaban los
hombres y mujeres de la vecindad, y los que de la calle
habian acudido al escándalo; y detras iban multitud de
muchachos desnudos, sucios, con grandes y enmarañadas
cabezas que silbaban, hacian grotescas contorsiones, y que
con un diabólico instinto se introducian por entre las gentes,
para darles un piquete con un alfiler, cortarles una cinta,
ó hacer otro daño semejante, y quienes bien podian pasar
por los dignos bufones de esta justicia, que con tanta
barbarie se administra en México.

Celeste caminó desde la puerta de su cuarto hasta la de la
calle, y llegó á ella justamente en el momento en que se presentaba una patrulla de cuatro soldados y un cabo, que algun vecino oficioso habia ido á buscar; y sea que la vista de
los soldados le produjese una fuerte impresion en los nervios,
sea que saliese por un momento del estupor en que habia
estado, con un movimiento de desesperacion inaudito se
desasió de las manos de los aguilitas, y se dejó caer en el
suelo. Los soldados comenzaron á repartir cañonazos á

diestro y siniestro, y dispersando en momentos el grupo
de gente, penetraron al centro, y despojando de su autoridad á los de la policía, lo primero de que trataron, fué
de que siguiese todo adelante; pero como á esto se opo-
nia la resistencia de Celeste, uno de ellos la tomó por la
cintura, y la levantó: la muchacha, cubriéndose fuertemente el rostro con las manos, se dejó caer de nuevo; el
soldado, exasperado, dejó caer la culata de su fusil en el
hombro de esta, y un grito de terror se levantó entre los
espectadores, miéntras Celeste exhalaba un doloroso la-
mento, y el soldado dejaba caer de nuevo la culata de su
fusil sobre la espalda de la jóven (*).

Un sacerdote, que confesaba á un moribundo en la casa de vecindad, y que habia presenciado parte de estas
escenas, advertido por una mujer, se abrió paso por entre
la multitud, y contuvo al soldado, al tiempo mismo en que
iba quizá á dar el tercer golpe á Celeste.

—Oh! esto es inicuo! dijo con energía el eclesiástico:
¿quién os da facultad para tratar así á esta desgraciada?

La mirada firme del padre contuvo á los soldados; y
así ellos como todos los circunstantes guardaron un res-
petuoso silencio: muchos movidos de su piedad, expresa-
da fielmente en su rostro juvenil y modesto, se quitaron
el sombrero.

—Esas armas, continuó el eclesiástico exaltado, deben
guardarse para los enemigos extranjeros, y no para una
pobre criatura indefensa.

_____

(*) Cualquiera que haya visto los crueles tratamientos que públicamente reciben los reos que son conducidos por la policía ó por la tropa,
no verá exageracion ninguna en estas líneas.

—Es una ladrona, que se resiste á ir á la cárcel, dijo en voz alta uno de los aguilitas.

—Silencio!!! interrumpió el padre, peniéndose un dedo en la boca, y mirando fijamente al esbirro con aire de autoridad.

El esbirro se quitó el sombrero, y bajó los ojos: el padre se inclinó entónces, y tomando con sus manos tiernamente la cabeza de la muchacha, le dijo:

—Vamos, hija mia, levántate, y obedece; yo te lo ruego, en nombre de Dios, que padeció mas por nosotros: vamos, hija, levántate.

Celeste se puso en pié, movida por aquella voz suave y religiosa, que resonó en lo íntimo de su corazon, y fijó sus grandes ojos en el eclesiástico.

—Sufres mucho, ¿no es verdad, hija mia? Te han maltratado, le dijo este, tomándole afectuosamente la mano.

Celeste solo pudo contestar, echándose en los brazos del padre, y ocultando su faz, anegada en llanto, en el pecho del eclesiástico.

Toda aquella gente infame cambió súbitamente de sentimientos con el ejemplo de caridad del buen clérigo; y ya, léjos de acriminar á la jóven, comenzaron á compadecerla, hasta el punto de que hubo algunos que trajeron una poca de agua en una vasija, y la hicieron beber algunos tragos. El padre levantó la llorosa faz de Celeste; le dijo algunas palabras al oido, y dando su mano á besar á los chicuelos que se la tomaban, desapareció entre la multitud que llenaba la calle. Su intencion era ir al dia siguiente á la cárcel; valerse de su influjo y de sus conocimientos, y lograr la libertad de esta criatura, que le parecia absolutamente inocente: estas fueron las palabras consoladoras que dijo á la muchacha, y las cuales abrieron alguna esperanza en su alma desolada.

La comitiva, en los términos que se ha dicho, siguió su camino por las calles principales y con direccion á la Diputacion, aumentándose cada vez mas con la multitud de gente, que no tiene mas ocupacion que vagar al acaso, deteniéndose en las tabernas á presenciar los pleitos, y acompañando hasta las cárceles públicas á los heridos, muertos y agresores. Lo que pasaba en el alma de la muchacha, miéntras iba atravesando esas calles tan populosas y llenas de gente de una y otra acera, no puede definirse. Ya cerca de la cárcel las fuerzas la abandonaron, y solo maquinalmente, y sostenida por dos mujeres caritativas, pudo llegar á la prision: al dia siguiente fué conducida á la Acordada.

La Acordoda es un antiguo edificio, construido desde el tiempo del gobierno español, y que ha servido y sirve de prision á los criminales de ámbos sexos: su aspecto no es de ninguna manera tétrico; y por el contrario, como está situado en el término de la hermosa calle de Corpus-Cristi, tiene cercana la frondosa Alameda y el Paseo de Bucareli, desde donde se descubre una de las vistas mas pintorescas que pueden imaginarse. Por fuera sus altas paredes están borroneadas al temple, de un color rojo oscuro, y solo la balconería, con vidrieras viejas y rotas y sin otra clase de adorno, anuncia algo del abandono é incuria del interior. En un costado hay una puerta con una reja, que da entrada á una pieza en la que hay un baneo de piedra, donde se colocan los cadáveres sangrientos y

16

deformes de los que son asesinados en las riñas que frecuentemente hay en las tabernas de los barrios. Es una cosa singular el observar en las tardes, cómo las lindas jóvenes que van en sus soberbios carruajes, se tapan los ojos, ó vuelven disimuladamente la vista, para no ver aquellos cadáveres desnudos y sangrientos, que con tan poco respeto á la decencia y á la moral, se exponen á la espectacion en uno de los parajes mas públicos de la capital.

La guardia que custodiaba á Celeste, hizo alto en la puerta; y á ella, acompañada siempre de los esbirros, se le hizo subir por una escalera oscura y sucia, situada en el costado: una gruesa puerta con un boquete guarnecido de rejas de fierro, se abrió, y con un espantoso rechinido volvió á cerrarse, depues que hubieron pasado las personas únicamente necesarias. Celeste estaba casi sin vida; pero el ruido de aquella lúgubre puerta que se cerró tras ella, el de las cadenas de los presidarios que entraban, la vista de algunas cabezas con erizados cabellos que divisó incrustadas en los boquetes, como si fuesen visiones del infierno, y el eco bronco de los juramentos, y la confusa vocería que escuchaba, hicieron que un calofrio horrible, como el de la muerte, recorriera su cuerpo; y por un movimiento nervioso iba á oponer la misma resistencia que le valió los golpes de los soldados, cuando recordó aquella voz dulce del eclesiástico, aquel rayo de esperanza que habia arrojado en su alma, y obedeció á sus verdugos, cubriendo su rostro con sus manos, y arrojando un profundo y ahogado gemido.

Celeste fué llevada por varios callejones lóbregos, llenos de polvo y de basura, hasta una pieza en la que habia malas sillas, peores mesas y grandes armazones llenos de papeles: allí estuvo expuesta, hasta que llegaron el juez y el escribano, á las miradas lúbricas y curiosas de todos los carceleros, esbirros y corchetes; horda terrible, de cuyas garras, si el reo sale libre, el inocente sale sin honor.

Celeste no pudo contestar una palabra á lo que le preguntaron, porque cuando queria hablar, el llanto y la vergüenza se lo impedian: el escribano le rogó, se impacientó, juró, caló sus gafas dos ó tres veces con rabia, fumó media cajilla de cigarros, y por fin, sentadas las primeras declaraciones, que atestiguaban que la muchacha habia robado, y que á consecuencia de su resistencia habia resultado un hombre herido y su padre muerto, fué consignada á la prision como ladrona, escandalosa y parricida.

—Eh! parece que promete esperanzas la niña, dijo un tinterillo de chaqueta de indiana, pantalon azul muy ancho y fisonomía picaresca y maligna.

—La muchacha tiene buenos bigotes, y apuesto mis dos orejas á que pronto saldrá libre por mas delitos que tenga. ¿Te acuerdas de muchos casos semejantes....?

—Parece muy romántica; y como habrá leido los Misterios de Paris, se figurará ser Flor de María. ¿Cuántas Flor de María has visto por esos barrios, camarada?

—Ja, ja.... ya se le quitará el romanticismo con la compañía de las presas; y en cuanto esté un poco mas alegrilla, indagarémos cómo va la causa, para que nos toque algo....

—Vaya, Benito, parece que tienes tu plan.... Hablemos claro.

Los dos interlocutores se aproximaron, y Benito, que era uno de los tinterillos, le respondió:

—Bribon, ¿y tú no tienes plan ninguno?

—Yo!....

—Tú....

—Acaso.... Pero no hablo como....

—Muy bien, así me gusta; pero ¿quién va primero?

—Supongo que el escribano y el juez, y.... respondió Benito maliciosamente.

—Un demonio para ellos.... entónces nosotros somos mano. Ya sabes, que como estoy al alcance de todo lo que pasa aquí, los porteros, la presidenta y todos me consideran, porque temen que descubra sus podridas; así, yo puedo entrar á la hora que quiera, á la prision de las mujeres.

—Perfectamente; pero si yo te descubro, los demas te quitarán, por celos, los cuatro reales diarios y tus buscas....

—Dices bien, contestó reflexionando Zizaña, que este era el nombre del otro tinterillo que hablaba con Benito; y por esa causa quiero que nos entendamos....

—¿Pero cómo ha de ser?

—Echarémos una *porra*.

—Convenido.

Se acercaron á una mesa, y uno de ellos pintó dos líneas en un papel, y en el extremo de una de ellas pintó una bolita, y haciéndolo mil dobleces, presentó al otro las puntitas de las líneas.

—Escoje, le dijo.

—La izquierda, dijo Benito, rayando con una pluma la línea.

—Perdiste! exclamó Zizaña con alegría.

—Bah! ¿y qué me importa? al fin mas tarde ó mas temprano . . . .

—Muy bien, muy bien, volvió á exclamar Zizaña, sonando las palmas de las manos.

—¿Y cuándo? preguntó Benito.

—Mañana en la noche, ó pasado mañana, será necesario que, por providencia gubernativa, duerma en un separo . . . .

Como se deja entender, estos dos hombres jugaban, segun el lenguaje de los covachuelistas, en una *porra*, el
honor de una presa.

Celeste, como hemos dicho, fué introducida en la prision:
aquellas puertas sucias y toscas, con gruesas aldabas, se
cerraron tras ella, y se encontró aislada entre gentes
desconocidas, entre seres degradados. No sé qué sentimiento profundamente doloroso se apodera del corazon,
cuando ya la desgracia ha llegado á su colmo, cuando se
han agotado los padecimientos, cuando se ha perdido casi toda esperanza; el abandono y el aislamiento se hacen
entónces sentir en toda su triste extension, y necesita el
alma alguna cosa superior que la sostenga y fortifique,
como el náufrago cuando piensa en apoderarse de la débil tabla que lo ha de salvar; como el viajero, á quien
abandonan las fuerzas al llegar á la *oasis*; como el cami-
nante que busca una débil rama ántes de caer al precipicio. Perder la libertad, perder el honor en una prision,
es mas que perder la vida; por eso, si hubiera en México
hombres de un espíritu filantrópico y humano, habrian
promovido ántes de ahora el establecimiento de casas de

detencion, administradas por hombres de una inflexible severidad, de una rígida moral, para que miéntras la justicia averigua si en efecto hay ó no crímen, se guardara con una separacion debida, el respeto que se debe al infortunio, á la inocencia, ó á la virtud.

Celeste, como no tenia quien la protejiera sobre la tierra, no pudo ser colocada en uno de los lugares de distincion, que, sea dicho de paso, son unas piezas ó galerías sucias, húmedas y fétidas, donde es siempre preciso estar en union de otros criminales.

La prision se compone de un corredor angosto, de las sucias habitaciones de que se ha hablado, y de una galera con un banco de piedra al derredor, que sirve de dormitorio: en el piso bajo hay un patio con una fuente y un estanque donde se lava la ropa, una mala cocina con el techo lleno de humo y medio cayéndose, donde las presas condenadas al trabajo, se emplean en moler maiz, para hacer las tortillas, ó en cocer habas y alverjones, que son la comida ordinaria de los presos. En un ángulo oscuro y solitario estan tres ó cuatro cuartos, que cuando se cierran sus puertas, quedan en la mas completa oscuridad: el piso es de losas, lleno de agua, de insectos, de suciedad; y la atmósfera mefítica y dañada que se respira allí, podia haber servido de tormento para los reos, en los tiempos bárbaros de la Inquisicion.

La presidenta, que es una presa á quien se le abona una gratificacion cada mes, y á quien se le da autoridad para que vigile el órden de la cárcel, si es que puede haber órden en semejantes lugares, condujo á Celeste por toda la prision; y la muchacha, como si experimentase un vértigo, se dejó maquinalmente conducir, paseando sus ojos abiertos y descarriados por aquellas paredes sucias, por aquellas habitaciones inmundas, por aquellos rostros de las criminales, en cuyas fisonomías burlonas y faltas de pudor, se descubria el hábito del crímen y la corrupcion que habia casi extinguido en su alma lo que se llama conciencia. Cómo Celeste, delicada, tímida ó inocente, pudo resistir á estas impresiones, á estos inauditos dolores, es lo que solo puede comprender Dios, que en las ocasiones solemnes da á los pobres mortales lo que se llama fortaleza.

En la noche Celeste fué conducida al dormitorio comun: no se atrevió ni á suplicar, ni á pronunciar una palabra, y aun estaba privada de llorar, porque tenia miedo de las paredes de la prision, de las presas, y hasta de los insectos que volaban en el aire: su corazon se partia, su alma gemia de dolor, y su razon estaba próxima á extraviarse. El hambre, la fatiga y las emociones doblegaron su débil naturaleza, y cayó entre aquella multitud de mujeres, aglomeradas unas sobre otras, presa de un sopor y de un sueño febril, mucho mas agitado y doloroso que el que experimentaba cuando sufria, al lado de sus padres enfermos, los horrores de la miseria Celeste no dormia, pero tampoco se hallaba completamente despierta: la vibracion de las campanas de los relojes de las iglesias vecinas hacia estremecer su corazon, y la respiracion fuerte y ruidosa de las presas, que dormian tranquilamente, hacia erizar sus cabellos. A la vacilante y débil luz de la vela de sebo que, colocada en un farol, alumbraba el dormitorio, veia levantarse de los bancos de piedra, y deslizarse por las paredes, gigantescos brazos armados de puñales, figuras grotescas que la amenazaban, sombras y fantasmas sangrientos, que exhalaban dolorosos quejidos: si cerraba fuertemente los ojos, las visiones se multiplicaban, y aparecian mas deformes, mas amenazadoras; y Celeste entónces, encogiendo todos los miembros de su cuerpo, ahogaba entre sus labios el grito que le arrancaba el miedo. Y despues, en medio de esas visiones de horror y de duelo, que le representaba su cerebro trastornado, veia la figura pálida é interesante de Arturo: un amargo desconsuelo bañaba su alma, y un agudo dolor le punzaba el corazon. Era una ilusion, que se le desvanecia entre las sombras de los criminales; una esperanza dulcísima, que habia venido á morir entre las rejas de una inmunda cárcel.—Oh! la muerte! la muerte, Dios mio! es el único remedio que puedes mandarme, murmuraba Celeste en lo interior de su alma; y luego caia en un nuevo vértigo, muy parecido á las agonías de un moribundo.

El dormitorio, como se ha expresado, es un lugar sucio, mal ventilado, y cuyas paredes están cubiertas por multitud de asquerosos insectos; pero estos padecimientos físicos desaparecieron completamente, ante las sufrimientos morales, de que se ha procurado dar una idea.

En cuanto brilló el primer rayo de luz, Celeste se quiso levantar; pero se encontró casi desnuda: su rebozo, sus zapatos, sus medias, su ropa interior, todo habia desaparecido: la Presidenta hizo sus averiguaciones para indagar quién habia robado á la nueva presa; pero todo fué en vano. Entónces, movida á compasion, le prestó unos harapos, con los cuales pudo cubrir su desnudez, y se sentó, confusa y anonadada, en un rincon del dormitorio: allí formó una resolucion desesperada, y fué, no solo la de confesar el delito que se le imputaba, sino agregar otros mayores, para lograr con esto el que se la condenase á muerte. Llegada la hora en que se le llevó delante del juez, se afirmó mas y mas en esta loca idea, y con una completa serenidad confesó cuanto quisieron que confesara: Benito y Zizaña estaban locos de contento de que hubiese materia para determinar que se le pusiese en un separo.

—¿Qué les parece á vdes., qué alhaja tenemos en la Celeste, caballeros? dijo el escribano, quitándose los anteojos, y cuando, despues de que retiraron á la muchacha, acabó de escribir la última foja de un pliego de papel sellado.

—Cómo? explíquese V., preguntó Zizaña.

—¿Quién diría que con su carita de vírgen habia de tener esta mujer una alma de Lucifer? ¿No han oido vdes?

—Apénas hemos escuchado, dijo Benito con indiferencia....

—Pues, señores, continuó el escribano flemáticamente, esta perlita, que no cumple los diez y ocho, es ladrona, infanticida, parricida; qué sé yo cuántas cosas mas.... Lástima da en efecto; pero es menester ponerla en un separo, porque es de temer que contagie á otras, cuyos vicios al fin son de poca monta.

Benito y Zizaña cambiaron una mirada de inteligencia y de satisfaccion.

XX.

El tinterillo.

Como los trámites judiciales son entre nosotros tan
lentos, y ya sea para absolver al inocente, ó para castigar
al reo, pasan dias, semanas, meses, y hasta años, á no ser
que en estos asuntos intervenga el dinero, el influjo ú otra
clase de interes, como el que tenian, por ejemplo, los tinterillos Benito y Zizaña, pasaron quince dias sin que nada se determinara respecto de Celeste. Durante ellos,
la vida de Celeste, como puede bien concebirse, pasó len-
ta y horrible en la prision; y si bien se le mitigaron los
terrores pánicos que al principio experimentó, los pésimos
alimentos, la desnudez, lo mal sano del local, y mas que
todo, la amistad, por decirlo así, que habian concebido
por ella algunas criminales, la tenian en un estado conti-
nuo de tortura, que en su interior ofrecia á Dios, esperando que muy pronto una sentencia de muerte concluiria
con estas penas: si Celeste no hubiera tenido esta esperanza, habria sin duda perdido el juicio. La ocurrencia
de la muerte del alcalde de barrio, que, segun recordará
el lector, fué asesinado por el supuesto platero que re-

conoció el fistol, fué una circunstancia que agravó mas la causa, y que dió lugar á que se le condujera otra vez ante el tribunal para hacerle este nuevo cargo.

Hemos dicho que Celeste, ignorando que la justicia de México deja envejecer á los reos en las cárceles, principalmente si son del sexo femenino, habia confesado crímenes que no habia cometido; mas cuando realmente se le acusó como cómplice ó instigadora de un asesinato, negó con dignidad toda participacion en este delito, y suplicó con la mayor inocencia al juez y al escribano que la condenaran á muerte, pues le parecian bastantes los delitos que habia confesado. Estos sonrieron, é inclinados, como somos todos los hombres, á juzgar favorablemente á las mujeres hermosas, pensaron en su interior que acaso podia esta muchacha tener ménos delitos; pero como las declaraciones estaban todas conformes, y condenaban terminantemente á la muchacha, y las sospechas eran todas fundadas, puesto que el alcalde de barrio fué asesinado la noche del dia en que ejecutó la prision de Celeste, no habia medio de salvarla. Así, la compasion de los encargados de la justicia, fué pasagera; y quedó acordado que Celeste ocuparia un separo, al ménos miéntras se esclarecia algo mas este último punto: desde esa misma tarde se confió á Celeste al separo. Ya hemos dicho lo que es un separo; una bartolina infernal, llena de humedad, y con el techo tan bajo, que casi es imposible la respiracion: la Presidenta, acostumbrada á estas escenas y á la vista de tales lugares, llevó á la muchacha, y cerrando la puerta con una gruesa llave, se retiró con la mayor frialdad: Celeste no opuso resistencia, y en el momento en que cerrada la puerta, quedó en una completa oscuridad, buscó á tientas un rincon, se sentó en las losas frias, y dió rienda suelta al llanto, que por tanto tiempo habia reprimido en su corazon. Tenia que llorar á su padre muerto, á su madre moribunda, á su ideal amante perdido, á su libertad, á su honor manchado: muchas lágrimas necesitaba por cierto para tanto dolor. No oía en aquel calabozo las horas; y á haberlas contado por sus martirios, las hubiera calculado como siglos; pero era sin duda una hora avanzada de la noche, cuando todavía lloraba: el frio de las losas habia entumido sus miembros, y sentia que miéntras sus rodillas estaban como la nieve, su cabeza ardia como un volcan.

Un ruido lejano, que se escuchó en medio de aquel silencio profundo, la hizo estremecer; el ruido se aproximó mas, y sintió clara y distintamente los pasos de un hombre: á poco una llave dió vuelta en la cerradura, y la puerta del calabozo se abrió poco á poco: Celeste, sobrecogida, se refugió al rincon.

—Yo soy, muchacha, dijo una voz agria, pero que procuraba dulcificar el que la proferia; yo soy, no te asustes.

Zizaña, que no era otro el que entraba al calabozo de Celeste, prendió un fósforo, encendió un cerillo, que pegó en la pared, y de puntillas, con la respiracion trabajosa, los ojos ardiendo en deseos, con la boca entreabierta, y con los brazos en actitud de obrar, se acercó al rincon, donde hecha un bulto informe y con todo el terror retratado en el rostro, permanecia Celeste.

—No hay que asustarse, muchacha, dijo Zizaña; vengo solo á hablarte de tus asuntos: tu causa está mala, y vas á ser sentenciada á muerte.

—Ah! Estoy sentenciada á muerte! exclamó Celeste sonando las palmas de las manos.

Zizaña, que aguardaba que esta noticia haria una profunda impresion en la muchacha, retrocedió asombrado.

—Conque no te da cuidado esta noticia?

—Sentenciada á muerte! repetia Celeste con una alegría que á cualquiera otro que no hubiese sido el endurecido tinterillo, le habria desgarrado el corazon.

—Sí, sentenciada á muerte, dijo Zizaña con flema y acercándose siempre poco á poco á Celeste.

—Y cuándo? preguntó ésta.

— Cuándo?.... Muy pronto. Pero mira, muchacha, te explicaré, y verás cómo no es muy agradable morir.

Celeste reconcentró su atencion, y Zizaña, con una sonrisa sarcástica, prosiguió:

—Pues en primer lugar se te pone en capilla: tres dias se te da de comer muy bien; porque, hija mia, á los reos se les engorda como á los cochinos, ántes de matarlos. En los tres dias la capilla está llena de padres camilos, vestidos de negro con una cruz roja, de hermanos de cofradías, y de otras gentes que tienen por oficio, dizque hacer caridad, cuando ménos se necesita.

Celeste permanecia inmóvil, y Zizaña comenzó á comprender que podia sacar buen partido de la charla, y prosiguió:

—Los padres te atormentan los tres dias, pintándote los martirios horrendos del infierno, á donde los que han derramado sangre, y han robado como tú.....

—Celeste alzó los ojos al cielo, y despues, bajándolos, continuó escuchando:

—Padecen, continuó Zizaña, el fuego eterno, y los diablos les dan á beber plomo y azufre ardiendo. Concluidos los tres dias, te sacan de la cárcel, y con un grande aparato y pompa te llevan por las calles; y las señoritas, adornadas como si fueran al teatro ó al baile, se asoman á los balcones, y ven el color de tu cútis y el de tu cabello, y examinan tus facciones, y si te compadecen, se consuelan pronto con sus amantes, que detras de ellas murmuran en sus oidos palabras de amor y de ternura...

Celeste se estremeció, porque pensaba que tal vez Arturo la veria pasar para el suplicio.

—Bueno! dijo para sus adentros Zizaña, la comedia ha surtido su efecto, y la muchacha será mia.

Despues de una ligera pausa, que hizo de intento, para que filtraran sus palabras en el corazon de la muchacha, continuó:

—Enmedio de fruteras y vendedores de bizcochos, cercada de soldados y padres, llegas al cadalso; y allí el verdugo corta tus cabellos, te sienta en un palo, y despues aplica una mascada con una bola de fierro á tu cuello, y da vueltas..... da vueltas...... da vueltas.... hasta que te ahoga.....

Celeste llevó maquinalmente su mano al cuello, y Zizaña se tapó la boca para no soltar la carcajada.

—Conque quieres ser libre, muchacha? quieres dormirte en mis brazos amorosos, en vez de caer en las manos del verdugo? dijo Zizaña aproximándose mas á la jóven

Celeste se levantó de la postura encogida y sumisa en que estaba, enhiesta, orgullosa, altiva como una reina echó una mirada de desprecio sobre el tinterillo: su pálida y trasparente, en que resaltaban sus rasgados y dolientes ojos, su cabello que en desórden caia sobre sus hombros blancos, le daban el atractivo de una Magdalena de Corregio.

Zizaña, exaltado, se arrojó á estrecharla en sus brazos; pero Celeste lo empujó fuertemente, y con voz llena de una virtuosa altivez, le dijo:

—Fuera! fuera del calabozo de la presa y de la ladrona! no quiero piedad ni compasion de los hombres; quiero la vengonzosa muerte que se me aguarda, y nada mas.

—Hola! hola! dijo en voz baja Zizaña, pues que no ha surtido la comedia el efecto que yo me esperaba, apelemos á quien todo lo puede, y sacando del bolsillo algunas monedas de oro y plata, las presentó á la vista de Celeste, sonándolas con regocijo.

—No creas que yo trato de darme por bien servido, muchacha, que ademas de sacarte de esta prision, te daré dinero para que compres bonitos túnicos y zapatos de seda, para que no tengas tus piés, tan chiquitos y tan blancos, en las losas frias.

Celeste se sonrió con desprecio.

—Hola! volvió á decir Zizaña en voz baja, puesto que no valen ni la comedia ni el interes, apelarémos á la tragedia.

—Muy bien, infame! gritó fingiendo una rabia concentrada, y sacando un puñal, una vez que no vale el buen modo, te voy á hacer mil pedazos, si no consientes en obedecerme.

—Celeste sonrió amargamente, y siy dar muestra de miedo, sonaba las manos y exclamaba: ¡Sentenciada á muerte! ¡Sentenciada á muerte!

—Esta mujer está loca, dijo el tinterillo; probemos el último medio, porque ya es demasiado tarde, y si algunas presas están despiertas, y principalmente esa furia de Macaria, me meterá en mil enredos y chismes, y en estas cosas lo que vale es la prudencia y el secreto.

—Eh, infeliz! dijo con tono alto Zizaña, vas á morir, y á este tiempo alzó el puñal para herir á Celeste; pero esta léjos de atemorizarse, no hizo ni el mas leve movimiento, y mirando fijamente á Zizaña, sonrió de nuevo y exclamó: ¡Condenada á muerte! ¡Condenada á muerte!

—¡Miserable loca! dijo Zizaña; será capaz, si me descuido, de estrellarme la cabeza contra una de estas paredes. Mañana tentarémos otros medios, y ya traeré unos mecatitos con que atarle las manos, y una mordaza para que no grite.

Fortificado con tan virtuosa resolucion, guardó su puñal, y sus monedas, y recogió sus fósforos y su cerillo, y con mucha calma dió la vuelta, y cerró la puerta.

Apénas se hubo alejado, cuando Celeste hallándose de nuevo en una larga oscuridad, llevó las manos á sus ojos, separó su cabello de su rostro, y exclamó:—¡Dios mio! ¡Dios mio! mi corazon se pierde, se extravía; y luego viniéndole las lágrimas á los ojos, dijo: Gracias, gracias, Señor porque aun me das lágrimas.

Al dia siguiente, cuando le llevaron un plato de alverjones duros, la encontraron en la posicion en que cayó en las frias losas, cuando se retiró Zizaña.

La presidenta, movida á compasion, y contra las recomendaciones que los esbirros, secuaces de Zizaña, le habian hecho, la sacó un momento al sol; y entónces Celes

te se aventuró tímidamente á contar á la Presidenta la
escena de la noche anterior; pero esta la tuvo por una
mentira, ó por un delirio de su fantasía.

—Cuando te vayas acostumbrando á esta casa, le dijo,
ya se te quitarán esos escrúpulos.

Celeste se calló la boca; pero Macaria, que escuchó la
conversacion, le dió un suave tironcito de la ropa, le deslizó un pequeño puñal en la mano, y le hizo una seña de
inteligencia: Celeste comprendió instintivamente, que era
un auxilio que le venia del cielo.

Macaria era una mujer de mas de treinta años de edad,
baja de cuerpo, de grueso cuello y anchas espaldas, labios
abultados, carrillos encarnados, nariz chata y arremanga-
da, cejas juntas y pobladas, y ojos pequeños, verdosos y
hundidos: tenia, en fin, la mayor parte de las facciones
que, segun Lavater, constituyen una fisonomía inclinada
al crímen. Hacia cuatro años que estaba en la cárcel, y
habia sido sentenciada á diez años de prision, por haber
asesinado á su querido por causa de celos: esta mujer
tenia un afecto muy vivo á Celeste; y mas de una vez habia evitado que se le hicieran á esta los daños que, sin su
cuidado, se le habrian hecho. La Presidenta condujo á
Celeste al separo, y Macaria las siguió de léjos, no omi-
tiendo hacerle de nuevo á la muchacha una señal de inteligencia.

A la noche, Zizaña aguardó que, como la anterior, todo estuviera en un profundo silencio, y se introdujo en la
prision, provisto de varios útiles que juzgaba indispensa-
bles, para dar cima á su diabólico proyecto. Atravesó
de puntillas y con precaucion el corredor; bajó la escale-

ra, y se puso á observar con cuidado; mas notando que todo estaba en el mas profundo silencio, siguió su camino, hasta que á tientas dió con la puerta del calabozo de Celeste: metió la llave en la cerradura, y preparaba ya su fósforo y su cerillo, cuando se sintió asido del cuello por una mano robusta que lo oprimia, como si fuera la mas cada que oprime el cuello de un ajusticiado. Zizaña quiso gritar, pero la voz expiró al salir de sus labios: entónces metió mano al bolsillo en busca de su puñal; pero la persona que lo tenia asido, registrándolo violentamente le arrancó de la bolsa el puñal, las cuerdas y un pomito que contenia un licor narcótico, que era tambien uno de los elementos con que el tinterillo contaba, para alcanzar una completa victoria, y todo lo arrojó al suelo.

—Me asesinan! auxiliiii. . . . murmuró Zizaña.

—Chust, pícaro! dijo la persona que lo tenia asido apretando mas fuertemente su cuello.

—Macari. . . !

—Sí, Macaria. . . . yo soy. ¿Te acuerdas que cuando hace cuatro años, me trajeron á esta maldita cárcel, tambien viniste, como ahora, á mi calabozo á prometerme libertad, dinero y todo lo que yo quisiera?. . . y lo que me han dado tú y los infames ladrones y pillos, que dizque hacen justicia, son diez años de encierro y de tormentos que los pagarán en el infierno, porque si yo maté á mi amante, fué porque me engañó, porque. . . . pero en fin. . .

Zizaña, que sentia que Macaria lo ahogaba, no atendia por supuesto á este razonamiento, que era dicho con una voz llena de rabia y de ira, y apelando á la defensa instintiva y natural, asió tambien del cuello á la presa, y en ónces se trabó una lucha horrible en la oscuridad, oyénlose solo por intervalos palabras confusas y cortadas, y le vez en cuando un ronco estertor, que demostraba bien los esfuerzos que ámbos hacian para ahogarse. Macaria, como hemos dicho, era fuerte y de contestura atlética; así es que, á pesar de la debilidad comun á su sexo, logró echar á su adversario por tierra: Zizaña dió un quejido, é imploró la piedad de la presa, que habia apoyado la punta fria de su puñal en el corazon del tinterillo.

—Muy bien, infame, lucero, le dijo Macaria; te perdono la vida, pero á condicion de que jamas vuelvas á intentar nada contra esta pobre muchacha; y si influyes en que se le agrave la sentencia, este puñal será para tí.

Zizaña lanzó otro quejido, y Macaria, que solo le habia por diversion introducido media línea del puñal en el pecho, soltó una carcajada, y dejándolo levantar, le dijo:

—Fuera, cobarde; fuera de aquí.

Zizaña no se hizo repetir dos veces la órden, y levantándose, se deslizó por entre aquellos oscuros y lóbregos callejones, subió la escalera, y salió de la prision, dándose por muy feliz con haberse libertado de las garras de Macaria, la cual por su parte se dirigió al dormitorio, sonriendo del susto que habia dado al cobarde, que hacia cuatro años la habia engañado con falsas promesas. Celeste, llena de terror, escuchó las voces, los quejidos, las pisadas, sin comprender lo que pasaba: á poco los pasos se alejaron, y todo volvió á quedar en un profundo silencio.

FIN DEL TOMO I.

INDICE

DE LOS

CAPITULOS CONTENIDOS EN EL TOMO I.

———◆———

ADVERTENCIA, - - - - 3
CAPITULO I. *La Conferencia,* - - - - 5
" II. *El Gran Baile en el Teatro,* - :6
" III. *Una Cáliga y un Desafio,* - - 26
" IV. *Fin del Baile,* - - - - 34
" V. *La Pobre Familia,* - - - - 44
" VI. *Recuerdos, Amor y Esperanzas,* - 88
" VII. *Explicaciones,* - - - - 104
" VIII. *Un Buen Consejo,* - - - 110
" IX. *Aventura Nocturna,* - - - 120
" X. *Bosquejos de la Vida íntima,* - 129
" XI. *La Policía de los Barrios,* - - 145
" XII. *Viaje en Diligencia,* - - - 161
" XIII. *Alivio,* - - - - - - 173
" XIV. *Las Dos Diligencias,* - - - 186
" XV. *Continuacion,* - - - - 194
" XVI. *Continuacion,* - - - - 207
" XVII. *En Jalapa,* - - - - 215
XVIII. *Apolonia,* - - - - - 225
" XIX. *Escenas en la Cárcel,* - - 232
" XX. *El Tinterillo,* - - - - 250

LaVergne, TN USA
30 April 2010
181156LV00003B/33/P